ALLA SCOPERTA DI ME STESSA

(titolo originale: Finding Me)

Salty Key Inn - Libro 1
Judith Keim
Wild Quail Publishing

Traduzione di Isabella Nanni

Pubblicato negli Stati Uniti da:

Wild Quail Publishing
PO Box 171332
Boise, ID 83717-1332

ISBN#: 978-1-962452-38-0

Dedica

*A tutti i miei amici scrittori, del cui sostegno
faccio tesoro.*

CAPITOLO 1
SHEENA

All'inizio di gennaio, Sheena Morelli e le sue due sorelle se ne stavano sedute in una sala conferenze dello studio legale Lowell, Peabody e Wilson di Boston, in attesa di incontrare Archibald Wilson in persona.

«Qualcuna di voi ha idea del vero motivo per cui siamo qui?» chiese la sorella più giovane, Regan. «La lettera del signor Wilson parlava della lettura di un testamento. Ma per me non ha senso. Non lo conoscevo nemmeno Gavin Sullivan.»

«Nemmeno io. Probabilmente è uno zio ricco che ci ha lasciato un sacco di soldi» scherzò Darcy, la tipica sorella di mezzo che buttava sempre tutto sul ridire.

Sheena rise con lei. Le tre sorelle Sullivan non avevano parenti ricchi nella loro modesta famiglia. Erano grandi lavoratrici che contavano solo su sé stesse per andare avanti. *Be'*, pensò Sheena, *forse Regan non era affidabile come lei e Darcy.* Essendo la piccola della famiglia, Regan era sempre stata un po' viziata. A ventidue anni e impaziente di fuggire dalla sua vecchia vita a Boston, Regan non aveva intenzione di passare troppo tempo con la famiglia. Questa volta, però, su richiesta formale del signor Wilson, Regan aveva doverosamente lasciato New York per venire a "Bean Town", la città dei fagioli, come veniva chiamata scherzosamente Boston in ricordo delle antiche tradizioni culinarie.

Mentre aspettava l'arrivo del signor Wilson nella sala conferenze, Sheena studiò Regan con la coda dell'occhio. Con quei lunghi capelli neri, i grandi occhi blu-violetto e i delicati lineamenti dei Sullivan, era uno schianto: una sosia di Liz Taylor.

Darcy era seduta a fianco di Sheena, ma sull'altro lato, su una sedia con lo schienale rigido. Osservando gli occhi azzurri, i capelli rossi e il naso lentigginoso di Darcy, Sheena pensò che fosse carina... e divertente... e forse un po' irritante, anche se tutti sembravano adorare il suo atteggiamento impertinente. A ventisei anni, Darcy sosteneva di non aver ancora trovato la sua vera vocazione. Qualunque cosa significasse.

Sheena aveva trovato la sua vocazione in fretta e furia quando era rimasta incinta all'inizio dell'università, dove aveva programmato di frequentare i corsi di infermieristica. Per quanto ironico fosse, il fatto di voler diventare infermiera e di esserci rimasta le aveva cambiato molte cose. Ora, a trentasei anni e con un figlio di sedici anni e una figlia di quattordici, non si era ancora ripresa dall'aver perso il suo sogno.

Si mise a sedere più diritta sulla sedia quando un uomo alto e dai capelli bianchi entrò nella stanza con in braccio un fascicolo di documenti.

«Buongiorno, signore. Sono Archibald Wilson, l'avvocato che rappresenta Gavin Sullivan. Sono lieto che abbiate potuto partecipare alla lettura del suo testamento» annunciò con voce da basso. Guardò le tre sorelle con occhio critico. «Chi di voi è Sheena Sullivan Morelli?»

Sheena alzò la mano. «Sono io. Intende "Big G" Sullivan?»

Le sue sorelle spalancarono gli occhi e ansimarono forte. Il nome "Big G Sullivan" era stato menzionato in famiglia in rare occasioni, e solo quando suo padre e gli altri due fratelli avevano bevuto troppe birre. E in quei momenti non era mai stato usato in modo gentile.

Il signor Wilson annuì soddisfatto. «Sì, è il mio cliente.

Sheena, anche se tutte e tre siete beneficiarie, mi rivolgerò a lei per la maggior parte delle questioni, per quanto riguarda il linguaggio specifico del testamento.»

Sheena si appoggiò allo schienale della sedia, con mille pensieri che le frullavano in testa. Questa scena sembrava così surreale. Suo padre aveva rotto i rapporti con il fratello anni prima. Aveva sempre detto che suo fratello era un perdente, qualcuno di cui non avrebbe mai potuto fidarsi.

«Ha lasciato qualcosa per noi?» chiese Darcy. «Stavo solo scherzando quando l'ho detto.»

L'avvocato studiò Darcy per un attimo, prese posto di fronte a loro tre dall'altra parte del piccolo tavolo da conferenza e aprì il fascicolo che aveva portato con sé.

Cominciò a parlare: «Io, Gavin R. Sullivan, dello Stato della Florida, nel pieno possesso delle mie facoltà mentali, faccio qui testamento e dichiaro che queste sono le mie ultime volontà...»

Certe parole affiorarono a sprazzi nella mente sconvolta di Sheena. Anche se le sue sorelle erano troppo giovani per ricordarlo, lei aveva un'immagine chiara di quell'uomo grande e gioviale che l'aveva conquistata con il suo sorriso, le sue risate di pancia e il modo in cui suo padre si zittiva quando si trovavano nella stessa stanza. In occasione di una particolare visita, "Big G", com'era conosciuto, le aveva regalato una scimmia di peluche che lei aveva tenuto sul letto per anni. Solo quando la pelliccia della scimmia si era consumata, si era accorta che una cucitura si era strappata. Un giorno, mentre stava sondando il buco, era saltata fuori una moneta d'oro.

Sheena aveva mostrato la moneta a sua madre che gliel'aveva strappata di mano e aveva sussurrato: «Non parlarne con nessuno. È molto preziosa. Un giorno ne avrai bisogno. Fino ad allora, la terrò al sicuro per te. Tuo zio ti vuole molto bene.» Quando suo padre aveva varcato la soglia di casa, sua madre si era portata un dito alle labbra.

Fino a quel momento Sheena si era dimenticata della moneta.

La voce di Archibald Wilson la riportò al presente. «Sheena, lei, Darcy e Regan siete ora le legittime proprietarie del Salty Key Inn, ma lei, Sheena, sarà incaricata di rilevare il piccolo hotel in Florida, come stabilito da vostro zio nel suo testamento. È chiaro a tutte e tre?»

Sheena e le sue sorelle dondolarono doverosamente la testa. Lo sconcerto sul volto delle sorelle corrispondeva a quello che provava Sheena. Come avrebbero fatto loro tre a gestire un albergo?

«Ricordate» le avvertì il signor Wilson, «l'hotel non può essere venduto prima di un anno. E voi tre dovrete viverci insieme per tutto quel tempo se vorrete avere una parte del resto del suo cospicuo patrimonio, i cui dettagli non saranno resi noti fino alla fine del vostro anno in Florida. Avete solo due settimane per prepararvi. Nel corso delle conversazioni che ho avuto con Gavin Sullivan durante la stesura del testamento, credo che nelle sue intenzioni questa sfida dovesse essere una lezione di vita per ciascuna di voi.»

«Ehi! Aspettate un attimo! E il contratto di affitto dell'appartamento che condivido con due mie amiche? Non posso mollare dall'oggi al domani» disse Darcy.

«E il mio?» chiese Regan.

L'avvocato annuì. «Leggete le condizioni del testamento. Tutte le spese di questo tipo saranno coperte dal patrimonio di Gavin. Tutte le spese che sosterrete per sistemarvi saranno gestite tramite me. Ma, attenzione, ci saranno dei test nascosti da affrontare durante l'intero percorso. Test che potrebbero fare molta differenza per ciascuna di voi.»

Sheena scambiò uno sguardo preoccupato con le sorelle. Le sarebbe piaciuto aver chiesto a sua madre maggiori informazioni sullo zio di cui non doveva mai parlare. E ora era troppo tardi. La mamma era morta da poco più di un anno.

«Vivere insieme in Florida per un anno intero? Lo zio Gavin era impazzito quando ha organizzato questo accordo?» esclamò Darcy. La sua indignazione era comprensibile.

Il signor Wilson si alzò. «Mi rendo conto che avete molte cose di cui parlare, molte cose su cui riflettere. Fatemi sapere se avete bisogno di ulteriori chiarimenti sulle clausole del testamento. Potete tranquillamente continuare a usare questa sala conferenze e sentitevi pure libere di servirvi dei rinfreschi sulla credenza.» Le sue labbra si incurvarono in un sorriso divertito su quello che era stato un volto per lo più inespressivo. «Buona fortuna.»

Dopo che il signor Wilson le ebbe lasciate, Sheena ricadde contro lo schienale della sedia. La sua mente andava a mille al pensiero di lasciare improvvisamente Boston per andare a vivere con le sue sorelle in Florida per un anno intero. Come avrebbe potuto farlo? Sarebbe stato difficile sotto molti punti di vista. Dopotutto erano sorelle e, come le sorelle di tutto il mondo, stare insieme troppo a lungo a volte faceva scoppiare dei litigi. Ma soprattutto, lei aveva una famiglia. E a suo marito, Tony, l'idea non sarebbe piaciuta affatto. Ai suoi figli ancora meno.

«Che razza di scherzo» disse Darcy, scuotendo la testa. «Vivere con voi due per un anno intero? Gestire un albergo? Non esiste. E, Sheena, Tony non ti permetterebbe mai di fare una cosa del genere. Tu sei quella che lui chiama "la signora". E i tuoi figli?»

Sheena fulminò Darcy con lo sguardo. «Aspetta un attimo! Cosa intendevi dire con quel "signora"?»

«Non prenderla male» la esortò Regan. «È solo che la tua famiglia dipende da te per tutto. Soprattutto Tony.»

Immersa nei suoi pensieri, Sheena rimase in silenzio. Tony

era un brav'uomo che si vantava di fare sempre la cosa giusta. E si aspettava che lei adempisse a quello che lui riteneva fosse il suo ruolo.

Anche se la loro relazione era ancora fresca quando era rimasta incinta, Tony si era fatto avanti e si era offerto di sposarla per evitare che gli amici conservatori della chiesa di sua madre contassero i mesi intercorsi fino alla nascita del loro primo figlio. Il fatto che il loro bambino, Michael Morelli, avesse iniziato la sua vita nel mondo esterno con un po' di ritardo, era stato d'aiuto. Tuttavia, Sheena aveva sempre apprezzato il riguardo di Tony.

Le sfuggì un sospiro preoccupato. Sapeva che Tony non avrebbe appoggiato la prospettiva che stesse lontano dalla loro famiglia per un anno intero. Sarebbe andato contro l'idea che lui aveva di lei nel ruolo della moglie che si occupava della famiglia. Eppure, visti i recenti risultati negativi dell'attività di suo marito, questa avrebbe potuto essere una risposta alle loro preghiere, anche se forse non lo avrebbe detto per non urtare il fragile ego di Tony.

«E voi due?» chiese Sheena. «Dovrete lasciare il vostro lavoro. E poi?»

Regan scrollò le spalle. «Non m'interessa. Il mio lavoro è noioso: rispondere alle telefonate, accogliere le persone e quant'altro. Troveranno un'altra receptionist che prenda il mio posto e basta.»

Darcy scosse la testa. «Receptionist? Eri molto più di questo. Eri più una specie di padrona di casa, con tutti quei meeting speciali in cui li aiutavi. Quando sono venuta a trovarti a New York, ho visto com'era: eri tu a servire i drink prima che andassero a una cena di lavoro.»

«E tu, Darcy?» chiese Sheena. «Hai un ottimo lavoro nel settore informatico.»

Darcy fece una smorfia. «In realtà, non mi piace molto.

Lavorare tutto il giorno con numeri e codici non è così eccitante. Mamma è sempre stata così orgogliosa di me e del mio lavoro che non osavo dirle che non ero felice in quel posto. Ma, ora che se n'è andata, ho cominciato a pensare di fare qualcos'altro.» Sorrise. «Forse tutta questa storia non è balorda, dopo tutto. Forse sarà l'inizio di qualcosa di nuovo per tutte noi.»

Sheena ricambiò il suo sorriso il sorriso. Detto così, sembrava meraviglioso. Se solo avesse potuto essere vero...

Dopo aver pranzato con le sorelle, Sheena prese la linea rossa per tornare a Davis Square, a Somerville, dove Tony, lei e i bambini condividevano una casa bifamiliare con i genitori di lui. Quando si erano trasferiti in quella casa appena sposati, lei e Tony avevano pensato di viverci giusto il tempo di risparmiare per un posticino tutto loro. Ma Rosa e Paul, i genitori di Tony, erano stati così contenti all'idea che le loro famiglie vivessero fianco a fianco che Tony aveva deciso che era meglio rimanere lì, dove tutti erano disponibili ad aiutarsi a vicenda. E con due bambini piccoli da accudire, Sheena aveva pensato che fosse una buona idea. Più tardi, dopo che Tony aveva avviato la sua azienda di termoidraulica, avevano deciso di continuare a stare in affitto nella loro metà mentre cercavano di consolidare la sua attività. Era molto comodo non doversi preoccupare del pagamento del mutuo e delle tasse.

Si era rivelata una buona decisione. Molte case della stessa dimensione nel loro quartiere venivano vendute a sei cifre, cosa che non potevano permettersi. Inoltre, dato che Tony era un idraulico, avevano aggiunto un paio di bagni all'edificio, il che aveva reso la casa ancora più preziosa in quella prima periferia di Boston.

Esaminandola ora, Sheena supponeva di essere bloccata lì

fino a quando i bambini non fossero cresciuti e andati via e finché i genitori di Tony non avessero ceduto la casa.

Mentre Sheena si avvicinava alla porta di casa, la suocera aprì la porta dal suo lato dell'edificio per salutarla. «Tutto bene? Sei rimasta a lungo fuori a guardare la casa.»

Sheena sorrise. «Come stai, Rosa?» Se avesse avuto una sola parola per descrivere Rosa sarebbe stata *calore*. Bassa e ben pasciuta, Rosa trasudava sentimenti materni e protettivi.

«Bene, bene. Sono solo preoccupata per te» rispose Rosa. Aveva gli occhi scuri pieni di preoccupazione.

«Non ce n'è bisogno» disse Sheena allegramente, anche se a volte si sentiva intrappolata dall'idea di non poter fare granché senza che la suocera lo sapesse. Ma non l'avrebbe mai detto a nessuno. Rosa era stata dolce con lei fin dal loro primo incontro. E dopo che Sheena aveva prodotto non uno, ma ben due nipoti da viziare, Rosa era diventata ancora di più una sua sostenitrice.

Quando Sheena entrò in casa, Meaghan saltò su dal divano del soggiorno. «Dove sei stata, mamma? Avevi detto che saresti venuta con me a comprare un vestito per il ballo di San Valentino a scuola.» Strinse gli occhi nocciola. «Ricordi?»

«Avevo un appuntamento in centro e ho fatto tardi. Onestamente, Meaghan, si direbbe che sono in ritardo di ore, non solo di venti minuti.»

«Lo so, ma Josie e Lauren hanno già scelto i loro abiti. Non mi resterà nulla di bello se non ci diamo da fare.» Meaghan mise su un broncio che stava diventando familiare.

Sheena sospirò. «Il ballo è tra cinque settimane.» Le si strinse lo stomaco quando si ricordò che non ci sarebbe stata per allora. Non se fosse stata in Florida. Due settimane e se ne sarebbe andata. Meaghan aveva atteso questo ballo per tutto l'anno scolastico, soprattutto dopo che Tommy Whitehouse l'aveva invitata.

«Allora? Sei pronta adesso?» Meaghan disse con un tono esigente che Sheena trovò irritante, tanto che si accigliò. *Da quando Meaghan era diventata una tale peste?* pensò e si sentì subito in colpa per aver visto la figlia adolescente in quel modo. Cercò di mantenere calme le acque tra loro.

«Dammi un minuto per togliermi questi bei vestiti e sarò pronta per andare» disse, e si affrettò ad andare in camera da letto a cambiarsi. Voleva essere comoda. Lo shopping con Meaghan poteva durare ore.

Sheena stava emergendo dalla sua camera da letto quando entrò in casa Michael. «Ehi, mamma! Devi lavare la mia divisa. Dev'essere pronta domani mattina. Mi presti la macchina? Devo andare all'allenamento di basket.»

«Metti la divisa in lavanderia e, no, non puoi avere la macchina. Io e Meaghan andiamo a fare shopping. Sbrigati a prepararti. Ti accompagno io.»

«Mamma!» si lamentò Meaghan. «Dobbiamo partire subito!»

Sheena fece un bel respiro per calmarsi. «Michael, sbrigati. Non possiamo aspettare in eterno.»

«Accidenti. Non mi mettere fretta!» disse. «Sono appena arrivato a casa. Hai preso i biscotti che volevo?» Una versione più alta di Tony, con i suoi stessi occhi scuri e gli stessi capelli scuri e ricci, la voce di Michael sembrava persino la stessa.

Esasperata, Sheena scosse la testa. «No, non ho avuto tempo di andare al supermercato. Ho avuto da fare.»

Michael alzò gli occhi al cielo.

«Non cominciare» disse Sheena, un po' più bruscamente di quanto avesse voluto.

Lui sbatté le palpebre per la sorpresa. «Accidenti! Perché sono tutti tesi?»

Pochi minuti dopo, tutti e tre salirono sulla Ford Explorer di Sheena.

Dopo aver accompagnato Michael all'allenamento di basket, lei e Meaghan si diressero al Natick Mall, il centro commerciale.

Mentre guidava, Sheena lanciò un'occhiata alla figlia. La sua pelle chiara, i capelli ramati e i lineamenti dei Sullivan si erano mescolati con i toni più scuri e i tratti di Tony, dando vita a una ragazza incantevole. Pur essendo contenta dell'aspetto della figlia, Sheena era sempre più angosciata dalla prepotenza di Meaghan. Tony lavorava sodo e vivevano bene, ma l'idea che tutto girasse intorno a Meaghan cominciava a stancarla.

«Vediamo se riusciamo a prendere qualcosa in saldo» disse Sheena. «A Natale hai ricevuto un sacco di bei vestiti.»

Meaghan strinse le labbra. «Mamma, questo ballo è importante. Non voglio che tutti pensino che siamo poveri.»

«Meaghan, comprare qualcosa in saldo non significa essere poveri» disse Sheena con calma. «Significa stare attenti ai soldi. E, nel tuo caso, non parliamo di soldi tuoi. Non fai la babysitter da mesi.»

«Come faccio a fare la babysitter se sto studiando per ottenere buoni voti? E se Tommy chiama, voglio essere disponibile.»

«Non mi lamento dei tuoi voti. Stai andando bene. Ma per guadagnare qualcosa in più, potresti fare la babysitter nei fine settimana, di tanto in tanto. Tanto per dire.»

Meaghan emise un lungo sospiro. «Non ho bisogno di lavorare. Papà se la cava bene.»

«Ne parleremo un'altra volta» disse Sheena, dicendosi di lasciar perdere l'atteggiamento di Meaghan. «Divertiamoci e basta. Ok?»

Meaghan sorrise e annuì.

Fare shopping con Meaghan fu divertente, finché Meaghan non trovò il vestito perfetto... a quattrocento dollari. Quando

Sheena le disse di no, una creatura feroce emerse dal corpo che un tempo era appartenuto alla sua dolce figlia. Meaghan la implorò, la supplicò e la minacciò per avere il vestito, ma Sheena rimase ferma sulle sue posizioni.

Arrabbiata e in lacrime, Meaghan seguì sua madre fuori dal centro commerciale battendo i piedi come una bambina di due anni.

Sheena aveva progettato di sorprendere Meaghan con una cena, ma l'idea fu rovinata dal suo comportamento. Si mise al volante dell'auto e aspettò che la figlia salisse e si allacciasse la cintura.

Durante il viaggio Meaghan tenne il muso, borbottando sottovoce sul suo sedile quando non fissava imbronciata fuori dal finestrino. Poi, quando Sheena continuò a ignorarla, Meaghan mormorò: «Ti odio, mamma.»

Ferita dalle sue parole, Sheena afferrò ancora più forte il volante dell'auto e guardò dritto davanti a sé. Non aveva intenzione di farsi coinvolgere in un altro litigio con sua figlia. Soprattutto dopo la giornata che aveva già avuto.

«Mamma? Mi dispiace di averlo detto» disse Meaghan con voce sommessa. «Non lo pensavo davvero.»

«Grazie per le scuse» disse Sheena. «Lasciamoci alle spalle questa giornata di shopping. Ci riproveremo domani.»

«Ok. Forse possiamo trovare un vestito in saldo proprio come quello che volevo.»

Sheena ne dubitava, ma avrebbe fatto un tentativo.

Quando Sheena entrò in casa, Tony alzò lo sguardo dal divano dove stava seguendo il notiziario alla televisione. «Dove sei stata?» Gli occhi scuri che l'avevano attratta fin dall'inizio ora erano concentrati su di lei.

«A fare shopping con tua figlia» disse Sheena. «Hai messo in forno lo stufato che ti ho lasciato come ti avevo chiesto nel mio biglietto?»

«Sì. Prima. La mamma sapeva che ero qui da solo e mi ha invitato a cena, ma le ho detto che ti avrei aspettato.» Lui sorrise, illuminando i suoi lineamenti forti, esponendo le piccole fossette che lui odiava ma che lei adorava.

Sheena non poté fare a meno di sorridere. «Lasciami preparare la tavola e poi mi siederò con voi per qualche minuto. Michael ha avuto un passaggio per tornare dall'allenamento?»

«Sì. Mi ha chiamato e sono andato a prenderlo.»

«Bene» disse Sheena. «C'è qualcosa di cui devo parlarti più tardi, dopo che i bambini ci avranno lasciati soli.»

Tony inarcò le sopracciglia. «Roba seria?»

«Sì, e molto sorprendente.» Si girò per andarsene. «Vuoi un'altra birra? Io prendo un bicchiere di vino. È stata una giornata intensa.»

Tony si alzò e la seguì in cucina. «Stai bene, tesoro?»

Sheena si voltò verso di lui, troppo agitata per sapere come rispondergli.

Lui la prese tra le braccia. «Non può essere così grave, vero?» Le strofinò la schiena con confortanti carezze circolari.

Sheena gli appoggiò la testa contro l'ampio petto, grata del suo conforto. «Andrà tutto bene. Deve andare bene.» Guadagnare una somma considerevole dal patrimonio dello zio Gavin avrebbe contribuito ad alleviare la preoccupazione di poter dare ai loro figli una buona istruzione. Di tanto in tanto il tentativo di Tony di avere successo negli affari si scontrava con grandi difficoltà. Non avevano fatto in tempo a sedersi a tavola che Tony ricevette una chiamata d'emergenza. Afferrò qualche boccone dello stufato di pollo che gli aveva preparato e se ne andò.

Sheena nascose un gemito. Tanti saluti all'idea di dire a Tony che lo avrebbe lasciato per un anno.

CAPITOLO 2

DARCY

Darcy appoggiò i gomiti sul bancone di marmo del Clancy, un bistrot vicino al suo appartamento a Jamaica Plain, cercando ancora di raccapezzarsi sulla sorprendente notizia del pomeriggio.

«Che cosa ne pensi di tutta questa storia del testamento dello zio Gavin?» chiese Darcy a sua sorella Regan. «A me sembra una roba uscita da un brutto romanzo. Mi viene da chiedermi se lo zio Gavin avesse perso la testa alla fine della sua vita. Non so molto del tipo, a parte che lui e papà non sono mai andati d'accordo.»

Regan scrollò le spalle e bevve un altro sorso del suo vino bianco. «È strana questa sua sfida, ma credo che potrebbe essere fantastica per tutte noi. Come ho detto prima a Sheena, non mi dispiace lasciare il mio lavoro, e devi ammettere che è piuttosto affascinante pensare che noi tre adesso siamo proprietarie di un hotel.»

«Sì, ma non sappiamo nemmeno che aspetto abbia» disse Darcy. «Quando arriviamo a casa mia, cerchiamo online da pc. La mia ricerca sul telefono non ha trovato nulla.» «*Salty Key Inn* sembra una roba di classe. Ma dove si trova Salty Key?»

«Non ne ho mai sentito parlare» disse Darcy, «ma d'altronde sono stata in vacanza in Florida solo una volta, ed è stato a South Beach. A me e alle mie amiche piace fare le vacanze invernali in Messico o ai Caraibi.»

Regan sospirò. «Sembra così eccitante. Vivendo a New

York, non posso permettermi di andare da nessuna parte. Posso a malapena permettermi di dividere l'appartamento in cui vivo.»

«Perché sei rimasta in città?» chiese Darcy. «Mi sembra piuttosto noioso se non puoi fare niente.»

«Pensavo che viverci sarebbe stato affascinante e che avrei incontrato una persona speciale. Ma non è successo. È difficile trovare un buon lavoro e i ragazzi con cui sono uscita sono dei veri idioti interessati a una sola cosa.»

Darcy annuì. «Sì, è difficile incontrare bravi ragazzi. Pensavo che io e Sean Roberts ci saremmo fidanzati, ma la sua famiglia si è opposta. Non gli è mai piaciuto che io venissi da Dorchester. Non proprio. E di sicuro a me non piacevano loro e i loro modi snob.»

«Credo sia una buona cosa che i suoceri di Sheena le vogliano davvero bene» disse Regan.

«Perché non dovrebbero? Giuro che Sheena non fa mai arrabbiare nessuno. Sarà interessante scoprire se andrà avanti con questo accordo in Florida oppure no.»

Regan inspirò bruscamente. «E se non le fosse permesso andare? Cosa significherebbe per noi?»

«Significa che andrò a fare il culo a Tony» disse Darcy, sorridendo. «Davvero, pensi che qualcuno rinuncerebbe a un'eredità come questa? Anche Tony capirà che Sheena non ha altra scelta che farlo.»

«Finiamo qui e torniamo al tuo appartamento. Voglio vedere com'è fatto il Salty Key Inn.» Regan bevve l'ultimo sorso di vino e si alzò.

«Aspetta» disse Darcy. «Lasciami finire il mio drink e pagare, e poi ce ne andiamo.»

Non appena Darcy e Regan entrarono nell'appartamento, Darcy andò in camera da letto e accese il computer.

Regan la seguì nella stanza e si sedette sul letto mentre Darcy iniziava la ricerca. «Non c'è niente sotto la voce Salty Key Inn. Mi chiedo perché.»

«Aspetta. Vado a prendere i documenti dall'avvocato» disse Regan. Tirò fuori un fascio di fogli dalla sua grande borsa Coach finta e glieli porse. «Cosa c'è scritto lì dentro?»

Darcy sfogliò i documenti. «Mmmh. L'hotel si trova a nord di Indian Rocks Beach, appena a ovest di St. Petersburg.»

Regan si voltò verso di lei con un'espressione preoccupata. «Pensi che sia una specie di scherzo? Forse lo zio Gavin era davvero pazzo come pensi tu.»

«Dovremo aspettare e vedere. Una volta presa la decisione di farlo, il signor Wilson ci darà più informazioni rispetto alle grandi linee di ciò che lo zio Gavin voleva che facessimo.» Per via del disagio che provava, Darcy sentì un brivido lungo le spalle. Tutta questa storia era molto strana, ma non aveva intenzione di rinunciare alla possibilità di una nuova avventura. Era comunque tempo di cambiare.

A dire il vero, odiava il suo lavoro. Era ed era sempre stata brava con i numeri, ma quello che voleva fare davvero era scrivere il miglior romanzo del mondo. Ne aveva iniziato uno più di una volta, ma ogni volta si bloccava dopo i primi due capitoli. Una cosa era avere delle idee, un'altra era fare in modo che tutte avessero un senso con parole ben scritte.

Al suono di un trambusto alla porta d'ingresso, Darcy si alzò dalla sedia della sua scrivania e andò in salotto proprio mentre entravano le sue due coinquiline.

«Ehi, sei qui!» disse Alex Townsend. «Pensavo che ti avessero arrestata dopo quella strana lettera dell'avvocato.»

Nicole Coleman le sorrise. «Scherzi a parte, stai bene?»

Le labbra di Darcy si incurvarono. «Non ci crederete! Io e le mie sorelle siamo proprietarie di un albergo. Ce l'ha lasciato mio zio Gavin.»

Regan si avvicinò a Darcy e rimase in silenzio.

«Vi ricordate della mia sorellina Regan, vero?» Darcy chiese alle sue compagne di stanza. «Lei, mia sorella maggiore, Sheena, e io ci trasferiremo in Florida entro due settimane. Fa parte dell'accordo.»

Alex si accigliò. «E la tua parte di affitto?»

«Cercherò di subaffittare la mia parte» disse Darcy. «Conoscete qualcuna che potrebbe essere interessata?»

«A dire il vero sì» disse Nicole. «Una mia vecchia compagna di classe tornerà a Boston a giugno. Le ho appena parlato. È qui per il fine settimana. In effetti, stavo per chiederti se potevamo farle posto qui. Ma se è disposta a prendere il tuo posto ed è in grado di farlo, sarebbe perfetto.»

Darcy scosse la testa. «Giugno? Ma mancano cinque mesi. Non voglio continuare a pagare la mia parte di affitto per così tanto tempo, se posso evitarlo.»

«Credevo avessi detto che siete proprietarie di un hotel. Sei sicuramente in grado di gestire quel costo» disse Alex con tono sornione. «A meno che non ci stiate mentendo sull'albergo. Di quale albergo si tratta?»

Quando Darcy si irritò per il tono derisorio di Alex, Regan le mise una mano sulla spalla e disse sottovoce: «I costi per sistemare la faccenda dell'affitto fanno parte dell'accordo. Ricordi?»

Darcy si illuminò. «Se la tua amica vuole trasferirsi a giugno, Nicole, per me va bene. L'avvocato si occuperà della mia parte di affitto da qui ad allora. E, Alex, il Salty Key Inn è sulla costa del Golfo della Florida.»

Alex fece una smorfia. «Non ho mai sentito parlare del Salty Key Inn, ma d'altronde la casa invernale della mia famiglia è a Palm Beach.»

Darcy sgranò gli occhi. Alex era proprio una snob.

Nicole si avvicinò a Darcy e la abbracciò. «Sono felice per

te. Che notizia entusiasmante!»

Darcy ricambiò l'abbraccio di Nicole. «Grazie. Ti racconterò tutto quando ne saprò di più.» La calorosa amicizia di Nicole era il motivo per cui aveva accettato di condividere con lei l'appartamento con tre camere da letto. Alex, invece, era una persona che era costretta a tollerare.

Mentre Darcy e Regan si dirigevano in cucina, nella testa di Darcy si affollavano varie domande. Perché l'hotel non era su internet? Come faceva a chiudere tutto a Boston nel giro di due settimane per trasferirsi in Florida? Che tipo di lezioni di vita intendeva impartire lo zio Gavin? E perché, oh perché, doveva vivere con le sue sorelle per un anno intero?

Darcy ce l'aveva ancora con Sheena, che era stata come una madre per lei, per aver lasciato bruscamente la loro casa a diciotto anni per sposare Tony. In questo modo aveva lasciato Darcy, a soli nove anni, a prendersi cura di Regan quando la loro mamma era troppo malata per farlo da sola. Agli altri poteva sembrare irrazionale, ma Darcy si era sempre sentita abbandonata dalla sorella maggiore. E avere a che fare con Regan non era stato facile. Era stata una bambina piagnucolosa e viziata che voleva la mamma.

Darcy fece un sospiro preoccupato. Trascorrere così tanto tempo con le sue sorelle era decisamente spaventoso.

CAPITOLO 3
REGAN

Regan si contorceva e si rigirava, cercando di mettersi comoda sul divano letto nel soggiorno dell'appartamento di Darcy. Era sia eccitata che preoccupata per tutti i cambiamenti che stavano per avvenire nella sua vita. Il pensiero di diventare una persona nuova e diversa la intrigava. Per tutta la vita era stata intrappolata nel ruolo di sorellina bella ma stupida. Forse, stando tutte e tre lontane dalla normale routine e in un ambiente diverso, avrebbe potuto emergere come la persona che aveva sempre voluto essere: una persona senza problemi di apprendimento, un'artista di qualche tipo. Il pensiero era inebriante.

«Regan, svegliati!»

Regan aprì gli occhi e fissò Darcy confusa. «Che cosa vuoi? Che ora è? Vattene.»

Darcy le diede una gomitata. «Andiamo, Bella Addormentata. Abbiamo molto da fare prima che ti porti all'aeroporto per tornare in città.»

Regan si tirò su a sedere e sbadigliò. Quante ore aveva dormito? Controllò l'orologio. Non molte.

«Oggi pomeriggio vedrò l'amica di Nicole per parlare del subaffitto della mia stanza» disse Darcy. «Ma prima devo trovare un posto dove sistemare alcune delle mie cose.»

Regan si accigliò. «Non chiederlo a papà. Lui e la sua ragazza hanno intenzione di vendere la casa e trasferirsi a ovest, nella città della figlia di lei.»

«Sì, lo so. Avrei paura a lasciargli qualsiasi cosa. Che ne dici di casa di Sheena? Ha un po' di spazio.»

«Potresti provare. Forse prenderebbe anche alcune delle mie cose. Ho soprattutto vestiti che non sono adatti alla Florida. Pensavo di venderli su Craigslist.»

Darcy scosse la testa. «Alcune delle mie cose sono troppo costose. Non potrei mai...» Si fermò e sorrise. «Continuo a dimenticare che ora siamo ricche. Non importa, venderò quello che non mi serve o lo darò via.»

Regan non riuscì a trattenersi. Afferrò la mano di Darcy, la tirò su in piedi e le fece fare una giravolta. «Siamo ricche! Siamo ricche!»

«Ehi, che succede?» chiese Alex dalla soglia della sua camera da letto. «Sapete che ora è?»

«È ora di andare avanti con la mia vita!» disse Regan allegramente, facendo un sorriso sornione alla ragazza che aveva sempre dato del filo da torcere a Darcy per il fatto di provenire da una famiglia così modesta.

Alex fece un profondo cipiglio. «Be', fate le vostre stupide danze dopo le dieci. Il sabato dormiamo fino a tardi.» Tornò in camera da letto, sbattendosi la porta alle spalle.

Quando Darcy sollevò il dito medio, Regan e Darcy si guardarono e risero.

«Sarà bello andarsene da qui» disse Darcy. «Dai, chiamiamo Sheena.»

Regan seguì Darcy nella camera da letto della sorella, impaziente di sapere come Sheena fosse riuscita a dare la notizia alla sua famiglia. Che le piacesse o no, Sheena era la chiave del loro successo. Se Sheena non avesse accettato di andare in Florida, sarebbe stata la fine!

CAPITOLO 4
SHEENA

Sheena era seduta al tavolo della cucina a sorseggiare la seconda tazza di caffè quando le squillò il cellulare. Controllò chi chiamava. *Darcy.* Con un sospiro, fece clic per rispondere alla chiamata.

«Come ha preso la notizia Tony?» chiese Darcy senza preamboli.

«Non gliel'ho ancora detto» disse Sheena con sincero rammarico. «Ieri sera è tornato a casa troppo tardi dopo essere stato chiamato fuori per un'emergenza di lavoro ed era troppo stanco perché potessi parlargliene. E quando avevo intenzione di dirglielo stamattina, Michael ci ha interrotti, ricordandomi che aveva bisogno di una divisa da basket pulita. E poi, prima che potessi mandarlo a fare la sua partita, è arrivata un'altra chiamata per Tony, un'altra emergenza legata a un grosso progetto di edilizia residenziale per il quale sta facendo un'offerta. Un progetto fondamentale per l'azienda.»

«Devi dirglielo subito!» gridò Darcy. «Non rovinarci tutto. Dobbiamo procedere con i piani di trasloco. Io e Regan stiamo mettendo in vendita tutto ciò che non ci serve.»

«Non state andando un po' troppo in fretta?» disse Sheena, incapace di trattenere un altro sospiro. Darcy poteva essere impulsiva. Anche da bambina si metteva allegramente nei guai senza riflettere.

«Io e Regan dobbiamo dare un preavviso di due settimane e abbiamo altre cose di cui occuparci. Tu hai intenzione di allontanarti dalla tua famiglia su due piedi?» disse Darcy.

Sheena fece un bel respiro per calmarsi. «Certo che no. Sto solo aspettando il momento giusto per dirlo a Tony. Nel frattempo, sto cercando di mettere insieme una lista di cose da sistemare prima di partire.» Sentì il sudore imperlarle la fronte. Nessuno della sua famiglia l'avrebbe sostenuta. Perché avrebbero dovuto? A volte Sheena si sentiva schiava di loro e delle loro continue richieste.

«Mi spiace averti aggredita» disse Darcy con una nota di autentiche scuse. «È solo che tutta questa faccenda richiederà un sacco di coordinamento. E non abbiamo nemmeno una foto del posto. Farò altre ricerche e controllerò le aree circostanti, sperando di farmi un'idea più precisa di quello che ci aspetta. Ma questo è un momento perfetto per fare questo cambiamento. Dovrebbe essere bello in Florida.»

«Andate avanti con i vostri piani. Vi farò sapere quali sono i miei programmi dopo aver sistemato le cose qui» disse Sheena. «Come se la cava Regan con tutto questo?»

«È eccitata quanto me. Ecco. Le do il telefono. Puoi parlarle tu stessa.»

Mentre si passavano il telefono, Sheena aspettava con ansia. Tra le sue due sorelle, Regan era quella che sembrava andare alla deriva senza fare grandi progetti. Aveva sempre fatto affidamento sul fatto che altri membri della famiglia lo facessero per lei.

«Ciao, Sheena!» disse Regan. «Non ti tirerai indietro da questo accordo, vero?»

«Niente affatto. Semplicemente non ho avuto il momento giusto per parlarne con Tony. È stato molto occupato. Non preoccuparti. Mi terrò in contatto. Sarai in grado di occuparti da sola di tutti i preparativi necessari?»

«Sì, non credo che sarà un problema lasciare l'appartamento. Era piuttosto affollato. E come ha detto

Darcy, non mi preoccuperò nemmeno di trovare un posto dove riporre le mie cose. Venderò quello che non mi serve. Non vogliamo dare niente da tenere a papà e a quella donna.»

«Quella donna? Intendi Regina O'Brien?» Sheena scosse la testa. Né Darcy né Regan erano state contente dell'idea che il padre vivesse già con un'altra donna. Non capivano quanto si sentisse solo senza la loro mamma. Sheena era felice che qualcun altro fosse disposto a prendersi cura di lui. Poteva essere impegnativo. Soprattutto dopo aver bevuto un paio di birre.

«Come vuoi» disse Regan. «Mamma sarebbe scioccata se sapesse quanto ha fatto in fretta papà a trovare un'altra persona che prendesse il suo posto. E ora ci dicono che si trasferiscono a ovest, lontano da noi, come se non contassimo niente.»

«In realtà, se ci pensi, anche noi stiamo per allontanarci da loro. Avrai tempo di vedere papà durante questo viaggio? Sono sicura che gli farebbe piacere.»

«Non posso. Ho un volo alle undici. Lo chiamerò più tardi. Prometto.»

Sheena sospirò. Conoscendo le sue sorelle, avrebbero lasciato a lei il compito di parlare al padre dei cambiamenti nelle loro vite. Non sarebbe stata una conversazione facile. Anche se papà e Gavin erano fratelli, avevano sempre combattuto aspre battaglie.

Sheena salutò e si voltò mentre Meaghan entrava in cucina.

«Sono pronta per andare a fare shopping. Avevi promesso che oggi avremmo preso il mio vestito. Giusto?» Lo sguardo che Meaghan le rivolse faceva capire che non ci sarebbero state trattative.

«Ok, Michael ha la macchina. Prenderemo la T per andare in centro.»

«Ma, mamma...»

Sheena alzò una mano per fermarla. «O così o niente.»

Meaghan brontolò tra sé e sé e uscì dalla stanza, dimostrandosi abbastanza intelligente questa volta da non contraddirla.

Sheena finì un pezzo di pane tostato che stava sgranocchiando e si alzò. Trasferirsi in Florida sembrava sempre più bello.

Più tardi, carica di pacchi, Sheena seguì la figlia in casa e in cucina.

Tony era seduto al tavolo della cucina a mangiare un panino. Alzò lo sguardo verso di loro. «Ancora shopping?»

Meaghan si precipitò in avanti e gettò le braccia al collo di Tony. «Papà! Grazie! Mamma non mi avrebbe permesso di comprare questo vestito, ma sapevo che a te sarebbe piaciuto, e lo adoro!»

Tony ridacchiò felice quando Meaghan gli diede non uno, ma due baci sulla guancia.

Sheena strinse le labbra. Meaghan era proprio la cocca di papà. Dopo aver rischiato di litigare di nuovo, aveva ceduto e aveva permesso a Meaghan di avere il vestito più costoso dei due che avevano selezionato come scelta finale.

«Devo andare di sopra a chiamare Lauren per raccontarle tutto» disse Meaghan. Prese un paio di borse della spesa da Sheena prima di correre via.

Sheena posò i pacchi e si lasciò cadere su una sedia della cucina di fronte a Tony. «Fare shopping con tua figlia non è un piacere. Soprattutto quando cerchiamo di essere prudenti con i soldi.»

«Sì? Che cos'avete preso? Qualcosa in saldo?»

Sheena allungò il braccio sul tavolo e strinse la mano di Tony. «Dobbiamo parlare. Si tratta del mio incontro con l'avvocato di ieri.»

Tony le rivolse uno sguardo interrogativo. «Ok. Sentiamo.»

Sheena si sentì seccare la bocca mentre cercava le parole giuste. Incrociò mentalmente le dita e cominciò. «Io e le mie sorelle abbiamo ricevuto un regalo davvero unico da mio zio Gavin. Ognuna di noi ha una quota di un terzo di un hotel in Florida, a patto che riusciamo a farlo funzionare. Se ci riusciamo, potrebbe significare un sacco di soldi per noi tre. Ci sono però alcuni inghippi. Secondo il suo testamento, io e le mie sorelle dobbiamo vivere lì per un anno mentre ci assicuriamo che l'hotel abbia successo.»

Prima che lei potesse continuare, l'espressione di Tony passò dalla curiosità all'incredulità. Poi assunse un'espressione risoluta, un'espressione che Sheena conosceva fin troppo bene.

«Non esiste che tu lasci questa famiglia per un anno» annunciò con una fermezza che gli faceva scandire le parole.

«Tony, ascoltami. Tu e i ragazzi potete venire a trovarmi, magari potete anche trasferirvi lì con me.»

«Sei impazzita?»

«Sarà scomodo per un po', ma pensa a cosa potrebbe significare per la nostra famiglia e per le mie sorelle. Avremmo abbastanza soldi da dare ai ragazzi una buona istruzione e forse anche per mettere da parte i soldi per la pensione.»

«Non vi faccio mancare niente» disse Tony. «Non ci provare nemmeno.»

Sheena rimase in silenzio. Gli affari di Tony non andavano bene, non da quando il suo braccio destro si era licenziato per trasferirsi sulla costa ovest.

Lui le lanciò un'occhiataccia. «E i nostri figli? Non puoi abbandonarli.»

«Non abbandonerò né loro né te. Staremo lontani solo per

poche settimane alla volta. I ragazzi possono venire in Florida per le vacanze scolastiche e le vacanze estive. E vorrei che tu venissi il più spesso possibile. Per molti versi non sarebbe diverso da quello che succede a tua sorella, suo marito è in viaggio ogni settimana per lavoro. Solo che invece di venire io qui, saresti tu a venire da me.»

Tony scosse la testa. «Andare in Florida? Venire a trovarti? E la mia attività?»

Sheena si disse di trattenersi, ma non ci riuscì. «È per questo che hai un paio di assistenti. Forse, per una volta, dovrebbero occuparsi loro del fine settimana invece di lasciarlo a te. Ogni. Dannato. Fine settimana!»

Tony si alzò di scatto dalla sedia. «Oh? Ora mi stai dicendo che non gestisco bene la mia azienda? Cos'altro non faccio bene, Sheena?»

Sheena alzò le mani per fermarlo. «Tony, Tony, non litighiamo. Sfruttiamo questa occasione.»

«No, Sheena. Se fai questa cosa, come vuoi chiamarla, è come se mi dicessi che il nostro matrimonio è finito.»

A Sheena vacillarono le ginocchia quando si alzò in piedi e lo affrontò. «No, Tony, non sto dicendo niente del genere. Ti amo e voglio bene ai ragazzi. Ma questa è un'occasione unica per aiutare la mia famiglia. Possiamo farcela. So che possiamo. E lo devo alle mie sorelle.»

Lui cominciò a balbettare. «Ma... ma...»

Sheena alzò la mano e parlò con fermezza. «Non cambierò idea. Voglio che tu mi sostenga in questa impresa, ma se non lo farai, sarò costretta a dimostrarti da sola che questa è un'opportunità per tutti noi.»

Tony la fulminò con lo sguardo, prese le chiavi del suo furgone e uscì di corsa dalla cucina. Pochi istanti dopo, Sheena sentì il rombo del furgone di Tony che usciva dal vialetto e si allontanava sgommando sul marciapiede.

Cercando di trattenere le lacrime, Sheena portò i pacchi al piano di sopra, in camera da letto, e li nascose nell'armadio. Era riuscita a prendere un costume da bagno e un paio di pantaloni nella sezione abbigliamento da crociera di uno dei grandi magazzini del centro. Ma la maggior parte del suo guardaroba non sembrava adatto alla Florida tropicale. Forse, come le sue sorelle, non si sarebbe preoccupata, si sarebbe limitata a comprare vestiti nuovi in Florida. Di solito un'idea del genere l'avrebbe entusiasmata, ma aveva lo stomaco ancora in subbuglio per il diverbio con Tony.

Sentì un trambusto al piano di sotto e, pensando che fosse suo marito, si affrettò ad andare a salutarlo.

In fondo alle scale, trovò la suocera che le sorrise. «Ciao, ho sentito un gran trambusto provenire dalla tua parte e mi chiedevo se fosse tutto a posto.»

Sheena trattenne una risposta acida sul diritto alla privacy. Rosa Morelli era la migliore suocera che si potesse avere. Nel corso degli anni erano diventate buone amiche.

«È meglio che tu venga in cucina» disse Sheena. «Possiamo parlare lì.»

Mentre tra sé e sé cercava di formulare le parole giuste, si mise a preparare una tazza di caffè per Rosa, senza zucchero con un goccio di latte, e una tazza per sé. Avevano spesso avuto conversazioni come questa, ma Sheena sapeva che sua suocera non avrebbe gradito ciò che stava per dirle.

Rosa bevve un sorso del liquido caldo e posò la tazza di caffè. «Che succede? Tony è uscito rombando dal vialetto come se fosse impazzito.»

«Lascia che ti racconti cosa mi è successo e poi ne parliamo» disse Sheena, rendendosi conto di aver bisogno della percezione di Rosa. Sua suocera era onesta, a volte in modo irritante.

Dopo aver esposto le strane regole dell'accordo, Sheena si

appoggiò allo schienale della sedia, studiando attentamente il volto di Rosa. La disapprovazione era stata sostituita da un curioso interesse.

«Non potresti andartene da lì, ma Tony e i ragazzi potrebbero venire a trovarti?»

«Sì. Lo zio Gavin sapeva benissimo che ho una famiglia. Se avesse avuto delle obiezioni sul fatto che venissero a trovarmi, il suo testamento avrebbe detto qualcosa al riguardo.»

Rosa scosse la testa. «Non è mai una buona idea per una donna lasciare il marito per un periodo di tempo prolungato. Può succedere di tutto.»

«Per questo è importante che Tony e i bambini passino un po' di tempo con me» ribatté Sheena. «Pensa a cosa potrebbe significare per la nostra famiglia.»

«E com'è questo hotel? Avete delle foto?»

Sheena scosse la testa. «Non ancora. È un po' sconcertante che non sia su Internet.»

Rosa si appoggiò allo schienale della sedia e rivolse a Sheena uno sguardo pensieroso. «Che cosa ci garantisce che questo... questo accordo sia in regola?»

«Non credo che...» Sheena si fermò. *Era tutto così assurdo, chi poteva dire che non fosse un grosso scherzo?*

Rosa afferrò la mano di Sheena. «Sono solo preoccupata che tu possa andare in cerca di un tesoro che in realtà non c'è.»

«Ma l'avvocato è di uno studio molto rispettato. È stato molto professionale. Ci ha detto che se avessimo accettato la sfida avremmo avuto un patrimonio considerevole.» Sheena fece una pausa e poi se ne uscì di botto con una cosa che la tormentava da mesi. «Più che trovare un tesoro e aiutare la mia famiglia, Rosa, voglio trovare me stessa. Riesci a capirlo?»

Rosa rimase in silenzio, e Sheena si chiese se avesse

oltrepassato i limiti della sua amicizia con la madre di Tony.

«Sì» disse Rosa lentamente, pensierosa. «Come donna che ha cresciuto due figli suoi in questa famiglia, lo capisco fin troppo bene.»

«Non so più chi sono. Per Tony sono la donna che si prende cura di lui, della casa e dei suoi figli. Per Meaghan e Michael? Non sono altro che una schiava.»

«Non sono sicura che sia vero» cominciò Rosa.

«E allora chi sono?» Sheena non riuscì a impedire che le lacrime le salissero agli occhi. Da qualche tempo si sentiva così avvilita, così sola, così poco apprezzata.

I lineamenti di Rosa si addolcirono. «Sei una moglie e una madre meravigliosa. Ti voglio bene, Sheena.» Le diede una piccola pacca sulla mano. «Vai a cercare te stessa e il tuo tesoro. Io ti aiuterò per quanto possibile. Ma tu e Tony dovete risolvere i dettagli da soli. Ricorda che voglio bene anche a mio figlio e non vorrei che soffrisse.»

Rosa si alzò in piedi con un sospiro e abbracciò Sheena. «Non ne parlerò con Paul finché voi due non avrete risolto la questione.»

Sheena annuì e ricambiò l'abbraccio di Rosa più forte che poteva. Per il momento sarebbe stato il loro segreto. Suo suocero non avrebbe capito che a volte una moglie e una madre aveva bisogno di sapere chi era veramente.

CAPITOLO 5
REGAN

Regan entrò nell'appartamento che aveva affittato con le sue coinquiline, Chelsea e Becca, entusiasta di condividere con loro la notizia. «C'è qualcuno?» chiamò.

Nel silenzio che seguì, portò la valigia nella piccola stanza che le fungeva da camera da letto. In origine la stanza era un ripostiglio, ma da allora era stata trasformata in camera da letto da alcuni intraprendenti affittuari che l'avevano preceduta.

Guardandosi intorno, Regan si rese conto che nei tre anni in cui aveva vissuto lì non le era mai sembrata una vera casa. L'aveva sempre usata come un luogo temporaneo in cui esistere prima di trovare quell'uomo speciale che l'avrebbe trattata come se avesse un cervello. Tutti volevano essere belli. Ma chi non lo era non avrebbe mai capito che Regan sarebbe stata disposta a scambiare alcune delle sue cosiddette caratteristiche stupefacenti con del vero rispetto. L'idea che fosse stupida era iniziata alle elementari. Quando gli altri bambini della sua età leggevano, lei non ci riusciva. Ci erano voluti un paio d'anni perché una suora si rendesse conto che aveva una forma di dislessia che rendeva la lettura problematica ma non impossibile. Ma l'etichetta di stupida era già stata impressa nella mente di Regan e di tutti gli altri.

Aprì la valigia. Mentre rimetteva i vestiti nell'armadio, cominciò a fare una cernita, togliendo le cose che sapeva non avrebbe tenuto. Ben presto si ritrovò con un'enorme pila sul letto.

«Che cosa stai facendo?» chiese Chelsea Cochran, sbirciando nella stanza.

Regan la guardò raggiante. «Mi sto liberando di questi vestiti. Serviti pure! Non indovinerai mai cosa mi è successo.»

«Sei ubriaca?» disse Chelsea, aggrottando la fronte.

«No, ma in futuro potrei bere molte piña colada.» Regan non poté fare a meno di saltellare. Era un pensiero così bello.

«Ok, sul serio, che succede?» chiese Chelsea. «Questo non è affatto da te.»

Regan le fece cenno di sedersi sul bordo del letto. «Ascolta.»

Gli occhi di Chelsea si facevano sempre più grandi man mano che Regan le forniva dettagli.

«Mi stai prendendo in giro!» esclamò Chelsea. «Oh! Pensa alle vacanze che posso fare in quel posto. Ricordati che sei la mia migliore amica in città!»

Regan si fece seria. «Sì, non sono sicura di come funzioneranno le cose all'hotel. Non abbiamo ancora visto una foto. Ma, Chelsea, devo essere là tra due settimane. Devi aiutarmi a trovare qualcuno che prenda il mio posto qui.»

Chelsea si lasciò sfuggire una risatina nervosa. «In realtà, Becca e io ci stavamo chiedendo cosa fare. Una sua amica sta cercando due coinquiline in un grande e lussuoso appartamento che vuole affittare. Ma sapevamo che con il tuo stipendio non potevi permettertelo, quindi non abbiamo fatto niente.» Un'espressione gioiosa le illuminò il volto. «Ora, forse, possiamo.»

Regan si accasciò accanto alla pila di vestiti sul letto. «Per me, avreste rinunciato alla possibilità di un posto più grande e più bello?»

Chelsea le mise una mano sulla spalla. «Ti vogliamo bene, Regan. Anche se devo ammettere che ci è dispiaciuto molto rifiutare.»

Regan sentì un sorriso attraversarle il viso. «Chiamala subito. Devo partire tra due settimane. Forse puoi ancora entrare. E come ti ho detto, prendi pure tutti i vestiti sul letto che vuoi.» Lanciò a Chelsea uno sguardo malizioso. «Quelli che ti piace prendere in prestito senza chiedere.»

Ridendo, Chelsea si alzò e la abbracciò. «Va bene, farò la telefonata.» Iniziò ad allontanarsi e poi si voltò indietro.

«Sono felice per te, Regan, davvero. Accidenti! Una vera ereditiera!»

Regan fu pervasa da una strana sensazione. In qualche modo la parola "ereditiera" non le sembrava appropriata. Ma, come aveva pensato all'inizio, la sfida dello zio Gavin poteva essere la cosa migliore che le fosse mai capitata.

CAPITOLO 6
SHEENA

Il silenzio può essere una cosa terribile quando viene usato come un'arma, pensò Sheena, mentre preparava la tavola per la cena. Tony era rientrato in casa, ma era andato subito in salotto e aveva acceso la tv per guardare una partita di football. Quando si era avvicinata, lui l'aveva salutata con un cenno del capo.

Ora, una rara sera in cui i due figli erano a casa senza programmi per l'immediato, temeva l'idea di parlargli della sua partenza. Ma doveva essere fatto.

Quando chiamò tutti a cena, ci fu la solita ressa per sedersi.

«Oh, mamma. Lasagne?» disse Meaghan. «Lo sai che fanno ingrassare.»

«È il piatto preferito di tuo padre» disse Sheena con calma. Ignorando i piagnistei della figlia, cercò di strappare un sorriso a Tony. Ma lui non ne volle sapere.

«Mangia un sacco d'insalata, invece» consigliò a Meaghan.

«Sì» intervenne Michael. «Noi ragazzi abbiamo bisogno di tutti i carboidrati possibili per l'esercizio fisico che facciamo.»

«Mamma, ho invitato un paio di ragazze a passare qui la notte dopo il ballo di San Valentino» disse Meaghan. «Non ti dispiace, vero? Ci dici sempre che le nostre amiche sono sempre le benvenute.»

Sheena fece un profondo respiro. «Be', questa volta dovrai chiederlo a tuo padre. Non a me. Io non ci sarò.»

«Che cosa vuoi dire?» chiese Meaghan sbiancando.

«Tua madre intende lasciarci da soli per un anno» disse

Tony. «Dovremo cavarcela senza di lei.»

«Che cosa? Non puoi farlo!» esclamò Michael, lanciandole uno sguardo incredulo.

«State divorziando?» chiese Meaghan con voce tremolante.

«No, ascoltatemi. È successa una cosa meravigliosa.» Sheena raccontò i dettagli del testamento dello zio Gavin, senza tralasciare nulla. «È importante che io lo faccia anche per voi e per vostro padre. Potrebbe significare molti benefici per tutti noi. E non vi lascerò per un anno. È una sciocchezza. Ci vedremo regolarmente in Florida.»

«Ma papà guadagna un sacco di soldi. Non c'è bisogno che ci lasci» disse Meaghan. I suoi occhi brillavano di lacrime.

Sheena voleva essere sincera senza ferire i sentimenti di Tony, ma il fatto era che la sua attività aveva subito qualche brutto colpo negli ultimi mesi. Nell'ultimo anno aveva perso un paio di appalti per lavori importanti. Lavori di cui avevano bisogno. Dopo di che, aveva persino dovuto licenziare due persone.

«È difficile gestire una piccola impresa nel mondo di oggi, con tanti regolamenti governativi e aziende che cercano di battere le altre con offerte al ribasso per ottenere i lavori più importanti» disse Sheena nel modo più diplomatico possibile. «Vogliamo che voi possiate frequentare l'università che preferite. Michael ha solo un altro anno di scuola superiore dopo questo, e poi se ne andrà. E se non partecipo alla sfida, Darcy e Regan non potranno ereditare l'hotel o, più tardi, il resto del patrimonio dello zio Gavin. Non sarebbe giusto nei loro confronti se non lo facessi.»

«Perché lo zio Gavin ha organizzato la cosa in questo modo?» chiese Michael. «Qual è la fregatura?»

Sheena scosse la testa. «Mi piacerebbe sapere cosa stava pensando. L'avvocato ha detto che voleva che fosse una lezione di vita per ognuna di noi.»

«Qualunque cosa significhi» disse Tony sbattendo la forchetta per poi alzarsi e allontanarsi.

Meaghan iniziò a piangere.

Michael si alzò in piedi. «Accidenti, mamma! Non vincerai in nessun caso, che tu lo faccia o no.»

«Grazie, Michael» disse Sheena ironicamente. «È esattamente come mi sento.»

Per tutta la sera Meaghan rimase accanto a Sheena, insistendo per sedersi accanto a lei mentre faceva ricerche online sulla zona costiera in cui si trovava l'hotel. Nonostante avesse imparato a conoscere quella zona della Florida, come le aveva detto Darcy, l'hotel non era presente in nessun elenco. Una cosa che la preoccupava molto.

Più tardi, dopo che Michael era tornato a casa da un amico e Meaghan era salita in camera sua, Sheena e suo figlio si sedettero insieme sul divano del soggiorno.

«Ho bisogno che tu sia quello forte per Meaghan» spiegò Sheena. «Non starò via per un anno intero senza vederti, come ha detto papà. Saranno solo alcune settimane alla volta. Sarete voi a venire da me invece che io a venire da voi. Potrete trascorrere le vacanze scolastiche e l'estate in Florida, farete e vedrete tante cose nuove.»

«E se andassimo al mare in New Hampshire come facciamo ogni estate?» chiese Michael.

«Quest'estate, invece, verrai in Florida. Sono abbastanza sicura di poterti trovare un lavoro estivo» disse Sheena, cercando di scherzare un po'.

«Se diventerai ricca facendo questa cosa, perché ho bisogno di un lavoro estivo?» replicò Michael.

Sheena gli prese la mano. «Perché, caro figlio mio, si tratta di imparare a essere responsabili e di contribuire al bene comune della famiglia. Il fatto che io vada in Florida non garantisce nulla, ma non prenderei nemmeno in considerazione di farlo se non fossi abbastanza sicura che sarà una cosa molto positiva per la nostra famiglia.»

«Se non c'è niente di garantito, perché diavolo lo fai?» Le narici di Michael si dilatarono mentre la guardava.

«Oh, Michael» disse Sheena. «È un'occasione per togliere molte preoccupazioni a tuo padre. Come potrei non farlo?

Lui abbassò lo sguardo a terra e poi alzò lo sguardo su di lei. «Vorrei saperlo.»

Lei lo abbracciò. «Parleremo ancora domattina.»

Tony era già a letto quando Sheena salì le scale in camera per dormire. Osservando la sua forma rigida nel letto, Sheena sospirò. Lei e Tony litigavano raramente. Non era stato necessario finora, perché lei si accontentava di essere sua moglie e la madre dei suoi figli. Ora, però, doveva farglielo capire.

Si spogliò e si preparò con calma per andare a letto prima di infilarsi la camicia da notte che piaceva a Tony, quella rossa e corta che le aveva comprato a San Valentino. Vedendo la sua immagine riflessa nello specchio, osservando l'indumento che sembrava nuovo di zecca, si rese conto che erano passati diversi anni.

Scostandosi i capelli ramati dal viso, si chiese cosa fosse successo alla giovane e innocente ragazza che pensava che la sua vita sarebbe stata dedicata ad assistere i malati. Quella ragazza aveva voluto una vita interessante, una carriera gratificante come infermiera e un brav'uomo nella propria vita. Preferibilmente un medico, che sarebbe stato disponibile solo quando lei lo avesse voluto intorno. Quando era entrata all'università, era stata eccitata dall'idea di stare per conto suo, lontano dalle sorelle e dai genitori, e con persone interessanti che avevano viaggiato e visto molto.

Eppure, ricordava ancora il momento in cui era entrata in un bar e aveva visto Tony. Era seduto a un tavolo con degli amici. Quando aveva alzato lo sguardo su di lei, era stato come se il mondo intorno a loro si fosse dissolto. Il suo sorriso ridicolmente sexy e la luce dei suoi occhi scuri l'avevano attratta, promettendole cose che aveva letto solo nei libri.

La lussuria era molte cose per molte persone. Per lei era una conferma del suo desiderio di essere una persona diversa dalla ragazza che a casa era costretta ad aiutare a prendersi cura delle sorelle minori quando la madre era malata. Era libertà. E aveva un buon sapore ed era una bella sensazione!

Il viso che ora la fissava era ancora giovane e grazioso. Gli occhi verdi che Tony amava brillarono di intelligenza e poi all'improvviso si riempirono di preoccupazione. Sheena si voltò, non apprezzando il cambiamento.

Quando si infilò nel letto accanto a Tony, Sheena sentì il suo corpo irrigidirsi. Gli pose una mano sulla schiena. «Tony, ti prego, tesoro. Non litighiamo per questo. Non ti lascerei mai. Ti amo e ti amerò sempre.»

Lui si girò e la affrontò. «Ma tu mi *stai* lasciando.»

Lei scosse la testa. «Staremo separati per blocchi di tempo. Tutto qua. Tu verrai da me. E io ci sarò.»

I suoi occhi si riempirono di lacrime. «Senza di te, Sheena, non so cosa farò. Sei l'ancora che rende reale la nostra famiglia. Come faremo ad andare avanti senza di te?»

«Andrà tutto bene. Tu e i bambini. Anzi, credo che questo tipo di cambiamento sarà positivo per tutti noi.»

«A me sembra che tu stia cercando di scaricare la famiglia. Cosa dice che vorrai tornare?»

Lei gli posò una mano sulla guancia e lo fissò negli occhi scuri. «Dentro di te devi sapere che non lo farei mai.»

«Ok, allora perché tutte queste regole stabilite da Gavin?

Potrebbe essere solo uno scherzo. E poi dove finiremmo?»

«Proprio dove siamo ora» rispose lei, esitando a dire che credeva davvero che la loro situazione finanziaria sarebbe migliorata. «Tony, certe occasioni vale la pena coglierle.»

«Ti piace molto l'idea di lasciarci, vero?» Il suo sguardo si posò su di lei, esigendo una risposta sincera.

«Voglio questa opportunità per la nostra famiglia, ma sì, mi sono sentita così persa che è arrivato il momento di ritrovarmi.»

«Ma, Sheena, e se trovare te stessa significa perdere me?» Tony le rivolse uno sguardo preoccupato.

«Non lo so. Non lo so» rispose Sheena, improvvisamente spaventata.

Sheena salì i gradini della casa di famiglia a Dorchester, con il desiderio di potersi scambiare magicamente con una delle sue sorelle. Suo padre non sarebbe stato contento della notizia che le sue sorelle e lei erano state coinvolte in uno dei piani dello zio Gavin.

Sheena suonò il campanello e aspettò che suo padre le aprisse la porta. Il vento freddo di gennaio le sferzava intorno, costringendola a stringersi addosso il piumino. Vivere vicino al mare aveva dei vantaggi, ma le brezze invernali non vi rientravano.

«Guarda un po' chi c'è» disse suo padre sorridendo da dietro la porta d'ingresso. «Entra. Entra.»

Sheena entrò in casa. Sembrava vuota ora, senza la presenza di sua madre. Non poteva biasimare le sue sorelle per il fatto di non gradire i cambiamenti che vedevano. La fidanzata di suo padre aveva un debole per i cuscini di pizzo, i centrini e cose che sua madre non avrebbe mai scelto. In un angolo del divano c'era un orsacchiotto di peluche, vestito con un abito a balze, a ricordo della donna che aveva sostituito sua madre.

Il padre di Sheena notò il suo disgusto e sventolò la mano per minimizzare la cosa. «Bah! Neanche a me piace molto, ma rende felice Regina. Chi sono io per lamentarmi? È molto brava a cucinare. Per me è sufficiente.»

Lui le sorrise e Sheena si chiese quanto fosse stato felice con sua madre. Patrick Sullivan era un uomo alto, dalle guance rosee, di bell'aspetto, appesantito, che si era da poco ritirato dai vigili del fuoco. Da qualsiasi punto di vista, sarebbe stato un buon partito per una vedova ansiosa di trovare un uomo nuovo nella sua vita.

«Quando vi trasferite in California?» gli chiese Sheena.

«Non ne sono sicuro. Ho detto a Regina che non mi piace affatto l'idea di lasciare le mie ragazze. Vieni in cucina. Possiamo parlare lì. Che ne dici di una tazza di caffè?»

«Certo, il mio lo prendo senza zucchero.»

Sheena si sedette al tavolo della cucina e si guardò intorno. Sentì la mancanza di sua madre così tanto da farle male. Crescendo, sua madre era stata una presenza così gentile e rassicurante nella sua vita. Anche quando sua madre era malata, la sua presenza confortante aveva sempre riempito la casa.

Suo padre le porse una tazza di caffè fumante e si sedette di fronte a lei.

Sheena lo studiò. «Ti vedo bene, papà. Sei contento?»

Lui annuì e sorrise. «Mi manca ancora tua madre, ma sto bene. Detesto i cambiamenti nella mia vita, ma li sto affrontando.»

«Bene» disse Sheena posando la tazza di caffè. «È successa una cosa grossa e Darcy, Regan e io ci trasferiamo temporaneamente in Florida per un anno.»

«Eh? Non puoi trasferirti. Hai la tua famiglia qui. Che diavolo sta succedendo? È meglio che tu non mi dica che stai divorziando.»

«No, no, niente del genere. Si tratta del testamento dello zio Gavin. Ci ha lasciato un albergo in Florida con alcune condizioni.» Sheena spiegò cosa intendeva.

«Non dirmi che quel figlio di puttana ti sta prendendo in giro dalla tomba» disse suo padre. «Non cadere in nessuno dei suoi trucchi. Inganna sempre la gente con qualche affare finanziario o altro.»

Sheena studiò il volto rosso di suo padre, il modo in cui i suoi occhi blu brillavano di rabbia. «Perché ti è così antipatico?»

«Era sempre in cerca di vittorie facili, andava anche a fare immersioni alla ricerca di oro tra i relitti di navi affondate. Doveva avere tutto più grande e più bello. Ho scoperto a mie spese che molte delle sue chiacchiere erano solo questo: chiacchiere. Non gl'importava di chi avrebbe potuto ferire lungo la strada, compresa tua madre.»

«Ma alla mamma è sempre piaciuto.»

«*A lui* è sempre piaciuta *lei*» disse suo padre. «Troppo, secondo me.»

Sheena nascose lo shock quando capì che gran parte della rabbia del padre aveva a che fare con la gelosia. Ora ricordava quanto sua madre fosse sempre stata contenta di vedere Gavin. E in più, le venne in mente la moneta d'oro. «Prima di andarmene, mi chiedevo se posso dare un'ultima occhiata ad alcune cose della mamma che avevo inscatolato per conservarle.»

«Sì, già che ci sei, perché non prendi tutto. Hai la tua macchina. Ti aiuto a caricarla. Sarà una cosa in meno da impacchettare quando saremo pronti a traslocare.»

«A proposito di questo trasferimento in California...» Sheena iniziò. «Non ti mancheranno tutti i tuoi amici qui?»

Suo padre scrollò le spalle. «Le cose non sono più le stesse, sai? Il mio migliore amico, Micky, è morto poco prima di tua madre, e la caserma dei pompieri è piena di giovani che non hanno molta considerazione di quelli della mia età. È ora di andare avanti. Voi ragazze siete il motivo per cui sono rimasto.»

Sembrò invecchiare all'improvviso davanti agli occhi di Sheena. Travolta dalla compassione, si alzò dalla sedia e abbracciò il padre. «È dura, vero?»

Lui annuì. «Maledettamente dura. Andiamo, ti prendo quella scatola. Spero solo che tu non stia facendo un grosso errore, Sheena. Sei la più assennata della famiglia.»

«Grazie, papà» disse Sheena, non sapendo bene perché lo stesse ringraziando. Essere assennata aveva sempre significato più responsabilità per lei che per le sue sorelle.

A casa, Sheena portò la scatola in cucina. Con Tony al lavoro e i bambini a scuola, Sheena si godette la pace in casa. Posò la scatola sul tavolo. I gioielli di sua madre erano stati distribuiti a lei e alle sue sorelle, i suoi vestiti dati in beneficenza. Gli oggetti all'interno della scatola erano le ultime cose personali di sua madre, prese dai cassetti della sua scrivania. All'epoca, né Sheena né le sue sorelle si erano sentite in grado di guardarci. Avrebbe significato perdere completamente la madre.

Sheena tolse il coperchio della scatola facendo attenzione. Con molta cautela, tirò fuori l'angelo di porcellana che aveva visto sulla scrivania di sua madre da quando aveva memoria. All'interno della scatola c'era anche il rosario preferito di sua madre, avvolto in un fazzoletto di pizzo con l'iniziale E di Eileen ricamata sopra. Alcune vecchie lettere e cartoline erano legate insieme a un paio di fotografie che sua madre aveva tenuto nascoste.

Osservando gli oggetti contenuti nella scatola, Sheena

sperava di trovare indizi su dove si trovasse la moneta d'oro. Diede un'occhiata alle lettere e alle cartoline. La maggior parte erano suoi e delle sue sorelle, vecchi biglietti di San Valentino, cartoline di compleanno e simili. C'erano anche alcuni biglietti di Meaghan e Michael, il che fece sorridere Sheena. Erano davvero dei bravi ragazzi.

Su una delle buste c'era il suo nome. Sheena la sollevò e osservò il modo in cui era stata chiusa e poi sigillata con nastro adesivo. Prese un coltello affilato dal portacoltelli e la aprì, facendo attenzione a non strappare nulla all'interno.

Ne cadde fuori la moneta d'oro. Sheena ebbe un sussulto e la prese su. Era come la ricordava, rotonda e opacizzata dagli anni. Riconobbe i segni che vi erano impressi come quelli che si potevano trovare su un pezzo d'oro proveniente da un naufragio. Forse non tutte le ricerche erano state infruttuose quando suo zio era andato in cerca d'oro. Forse era per questo che aveva quello che l'avvocato aveva definito un patrimonio consistente. Il pensiero la spaventava e la eccitava al tempo stesso.

Sheena estrasse il biglietto dalla busta che conteneva la moneta con cautela. La carta era ingiallita ed era diventata fragile col tempo.

Fissò le parole del biglietto: *Sheena, questa moneta era nascosta nella scimmia di peluche che ti ha regalato lo zio Gavin. Ti è stata data per essere usata in un momento della tua vita in cui ne avresti avuto più bisogno. Tuo zio Gavin ti voleva molto bene. Ricordalo, tesoro mio. Con amore, mamma.*

Mentre rileggeva il biglietto, fu assalita da un brivido che le percorse le spalle a ondate. Essendo la più grande, supponeva che lo zio Gavin la conoscesse meglio. O forse, quando erano arrivate le sue sorelle, Gavin sapeva di non essere il benvenuto in casa del fratello.

Le famiglie sono sempre piene di misteri, pensò Sheena, decidendo di non dire nulla della moneta d'oro a nessun altro. La infilò di nuovo nella busta, poi la portò al piano di sopra e la nascose tra gli indumenti intimi di lusso che non usava quasi più.

La sera prima di partire per la Florida, Sheena decise di organizzare una bella cena per festeggiare. Servì piccata di pollo, antipasto e quella che Tony chiamava "la famosa torta di mele di Sheena".

A ogni posto tavola c'erano piccoli doni dagli incarti allegri. Aveva passato molto tempo a pensare a qualcosa di speciale per ognuno di loro.

«Che cos'è?» chiese Tony sedendosi a capotavola. Prese su il suo regalo e lo rimise giù.

«Vedrai.» Si rivolse a Meaghan e Michael. «I regali ci ricordano che siamo una famiglia, non importa dove siamo. Si sta avvicinando il momento in cui entrambi sarete fuori per conto vostro. Ma, come ora, nulla ci rende meno famiglia se manca uno di noi.»

«Cappero! Detta così dai l'impressione che te ne stai andando per sempre» disse Michael, lanciandole un'occhiata preoccupata.

Sheena cercò di dare un tono positivo alla cosa. «Ehi! Venite tutti in Florida per le vacanze di primavera. Dieci settimane non sono poi così tante. Il tempo passerà in fretta.»

«Ma mamma, chi mi sistemerà i capelli per il ballo di San Valentino?» chiese Meaghan. La sua voce aveva un tono piagnucoloso familiare.

«Nonna Rosa ha già promesso di sistemarti i capelli» disse Sheena a bassa voce. «Farà un ottimo lavoro. Ricorda che ha una figlia e sa tutto di queste cose.» Sheena fece un sorriso a tutti. «Ha promesso di esserci per ciascuno di voi, a prescindere dal motivo.»

Meaghan sollevò il regalo che aveva davanti. «Posso aprire il mio regalo adesso?»

Tirò via con cura l'involucro di carta stagnola rosa dal piccolo pacchetto che teneva tra le mani. Le si spalancarono gli occhi quando vide la scatola ricoperta di velluto all'interno. La aprì e sorrise. «È bellissimo, mamma! Grazie!»

«Facci vedere!» disse Michael.

Meaghan sollevò la catenina d'oro e un ciondolo a forma di conchiglia tipo capasanta. All'interno della conchiglia brillava un piccolo diamante.

«Ci ricorda che non staremo lontani a lungo.»

Gli occhi di Meaghan brillarono. «Sarà perfetto per il ballo.»

«Ok, tocca a me» disse Michael. Strappò via la carta dal suo regalo, aprì la scatola e fissò il contenuto sorpreso. «Wow! Davvero? Le chiavi della tua auto?»

Sheena e Tony si scambiarono uno sguardo divertito. «Tuo padre e io abbiamo concordato che puoi usarla mentre sono via. Dopo? Vedremo.»

«Grazie. Sarà bello avere un mezzo mio almeno per un po'.»

Sheena guardò Tony.

«Immagino sia il mio turno» disse lui. Strappò l'involucro, sollevò il coperchio della scatola e aggrottò la fronte. «Che cos'è?»

«È un gettone tascabile. Avevo pensato di regalarti un orologio, ma mi sono resa conto che non lo avresti indossato per via del lavoro. Questo è qualcosa che puoi portare sempre con te in tasca.»

Sheena aveva ordinato l'oggetto rotondo, d'argento, simile a una moneta, con incise le parole: *Tu, Io, Sempre.* Un semplice cuore era l'unico disegno sulla faccia opposta.

Tony la guardò con un sorriso così triste che il cuore di Sheena ebbe un sussulto e poi scattò in avanti. Sapeva di averlo ferito, non rinunciando alla sua decisione di andarsene, ma questa volta le richieste della sua famiglia non avrebbero rovinato i suoi piani. Aveva preso la decisione giusta per molte ragioni.

«Ok» disse Michael, facendo dondolare le chiavi dell'auto. «Mangiamo! Sto morendo di fame! Dopo cena, voglio fare un giro in macchina.»

«Un momento!» disse Tony. «È la tua auto *provvisoria*. Capito?»

Michael fece una smorfia. «Oh, papà. Non ci si può divertire neanche un po'?»

Osservando la loro interazione, Sheena si chiese come sarebbe potuto cambiare il rapporto tra padre e figlio senza la sua sottile interferenza. Dopo un po', avrebbero semplicemente preso strade diverse? Guardò la famiglia che amava e sapeva che l'anno a venire sarebbe stato difficile per tutti loro.

Quella sera, quando Sheena si coricò, Tony si girò verso di lei. Alla fine avevano convenuto che non aveva altra scelta che tentare la sfida. A Tony non piaceva ancora l'idea che lei se ne andasse, ma dopo aver esaminato i dati finanziari della sua attività, aveva ceduto. La sua attività stava effettivamente fallendo.

Sheena sorrise quando lui la attirò a sé e se la strinse al petto. Consapevole della sua eccitazione, Sheena si sentì soddisfatta. Aveva la sensazione che non facessero l'amore da troppo tempo. Era un peccato, perché Tony era un ottimo amante.

«Togliti quel pigiama» ringhiò lui scherzosamente.

Lei si sbottonò il top mentre lui le toglieva gli slip. Con il cuore che batteva all'impazzata per quello che sapeva sarebbe successo, sentì le mani di suo marito sui seni. I capezzoli si inturgidirono per il piacere quando lui li accarezzò prima di riscaldarli con le labbra all'aria fresca.

«Mi sei mancato, Tony. A volte penso che la nostra vita insieme sia diventata così folle che ci siamo persi molte cose. Siamo troppo giovani per rinunciare a questo e ad altri momenti speciali.»

«Ehi, sono qui.» Tony le cinse i fianchi con le mani e ben presto Sheena si perse nella passione che li teneva uniti.

CAPITOLO 7
DARCY

Darcy attendeva impaziente sul marciapiede dell'aeroporto Logan che Sheena salutasse Tony e i suoi figli per quella che sembrava la decima volta. Li guardò mentre si abbracciavano e si baciavano, e poi si abbracciavano e si baciavano di nuovo. Meaghan, come al solito, aveva lacrime melodrammatiche che le rigavano il viso. Michael si comportava come se non gl'importasse niente, ma tornò dalla madre per un altro abbraccio d'addio. E Tony? Era una pena vedere l'incertezza di quell'uomo. Dio! Amava davvero, davvero tanto Sheena. Darcy sospirò. Non aveva mai avuto un ragazzo che la guardasse come Tony stava guardando sua sorella.

Darcy sentì una fitta dentro nel vedere Tony stringere il viso di Sheena tra le mani per un bacio lungo e prolungato che avrebbe incendiato le viscere di qualsiasi donna. Una chimica del genere non capitava spesso. Sapendo quanto fosse stato difficile per Sheena realizzare questo viaggio, Darcy aveva molto più rispetto per la sorella maggiore. Ma in fondo, pensò Darcy, Sheena era la sorella perfetta, la figlia perfetta della famiglia.

Finalmente Tony e i ragazzi se ne andarono con il SUV di Sheena.

Darcy fece cenno a Sheena di muoversi. «Forza, sbrigati! Si gela!»

L'aria fredda invernale le intorpidiva le mani nude mentre si tirava dietro la valigia con ruote dentro il terminal. Il pensiero del sole e del caldo della Florida la fece sorridere. Si rivolse a Sheena. «È un ottimo momento per fare questo cambiamento.»

Sheena sbatté le ciglia per scacciare le ultime lacrime e annuì. «Speriamo che si riveli positivo. Dove mi hai detto che ci avrebbe raggiunto la limousine?»

«L'e-mail diceva che una limousine sarebbe venuta a prenderci all'area di ritiro bagagli di Tampa. L'autista avrà un cartello con scritto Sullivan. Quando arriveremo, Regan dovrebbe essere già lì.»

Sheena fece un sorriso. «E poi sapremo com'è il nostro albergo misterioso, eh?»

Darcy sorrise. «Me lo vedo in testa. Un edificio in stucco, alto, beige, con il tetto di tegole rosse, come quelli che si vedono a volte nei Caraibi. Le spiagge lungo il litorale sembrano bellissime, come quella di St. Pete Beach. E, secondo le mappe, non siamo poi così distanti.»

«Sembra fantastico» disse Sheena. «Mi ci vorrebbero un po' di giorni di ozio al sole. Queste ultime due settimane sono state a dir poco frenetiche.»

«Sì, mi immagino sulla spiaggia con un drink al rum che schiocco le dita per chiamare il cameriere.»

Sheena rise. «Non mi lascerei trasportare. Sono sicura che troveremo qualcosa da fare.»

A bordo dell'aereo, Darcy si godette la comodità del posto in prima classe. Archibald Wilson non aveva protestato affatto quando lei aveva chiesto se potevano prenotare l'upgrade. «Certo, state comode» le aveva detto.

Ripensando a quella conversazione, Darcy si chiese quali altri privilegi l'aspettassero. Fino a quando non aveva conosciuto e frequentato Alex, non si era mai vergognata di essere cresciuta in una famiglia modesta. Ma Alex vi aveva alluso così tante volte che alla fine Darcy aveva ceduto alla pressione. Ora, a volte, pensava alla sua famiglia come a persone di classe inferiore che non avevano idea di come vivessero le persone "migliori". Non che ne parlasse con Sheena, la quale, con il suo modo di fare pacato, le avrebbe staccato la testa dal collo per la sua superficialità.

Darcy guardò la sorella. A trentasei anni, Sheena non dimostrava la sua età. Anzi, era bella quasi quanto Regan. Ma si vestiva come se avesse cinquant'anni e, come la brava scolaretta cattolica che era stata un tempo, era molto modesta. Darcy sbuffò all'idea di Sheena in bikini.

«Cosa c'è da ridere?» le chiese Sheena.

«Niente» rispose lei, e poi non riuscì a resistere. «Hai detto di aver comprato un nuovo costume da bagno. Che cos'hai preso? Uno dei tuoi soliti costumi interi?»

Sheena la fulminò con lo sguardo. «E se anche fosse? Sono madre di due ragazzi. Non ho intenzione di andare in giro con uno di quei bikini striminziti che indossi tu.»

Proprio come pensavo. Non riuscendo a trattenere la malizia che le saliva dentro, Darcy sorrise. «Ho intenzione di fare molte cose che probabilmente non approverai.»

Scuotendo la testa, Sheena fece una smorfia, poi si appoggiò al sedile e chiuse gli occhi.

Darcy guardò fuori dal finestrino dell'aereo. Di tanto in tanto, ciuffi di nuvole le ostruivano la visuale, ma quando vide il paesaggio invernale sotto di loro trasformarsi in scene più verdi, la sua eccitazione crebbe. Tuttavia, le sarebbe mancato il conforto dei vecchi amici. Con il pensiero andò alla festa d'addio improvvisata che i suoi colleghi avevano organizzato per lei. Era stata una vera sorpresa, e molto gradita. Stranamente, il commiato aveva reso più facile dire addio a quello che un tempo era stato il suo mondo. Deglutì a fatica. Sperava che lei e le sue sorelle non avessero commesso un terribile errore. Era troppo tardi per tornare indietro.

Regan si tirò dietro la più piccola delle sue valigie attraverso l'aeroporto di Tampa dirigendosi verso l'area di ritiro bagagli con la sensazione di essere in un sogno. Indossava ancora gli stivali di pelle alti fino al ginocchio, ma non vedeva l'ora di toglierseli e sostituirli con un paio di infradito come quelle che vedeva ai piedi delle altre persone. Si era sbarazzata della maggior parte delle sue cose, ma gli stivali erano qualcosa per cui aveva risparmiato a lungo e, alla fine, si era rifiutata di venderli o regalarli.

Si tolse il maglione e lo arrotolò. Tutti i discorsi sul trasferimento in Florida non erano sembrati reali fino a quel momento. Invece di essere euforica, la preoccupazione le rallentò i passi. Lei era quella stupida, l'ultima a capire le cose. Lei e le sue sorelle avevano commesso un grosso errore a gettare via le loro vite come i loro vestiti usati per venire in Florida? Il loro futuro era totalmente incerto.

Qualcuno la urtò e Regan si rese conto di essersi fermata di colpo. Facendosi coraggio, avanzò ricordando a se stessa che era troppo tardi per cambiare idea.

Regan prese la sua grande valigia dal nastro trasporta bagagli e trovò un posto a sedere. Aveva circa venti minuti da aspettare fino all'arrivo del volo di Sheena e Darcy.

Tirò fuori dalla borsa il romanzo che stava leggendo e lo aprì.

Una voce interruppe la sua lettura. «Chiedo scusa. Lei è per caso una delle sorelle Sullivan?»

Colta di sorpresa, alzò gli occhi e vide il viso di un bel giovane con in mano un cartello con la scritta: *Sullivan.*

Regan aggrottò la fronte. «Sì, come lo sa?»

I suoi occhi castani scintillarono mentre la studiava. «Mi è stato detto di cercare una giovane donna bella, con lunghi capelli neri e occhi viola. Lei risponde molto bene a questa descrizione.» Le sorrise.

Regan fu invasa da una rabbia improvvisa. *Maledizione!* Non aveva intenzione di iniziare la sua nuova vita con lo stesso vecchio approccio a trentadue denti da parte dei ragazzi. «Vada al diavolo!»

Lui sembrò sorpreso quanto lei.

«Mi... mi... dispiace.» Regan si alzò e si allontanò per riprendersi. Ma era stato bello cancellare quel sorrisetto dal suo volto. Era stato quasi lascivo.

Quando tornò al suo posto, Regan prese il libro, lo aprì e fissò le stesse parole più e più volte, decisa a non guardare il ragazzo in piedi lì vicino, che teneva ancora in mano il cartello con su scritto *Sullivan.*

Ben presto, presa dal romanzo, fu sorpresa di sentir chiamare il suo nome.

«Regan! Regan! Siamo qui!»

Alzò lo sguardo e vide Darcy che correva verso di lei. Con indosso una gonna di jeans, un top di jersey e dei sandali, Darcy sembrava proprio a suo agio nell'aeroporto. Dietro di lei c'era Sheena. In pantaloni neri e maglione beige, sembrava la sorella maggiore che era. Ma il suo sorriso era caldo e affettuoso, e questo era ciò che contava per Regan, che andò dalle sue sorelle e le abbracciò.

«Ok, dov'è il tizio con il cartello con scritto *Sullivan?*» chiese Darcy, guardandosi intorno. «Dovrebbe accompagnarci in limousine al nostro albergo.»

Regan si voltò e con un cenno della testa indicò il tipo

appoggiato alla parete.

Facendo un debole sorriso, lui sollevò il cartello.

«Ehi! Che piacere per gli occhi! Guardatelo» sussurrò Darcy.

Regan lo guardò seriamente. Alto, abbronzato e muscoloso, indossava una maglietta bianca che metteva in evidenza il fatto che andava in palestra. I pantaloncini color kaki che indossava mettevano in mostra gambe tornite e abbronzate. Ma fu il viso dai lineamenti fini a catturare la sua attenzione. Quegli occhi castani la studiavano apertamente. L'espressione quasi viscida che l'aveva fatta arrabbiare era sparita.

«Non sbavare» disse Sheena. «Forza, prendiamo le valigie e andiamo.»

«Guastafeste» disse Darcy. Fece segno al tipo di avvicinarsi. «Può aiutarci con le valigie?»

«Certo» rispose. «Mi chiamo Brian Harwood. Sono stato incaricato di venirvi a prendere e portarvi al Salty Key Inn. Chi è chi?»

Darcy fece una piccola riverenza. «Io sono Darcy. Queste sono le mie sorelle Sheena e Regan». Le indicò con un gesto della mano.

«Mmmh» fece lui. «Le incantevoli sorelle Sullivan. Proprio come diceva Gavin.»

«Conosceva Gavin?» chiese Sheena.

Lui annuì. «Gavin e mia madre erano amici. Lei è la proprietaria del bar accanto.»

«Ci dica com'è il Salty Key Inn» disse Sheena. Le scintillavano gli occhi per l'eccitazione.

Lui alzò una mano. «Oh, no! Dovete vederlo di persona. Ho l'ordine tassativo di non rivelare niente. Venite. Vi ci porto.»

Regan salì sul retro della limousine bianca con le sorelle. Brian non sembrava molto contento di mantenere segreto l'hotel. Le sue sorelle non sembrarono notare il suo disagio prima che lui si allontanasse per aiutare con le valigie, ma lei si chiese cos'avesse questo tipo che faceva emergere in lei tanti sentimenti diversi.

Durante il viaggio attraversarono la baia di Tampa e poi la penisola che portava a Clearwater Beach e poi proseguirono lungo la costa. Regan guardava fuori dal finestrino dell'auto osservando gli edifici che costeggiavano la strada e, al di là di essi, le spiagge di sabbia bianca e l'acqua azzurra.

«Aprite i finestrini» la esortò Darcy. «Voglio sentire il profumo dell'aria calda e salata.»

Regan premette diligentemente il pulsante. Le sembrò che l'aria che entrò in macchina profumasse di promessa, e non poté fare a meno di sorridere.

CAPITOLO 9
SHEENA

Sheena si agitò irrequieta sul sedile della limousine quando notò un cambiamento nel paesaggio. Gli alti condomini e gli hotel che aveva ammirato erano scomparsi e sostituiti da proprietà più piccole. Alcune di esse erano piuttosto umili. Prima che potesse commentare, Brian si fermò in una proprietà sul lato est della strada.

Sheena lo fissò incredula.

«Oh mio Dio!» disse Darcy.

«Ci dev'essere un errore» disse Regan, alzando la voce incredula. «Lo zio Gavin non ci farebbe una cosa del genere, vero?»

Sheena sentì un conato di vomito. *Ci farebbe uno scherzo del genere? Se quello che aveva detto suo padre era vero, allora avrebbe potuto farlo.*

La vernice azzurra del rivestimento in legno del lungo edificio a due piani che si trovava accanto alla strada era sbiadita e, in alcuni punti, si era persino sfaldata. Le finiture che un tempo dovevano essere state di un giallo brillante ora erano di un colore tra il limone e il guscio d'uovo. Un tetto a due acque di lamiera sormontava l'edificio, scintillando al sole sembrava un ammiccamento beffardo.

Sheena studiò l'insegna che diceva: *Da Gracie - la migliore colazione di sempre!* Le scritte rosse erano fresche e nitide su quella che sembrava essere una nuova insegna montata all'esterno. Un ampio patio, situato all'estremità dell'edificio, era pieno di tavoli coperti da tovaglie di vinile a quadretti rossi. Accanto ai tavoli c'erano diversi ombrelloni.

«Eccoci qui, signore» disse Brian, fermando la limousine nel parcheggio che costeggiava la facciata dell'edificio. «Possiamo scaricare qui.»

«È una specie di scherzo. Vero?» disse Darcy. Le si riempirono gli occhi di lacrime.

«No» disse Brian. «La cosa triste è che Gavin è morto prima di poterlo sistemare come voleva. Ora tocca a voi tre. Lasciate che vi faccia fare un giro.»

Scese dall'auto e aprì loro la porta posteriore.

Con le gambe ormai deboli, Sheena scese dalla limousine e mise piede sull'asfalto nero che scottava per il sole.

Dietro di lei, Darcy e Regan inciamparono sul marciapiede.

Dicendosi di mantenere la calma, Sheena studiò l'ambiente che la circondava. L'edificio a due piani era più grande di quanto avesse pensato. Sembrava che il parcheggio si estendesse per tutta la sua lunghezza e girasse dietro l'estremità opposta.

«L'ingresso del ristorante è dall'altra parte» disse Brian. «Seguitemi.»

Le condusse fuori dal parcheggio, su un marciapiede che seguiva le linee del patio circolare.

Un uomo con un cappello da marinaio bianco, una maglietta bianca e pantaloni color kaki stava pulendo il pavimento di cemento del patio. Alzò la testa per guardarle e continuò a lavorare.

Sheena si avvicinò a Brian. «Chi è quello?» chiese a bassa voce.

«Uno della gente di Gavin. Non preoccupatevi. Clyde è innocuo.»

«Oh mio Dio! Guardate là!» Darcy indicò una statua di legno dipinta a grandezza naturale di un pirata che si trovava accanto all'ingresso.

«Quello è Davy» sorrise Brian. «Entrate pure. Gracie dovrebbe essere qui.»

Sheena entrò nel locale e si fermò un attimo per valutarlo. Un bancone per la colazione con otto sgabelli occupava buona parte di una parete che confinava con la cucina. Tavoli di diverse dimensioni, forse dodici, riempivano la stanza. Il patio, da quello che aveva visto, ospitava altri dodici tavolini o più. L'interno del ristorante, buio e un po' squallido, avrebbe avuto bisogno di maggiore luminosità. Quando i suoi occhi si adattarono al cambiamento di luce, Sheena vide che le pareti colorate erano fatte di pannelli di perline. Alle pareti erano appese reti da pesca, ancore e conchiglie, a sottolineare il tema del mare.

Sentì il clangore di pentole e padelle in cucina e si voltò verso il rumore proprio quando una donna bassa e robusta, con capelli castani brizzolati, si diresse verso di loro.

«Sono queste le nipoti di Gavin?» chiese a Brian. «A me sembrano piuttosto delicate. Non so cosa gli sia venuto in mente di affidargli questo posto.»

«Lei è Gracie?» chiese Sheena.

«Sì, certo» rispose la donna. «Tanto vale fare conoscenza, immagino.» Tese la mano e Sheena gliela strinse. «Gracie Rogers.»

«Sono Sheena Morelli.» Si rivolse alle sorelle. «La rossa è mia sorella, Darcy Sullivan. E Regan, qui, è la più giovane.»

Gracie strinse la mano a entrambe e si rivolse di nuovo a Sheena. «Mi sembra di capire che sei tu quella che è più o meno al comando. Abbiamo fatto il possibile per sistemare la casa prima che arrivaste, ma vedrete che ha bisogno di altri lavori. Gavin aveva grandi progetti per questo posto. Peccato che il suo cuore non volesse continuare ad andare avanti. Gavin era l'ultimo dei bravi ragazzi.»

«Casa?» disse Darcy. «Non ho visto nessuna casa.»

Gracie scrollò le spalle. «Più che altro è un cottage. Non si può sbagliare. È l'edificio sul retro. Brian vi ci porterà con il golf cart.»

«Un golf cart? Oh, sembra divertente!» disse Regan.

«Ne abbiamo un paio per il personale delle pulizie. Sempre che ce ne sia bisogno» disse Gracie. «Non so quando succederà. Qui servo la colazione e il pranzo. Siete libere di venire a mangiare quando il posto non è affollato.»

Le salutò con la mano e scomparve in cucina.

Regan si voltò verso Sheena. «Che facciamo?» Aveva gli occhi lucidi di lacrime.

«Disfiamo i bagagli e poi diamo un'occhiata in giro» disse Sheena con tutta la determinazione che riuscì a mettere insieme. Non era arrivata fin lì per fallire.

Sheena uscì dal ristorante e diede una bella occhiata in giro. Un edificio di stucco beige a due piani correva lungo il parcheggio sul lato nord. Di fronte si trovava un edificio più piccolo, a un solo piano, uguale per stile e colore. Entrambi avevano bisogno di essere ridipinti o rinfrescati in qualche modo. Tra i due edifici ce n'era uno più piccolo, a un piano, che bloccava parzialmente la vista di una piscina recintata che luccicava in mezzo a un prato.

Il paesaggio era un desolante ammasso di cespugli incolti. Le palme formavano uno schermo subtropicale che si intravedeva sullo sfondo, insieme a un fitto fogliame che a suo avviso doveva delimitare un'insenatura della baia che aveva visto. Sheena pensò al suo giardino ordinato e curato a Somerville e si sentì pizzicare gli occhi.

«Pronte?» chiese Brian. «Carico i bagagli su uno dei golf cart. Voi potete prendere l'altro.» Indicò il confine della proprietà. «Dietro l'edificio a un piano ai margini della tenuta c'è un parcheggio. Uno stretto vialetto conduce alla casa, che si trova in riva al mare. Prendiamo i golf cart. Seguitemi.»

«Tanto vale che vediamo dove vivremo per i prossimi dodici mesi.» Sheena non riuscì a trattenere la delusione dalla voce, ma si ripromise di essere forte. Regan e Darcy sembravano sul punto di sentirsi male.

Brian le condusse dietro la cucina, oltre un'area recintata che ospitava un cassonetto e diversi bidoni dell'immondizia, oltre una porta con la scritta "ufficio", fino a una grande officina che ospitava diversi attrezzi, varie apparecchiature per la manutenzione e due golf cart.

«Guido io» Darcy saltò sul sedile anteriore del golf cart che Brian aveva indicato per loro. Regan salì accanto a lei. Sheena si accomodò sul sedile posteriore.

«Voi andate avanti. Io vi seguirò con i bagagli» disse Brian. «Come ho detto, seguite il vialetto del parcheggio dietro l'edificio a un piano. Ci vediamo alla casa.»

Sheena si aggrappò al sedile e tenne duro mentre Darcy manovrava il carrello come se fosse un'auto da corsa.

Il fogliame che costeggiava il vialetto su entrambi i lati si infittiva e poi diradava man mano che si avvicinavano a uno spazio aperto. Una casa a due piani rivestita di assicelle rosa, con rifiniture bianche e persiane color giallo ocra se ne stava posata sul terreno come un pappagallo tropicale. Accanto ad essa, le acque della baia scintillavano alla luce del sole. Le ombre delle palme vicine addolcivano il profilo della casa. Davanti all'ingresso, una staccionata bianca circondava un patio rettangolare in cemento.

«Oddio! Sembra una specie di bordello» disse Darcy. «Immagino che potremmo mettere una lampadina rosa nella lampada della veranda sul davanti e guadagnare così.»

«Veranda sul davanti?» la schernì Regan. «Non è una vera veranda, è solo una lastra di cemento.»

«Sì? Almeno ha delle sedie» disse Darcy. «Brutte, ma utili.»

«Aspettate un attimo» disse Sheena. «Non abbiamo nemmeno visto l'interno. Potrebbe essere carino.»

«O anche no» disse Darcy. «Tutta questa storia è un gran casino.»

Studiando meglio la stretta casa, Sheena si accorse che la vernice rosa era fresca. Controllò le persiane. Anche la vernice gialla era fresca. Era uno scherzo?

Brian le raggiunse con l'altro golf cart.

«È stata dipinta di recente?» domandò Sheena.

Brian annuì. «Gavin voleva che la casa fosse sistemata per voi donne. Pensava che vi sarebbe piaciuta.»

Sheena per poco non si strozzò: «Aveva intenzione di dipingere di rosa l'intero complesso?»

Brian rise. «No, gli altri colori dovevano rimanere gli stessi. Ora che sei tu al comando, potresti volerli cambiare. Ma negli ultimi sei mesi, da quando Gracie ha rilevato il ristorante, l'edificio azzurro è diventato una sorta di punto di riferimento da queste parti. Io ci andrei cauto. Gracie potrebbe opporsi.»

Darcy si diresse verso la porta d'ingresso del cottage. «Tanto vale vedere cosa c'è qui.»

Sheena seguì Regan e Darcy all'interno. Dal piccolo vestibolo, fissò sorpresa la lunga stanza aperta di fronte a lei. Le pareti erano dipinte di un bianco vivo. Anche l'alto soffitto era bianco. Un ventilatore a soffitto marrone girava sopra di loro, al centro della stanza, muovendo delicatamente l'aria. I pavimenti in parquet marrone chiaro conferivano calore all'ambiente. All'estremità opposta della stanza, un'enorme finestra panoramica rendeva evidente la loro vicinanza alla baia retrostante.

C'erano due divani beige uno di fronte all'altro, affiancati da sedie impagliate. Tra i divani si trovava un lungo tavolo basso.

«Cavolo! È proprio carino» disse Darcy, guardandosi

intorno. «Vediamo il resto della casa.»

Brian alzò la mano per fermarle. «Attenzione. Non siamo mai arrivati al resto della casa prima che Gavin morisse.»

«Siamo? Sei tu che hai fatto questo lavoro?» chiese Sheena.

Lui fece un piccolo inchino. «Harwood Construction al vostro servizio.»

A Sheena si gelò il sangue. Dal design antiquato dell'esterno, immaginò che la casa fosse piuttosto vecchia. Si diresse in cucina.

Una piccola zona pranzo ospitava un tavolo quadrato e quattro sedie di legno. I piani di lavoro in vinile giallo poggiavano su armadietti di legno con cassetti dipinti di verde. Anche i pensili erano verniciati di verde. Accanto a un lavello di porcellana bianca, una stufa a gas bianca che sembrava uscita dagli anni Cinquanta era appoggiata a una parete esterna. Nelle vicinanze si trovava un frigorifero, anch'esso bianco e apparentemente altrettanto vecchio. Sorprendentemente, sul bancone c'era una macchina per il caffè nuova.

«Pezzi d'antiquariato? Funzionano?» chiese Darcy. Aprì il frigorifero e guardò dentro. «Non c'è molto qui.»

«Sì, funzionano ancora» rispose Brian. «Naturalmente, un giorno potreste sostituirli. Ma non prima di un anno.»

«Un anno?» gridò Darcy. «Perché no?»

«Perché Gavin voleva così. Ho cercato di dissuaderlo, ma ha insistito per fare le cose a modo suo. Voleva assicurarsi che vi occupaste prima dell'hotel. L'ha definita una vera sfida alla Sullivan.»

«Che stronzo» borbottò Darcy. Aprì le ante a soffietto di un armadio della dispensa lì vicino e guardò la lavatrice e l'asciugatrice che vi erano incassate. «Queste sono più nuove, grazie a Dio.»

«Sarà meglio vedere cosa ci aspetta al piano di sopra» disse

Sheena, facendo del suo meglio per non crollare del tutto.

Salirono le scale fino al piano di sopra, che Brian spiegò essere composto da tre camere da letto e un piccolo bagno. Le condusse al bagno.

Sheena fissò la vasca con i piedi ad artiglio e un attacco doccia, il lavandino a piedistallo e l'armadietto dei medicinali a specchio appeso sopra il lavandino e si chiese come avrebbero fatto tre donne a sopravvivere a queste condizioni di vita senza uccidersi a vicenda.

«Non possiamo farlo» disse Regan. «Non c'è posto per mettere tutta la mia roba.»

«Che cosa ci impedisce di usare i bagni dell'hotel?» disse Darcy. Guardò Brian.

Lui scrollò le spalle. «Niente.» Brian mostrò tre buste. «Gavin ha preparato una lettera per ciascuna di voi. Ve le lascio sul vostro letto, dopo che avrete scelto la vostra stanza.»

Passarono da una camera da letto all'altra. Le tre stanze erano praticamente uguali. Ognuna aveva una finestra di buone dimensioni con tende, un soffitto alto su cui era montato un ventilatore, pavimenti in moquette beige a pelo basso, un letto matrimoniale, un comodino con una lampada e una scrivania.

«Io mi prendo questa camera da letto sul davanti» disse Darcy.

«Io vorrei la camera da letto sul retro. È un po' più riservata» disse Sheena, pensando alle volte in cui Tony sarebbe venuto a trovarla.

«Va bene, io prendo quella di mezzo. C'è una bella vista su quello che sembra un campo da bocce» disse Regan amabilmente.

Darcy andò dall'armadio della sua stanza, aprì l'anta e la richiuse sbattendola, poi ci si appoggiò contro, chiuse gli occhi e gemette. «Meno male che non abbiamo portato molti vestiti.

Questo fa sembrare il mio armadio a casa un salotto. Tutta questa scena è orribile.» Le si riempirono gli occhi di lacrime. «Semplicemente orribile.»

«Vi porto su le valigie» disse Brian prima di affrettarsi a uscire. Sheena, Regan e Darcy crollarono sul letto matrimoniale nella stanza di Darcy e si fissarono impotenti.

«In che cosa ci siamo cacciate, in nome di Dio?» sbottò Darcy.

Sheena cercò qualcosa di positivo da dire, poi si rese conto di non avere vere parole di incoraggiamento.

Era nel bel mezzo del più grande casino della sua vita.

CAPITOLO 10
REGAN

Mentre Brian portava le valigie più grandi su per le scale, Regan si tolse gli stivali di pelle e mosse le dita dei piedi sollevata. Appena possibile si sarebbe messa l'unico paio di pantaloncini che aveva portato con sé. Si guardò intorno osservando la stanza. Le pareti di perline erano macchiate di marrone come quelle delle altre due camere. I telai del letto in stile Jenny Lind, di colore marrone, si intonavano alle pareti. L'unico vero colore della stanza era la trapunta sul letto. La sua era un misto di viola e verde che le ricordava la trapunta preferita che aveva avuto sul letto da bambina. Aveva notato che la trapunta nella stanza di Darcy era arancione e rossa, mentre in quella di Sheena era di varie tonalità di blu.

L'aspetto simile delle stanze diede a Regan la sensazione di trovarsi in una specie di dormitorio. Al pensiero, scosse la testa per l'idiozia della cosa. Vivere con degli estranei sarebbe stato molto più facile che vivere in spazi così ristretti con le sue sorelle. La perfetta Sheena e la saccente Darcy le stavano già dando sui nervi.

Brian le portò la valigia nella stanza evitando accuratamente di guardarla.

«Grazie» disse lei, e gli voltò le spalle.

Dopo che se ne fu andato, Regan aprì la valigia e fissò mestamente le poche cose che conteneva. Si cambiò e aprì la lettera che Brian aveva appoggiato sul suo letto.

Qualche istante dopo, Darcy entrò nella stanza, sventolando un foglio di carta. «Ecco la mia lettera. Faremmo meglio a trovarci e parlarne.»

Si diressero entrambe nella stanza di Sheena. Era seduta sul letto a leggere la sua lettera. Quando le vide, scosse la testa. «Questa sarà una vera sfida. Con una quantità limitata di denaro per iniziare, dovremo fare attenzione a come far funzionare bene questa proprietà.»

«Ma centocinquantamila dollari sono un sacco di soldi» disse Regan.

Sheena scosse la testa. «So che sei brava a fare acquisti a prezzi stracciati, Regan, ma nel mondo degli affari non sono affatto molti soldi. Fammi finire di leggere.»

«Aspetta» disse Darcy. «Cominciamo dall'inizio e studiamo la cosa insieme.» Si sedette sul tappeto e si mise di fronte a Sheena. Regan si sedette accanto a lei.

«Ok» disse Sheena, «ecco cosa dice.»

Mie care nipoti, speravo di poter lavorare con voi a questo progetto, ma la sfortuna ha voluto che non fosse così. Ho comprato questa proprietà pensando a voi e ad altri. Alcune cose fondamentali, come l'impianto elettrico e aspetti legati alle misure di sicurezza e alle norme antincendio sono stati messi a posto per rendere utilizzabili l'hotel e il ristorante. Ma il resto dipende da voi. Ne ho fatto una sorta di sfida. Se ci riuscirete, l'albergo e la mia proprietà saranno vostri. Se fallirete, non vi apparterrà niente del complesso, ma verrà diviso tra diverse altre persone che non sono a conoscenza di questo accordo.

Regan si accigliò. «Che razza di uomo farebbe una cosa del genere?»

Sheena sorrise. «Zio Gavin. Non c'era quando tu sei

cresciuta, ma io lo ricordo come un tipo molto divertente: grosso, rumoroso, simpatico. Mi piaceva averlo intorno prima che lui e papà litigassero per qualcosa. Poi "Big G" come a volte si faceva chiamare, è praticamente scomparso. Ma mamma si teneva segretamente in contatto con lui inviandogli lettere e foto.»

«Ricordo che quando chiesi di lui, la mamma mi mise in guardia dal fare il suo nome davanti a papà» disse Darcy. «Di che cosa si trattava?»

«Già, se era il cattivo della famiglia, perché ha fatto questo per noi?» disse Regan.

Sheena scrollò le spalle. «Probabilmente perché siamo l'unica vera famiglia che ha avuto e perché la mamma, immagino, è stata l'unica a tenersi in contatto con lui.» Tornò alla lettera.

Vi do centocinquantamila dollari per far partire il progetto. Se non li userete con saggezza, fallirete. Sta a voi usare l'intelligenza dei Sullivan per trovare il modo di realizzarlo. In altre parole, pensate fuori dagli schemi. E, a proposito, divertitevi durante il viaggio. Io l'ho sempre fatto. Zio Gavin.

In un paragrafo separato Gavin aveva scritto:

Sheena, tu sei quella che mi somiglia di più. Non ci credi? Ci crederai.

Sheena si accigliò. «Qualcuna di voi ha ricevuto un biglietto separato in fondo alla lettera?»

«Io sì» disse Darcy. «Il mio dice: *Darcy, tu non sei chi pensiamo che tu sia.* Strano, eh?»

Sheena si rivolse a Regan. «E tu? A te che cos'ha detto?»

Regan non riuscì a trattenere le lacrime. «La mia dice: *La bellezza è negli occhi di chi guarda.* Che diavolo significa? Sono stanca che tutti pensino al mio aspetto.»

Sheena scosse la testa. «Non credo affatto che intenda questo.»

«E allora?» disse Regan.

«Non ne sono sicura» disse Sheena. «Ma credo che il nostro soggiorno qui sia destinato a essere molto più che imparare a gestire un hotel.»

CAPITOLO 11
SHEENA

Sheena si alzò in piedi. «Ok, ora che abbiamo disfatto i bagagli e ci siamo cambiate, è meglio dare un'occhiata alla proprietà.» Prese un blocco di carta e una penna e disse: «Andiamo.»

Sheena condusse le sorelle fuori dalla casa rosa e si fermò un attimo, guardandosi intorno.

«Cavolo! C'è un molo» disse Darcy. Partì di corsa, facendosi strada tra uve di spiaggia e altro fogliame per raggiungere la riva. Si voltò e fece cenno a Sheena e Regan di venire avanti.

Sheena esitò. Aveva paura dei serpenti. Seguì Regan da Darcy con riluttanza, facendo attenzione a dove metteva i piedi.

«Ehi! Ho trovato! Potremmo comprare una barca per fare feste e far fare ai nostri ospiti dei giri al tramonto» disse Darcy, sorridendo. «Dovrebbe portare un sacco di affari.»

«Sembra che il molo abbia bisogno di molti lavori» disse Regan, accigliata. «Dai, andiamo a vedere com'è il resto di questo posto. C'è un campo da bocce che sembra in buone condizioni.»

Tornarono indietro attraverso il sottobosco e fissarono il campo. «Un set da bocce non dovrebbe costare troppo» disse Sheena. Ne prese nota, insieme a un appunto sulle cattive condizioni del molo.

Darcy si precipitò verso la piscina. «Oh, oh. Sembra che abbia bisogno di una bella pulizia. Oddio. C'è una piccola rana morta dentro.»

Sheena e Regan si scambiarono uno sguardo preoccupato. Quello che avevano visto finora non era incoraggiante. Sheena prese un altro appunto.

«Diamo un'occhiata alle camere dell'hotel. Lo zio Gavin ha detto di aver fatto dei lavori preliminari. Forse lì le cose vanno meglio» disse Darcy. L'entusiasmo che prima si era avvertito nella sua voce stava cominciando a svanire.

Brian gli venne incontro attraversando il prato. «Ho scordato di darvi le chiavi degli edifici. Entrerò con voi e vi farò fare un giro.» Passò un mazzo di chiavi a Sheena. «Con il passare del tempo, possiamo far fare altre copie, se lo desiderate.»

«Grazie. Prima di entrare, facciamo un giro intorno all'edificio per vedere quali lavori potrebbero essere necessari.»

Si alzò in piedi e guardò l'edificio a due piani rivestito di stucco beige. Sembrava... trascurato. Sotto ogni finestra si vedevano i condizionatori d'aria che sembravano in buone condizioni. Contò le finestre di ogni piano. Dieci.

«Quante stanze ci sono all'interno?» chiese a Brian.

«Quaranta. Venti per piano. Dieci danno sulla piscina e dieci sul retro.»

«Che cos'è quell'edificio?» chiese Darcy.

A un'estremità della piscina recintata, di fronte sia alla piscina che al ristorante, c'era un ampio edificio di stucco a un piano. Dello stesso colore neutro degli edifici per gli ospiti, questo edificio garantiva una certa privacy alla piscina.

«La metà posteriore è utilizzata per la gestione della piscina» spiegò Brian. «A un'estremità si trova un'area di stoccaggio per asciugamani, sedie e prodotti chimici per la piscina, con un bancone di servizio utilizzato per distribuire gli asciugamani. Nella parte anteriore dell'edificio si trova l'ufficio di registrazione degli ospiti. Un corridoio con due bagni collega la parte anteriore e quella posteriore. Gavin è riuscito a migliorare i bagni prima di morire, ma l'ufficio ha bisogno di una sistemata.»

Sheena si voltò e indicò il piccolo edificio a un piano di fronte a loro. «Quante stanze ci sono laggiù?»

«Otto grandi stanze» rispose Brian. «Sono allestite come suite con due camere da letto, un'ampia zona giorno con divani letto e una piccola cucina. Sono adatte per famiglie.»

«Sembrano belle. Dovremmo ricavarne un sacco di soldi» disse Darcy.

«Vedremo» disse Sheena, dubbiosa. «Dipende dalle loro condizioni.»

Brian le rivolse uno sguardo pensieroso. «Sarà difficile vincere questa sfida. Bisognerà sostituire tutta la biancheria da letto, compresi i materassi, i mobili imbottiti e la moquette. E il resto? Lo vedrete voi stesse.»

Sheena fece una smorfia. «Sapendo quello che ho imparato sullo zio Gavin, mi immaginavo che non sarebbe stato facile. Vediamo cosa c'è da fare all'interno e poi potremo stilare le varie fasi per ogni edificio. L'esterno ha bisogno di un bel po' di manutenzione. Conosci un buon giardiniere?»

Brian annuì. «Io.»

Sheena rise. «C'è qualcosa che non sai fare?»

Lui lanciò un'occhiata a Regan. «A quanto pare, non sono molto bravo a salutare le persone.»

Regan arrossì, ma non disse nulla e si voltò.

All'interno dell'edificio, il corridoio era scarsamente illuminato. Sbattendo le palpebre per aiutare gli occhi ad adattarsi alla penombra dopo essere stata in pieno sole, Sheena pregò che le cose non andassero male come si immaginava.

«Datemi le chiavi e vi aprirò alcune stanze» disse Brian.

«Sono più o meno le stesse. Gavin si è occupato delle emergenze e degli aspetti legati alla sicurezza, ma l'arredamento delle stanze non è stato toccato da tempo.»

«Grazie per l'avvertimento» disse Darcy, con il morale decisamente a terra.

Sheena seguì gli altri all'interno di una stanza a bordo piscina. La luce del sole filtrava dalla finestra, mettendo a nudo la moquette logora, i mobili con ammaccature e graffi e la biancheria da letto da sostituire. Le si strinse il cuore. Se tutte le stanze erano in quelle condizioni, non avrebbero mai avuto abbastanza soldi per rendere tutto abbastanza carino da essere affittato.

Dopo aver visto diverse stanze, i peggiori timori di Sheena furono confermati. Nessuna era utilizzabile così com'era. Cercando di nascondere lo sgomento, si rivolse a Brian. «Tanto vale che vediamo com'è l'altro edificio.»

La visita alle suite familiari le diede un motivo in più per pensare che potessero fallire. Oltre ai mobili delle camere da letto, era necessario sostituire altre cose, come divani, tavoli e sedie. E questo non comprendeva televisori, specchi, lampade e simili. Avrebbero dovuto fare alcune stanze alla volta.

Una volta usciti, Sheena si rivolse a Brian con aria cupa. «E la spiaggia dall'altra parte della strada? Abbiamo accesso a quella?»

Brian annuì. «Proprio di fronte all'hotel c'è un diritto di accesso pubblico.»

«Questa è una cosa positiva» disse Darcy. «Andiamo a vedere la spiaggia. Dalla limousine sembrava fantastica.»

Sheena seguì gli altri dall'altra parte della strada, giù per una passerella consumata dalle intemperie, e raggiunse una bellissima e ampia distesa di sabbia bianca. Nella brezza salmastra che le scompigliava i capelli, sentì il suo umore risollevarsi. Si caricò di determinazione. Forse potevano portare a termine questa sfida... con molto lavoro e ancora più fortuna.

Rise quando Darcy e Regan si tolsero le scarpe e infilarono le dita dei piedi nella sabbia.

«Forza! Vediamo chi arriva prima in acqua» gridò Darcy, strillando mentre Regan le correva accanto.

La loro giocosità ricordava a Sheena i suoi figli e si chiese che cosa avrebbero pensato loro e Tony del Salty Key Inn. Sentì un brivido lungo le scapole. Non poteva, non voleva lasciargli vedere l'hotel in quelle condizioni.

Si tolse le scarpe e scese in riva al mare. I bordi spumosi delle onde le lambivano i piedi e si allontanavano con un ritmo costante. Portandosi una mano sugli occhi, fissò la scena. Diverse persone sguazzavano in acqua: alcune nuotavano, altre erano immerse solo fino alla cintola.

Regan le si avvicinò. «Bello, eh?»

Sheena si voltò verso di lei con un sorriso. «Fa sembrare che tutto questo valga la pena.»

Regan aggrottò la fronte. «Ce la faremo?»

Sheena scosse la testa. «Non ne sono sicura.»

Poco dopo, lasciarono la spiaggia e si diressero al ristorante.

Gracie era in cucina quando arrivarono, ma uscì a salutarli. «Abbiamo un party di benvenuto alle sei. Sto preparando la cena per tutti.»

«Grazie» disse Sheena. «Chi sono tutti?»

«La gente di Gavin» rispose Gracie. «Prendete pure l'acqua nel frigorifero qui fuori. Sembra che ne abbiate tutti bisogno.»

Sheena si asciugò il sudore dalla fronte. Dopo aver vissuto nel freddo del nord, non era abituata al calore e all'umidità della Florida.

Regan andò al frigorifero, recuperò quattro bottiglie

d'acqua e le distribuì senza parlare a Sheena, Darcy e Brian prima di sedersi su uno degli sgabelli del bancone.

«Cos'altro c'è in questo edificio?» Darcy chiese a Brian.

Sheena nascose quanto si divertiva a vedere il modo in cui Darcy sbatteva le ciglia quando si rivolgeva a Brian. Ma non poteva biasimarla. Con quei suoi capelli bruciati dal sole, gli occhi castano scuro e i lineamenti marcati, Brian sarebbe stato un magnifico ragazzo immagine per l'ente del turismo di stato.

«Oltre il ristorante ci sono gli uffici e i magazzini» disse Brian. «Al piano superiore ci sono otto piccoli appartamenti per la gente di Gavin. Venite con me. Vi faccio fare un giro.»

In fondo al ristorante, un breve corridoio ospitava le porte dei bagni per uomini e donne. Accanto al corridoio si trovava una porta con la scritta "privato". Brian prese il mazzo di chiavi da Sheena e aprì la porta. Tenendola aperta, fece cenno di entrare.

Sheena entrò in un ampio spazio che ospitava due scrivanie, due sedie e uno schedario ricoperto di polvere. «Immagino che nessuno lo usi da un po'. Niente computer?»

«Come si fa a fare qualcosa senza un computer?» disse Darcy. «Non c'è da stupirsi che questo posto non sia nemmeno conosciuto su Internet. Sembra una cosa uscita dai secoli bui.»

Sheena scosse la testa disgustata e prese appunti sul taccuino che ancora portava con sé.

Dall'ufficio, Brian le condusse lungo un corridoio. Aprì le porte di due magazzini, uno su ciascun lato del corridoio. Uno serviva come dispensa di riserva per la cucina. L'altro conteneva materiale per la pulizia, carta igienica e scaffali pieni di asciugamani e lenzuola.

A metà del corridoio, una scala saliva al piano superiore e una porta conduceva all'esterno.

«Al di là c'è un garage per un'auto e la grande officina che avete visto, accessibile dall'esterno» spiegò Brian. «Ma saliamo.»

Di sopra c'erano quattro stanze ai lati del corridoio. Una delle porte era aperta, il che permetteva di sbirciare all'interno. La stanza era arredata con un letto matrimoniale, uno scrittoio e un comodino con una abatjour. Fuori da un piccolo bagno c'era una poltrona imbottita con una lampada a stelo. I ventilatori a soffitto facevano circolare l'aria nell'ambiente climatizzato.

«Sembra accogliente» disse Sheena.

«In queste stanze vive la gente di Gavin» disse Brian a bassa voce. «È meglio fare silenzio. Alcuni potrebbero ancora sonnecchiare dopo i turni del mattino e del pomeriggio.»

Tornarono al piano di sotto e uscirono per dare un'occhiata all'edificio stesso. Come la casa rosa, l'esterno era ricoperto da pannelli di legno. Studiando l'edificio, Sheena si accigliò. «Ha davvero bisogno di lavori.»

«Dovremmo riuscire a trovare qualcuno che lo tinteggi» disse Darcy. «Scommetto che non costa molto. Dovremmo essere in grado di permettercelo.»

«Potremmo anche doverlo fare noi» disse Sheena, meravigliandosi della mancanza di conoscenze di Darcy. La sua smania di spendere soldi cominciava a infastidirla. *Darcy non si rendeva conto della sfida che avevano davanti?* Forte dell'esperienza acquisita aiutando Tony nella sua attività, Sheena sapeva quanto sarebbe stato difficile.

Entrarono nel ristorante e si sedettero, grati per i condizionatori d'aria incassati a muro posizionati in alto sulle pareti.

«Ok» disse Sheena, perplessa. «Tutti continuano a fare riferimento alla gente di Gavin. Chi sono? E perché vivono qui?»

«Aspetta» disse Brian. «Faccio venire Gracie a spiegare.»

Brian tornò con Gracie. Asciugandosi le mani sul grembiule bianco, Gracie disse: «Volete sapere di noi, vero?» La sfida nella voce di Gracie attirò l'attenzione di Sheena. Studiò la donna che sembrava essere al comando. Sheena stimò che fosse alta poco meno di un metro e sessanta e avesse più o meno cinquantadue anni. I capelli castani che stavano diventando bianchi erano tagliati corti intorno a un viso piacevole. Negli occhi scuri di Gracie passò un lampo di sospetto quando si accorse che Sheena la stava fissando.

«Brian ha detto che potevi dirci cosa si intende per "gente di Gavin" e perché vive qui» disse Sheena.

«Gavin Sullivan era l'uomo più leale e gentile che molti di noi abbiano mai conosciuto. Ha comprato questo posto pensando a noi.» Gli occhi di Gracie si riempirono di lacrime. «Non si può essere più leali o più gentili di così.»

Brian le mise un braccio intorno alle spalle e lei continuò. «Io? Lo servivo in uno dei suoi ristoranti preferiti, un piccolo locale per fare colazione a Tampa. Ho dovuto lavorare dopo che mio marito mi ha scaricato e mi ha lasciato senza un posto dove stare. La maggior parte delle altre persone sono anziane, cercano di vivere con quello che gli passa la previdenza sociale e non hanno una casa loro. Hanno incontrato Gavin qua e là e lui gli ha dato una casa al Salty Key Inn.»

«Ma...» Sheena iniziò.

Gracie alzò una mano per fermarla. «In cambio, la maggior parte di loro fa quello che può per aiutare in piccoli modi. Ma potrebbero fare molto di più. Non c'è motivo di scacciarli.»

«No...» Sheena ricominciò.

«Aspettate e vedrete» disse Gracie, incrociando le braccia davanti a sé in segno di sfida. «Li conoscerete tutti stasera. E prima di prendere qualsiasi decisione sul loro licenziamento, parlatene con me. D'accordo?»

«Ok...» Sheena smise di parlare quando si accorse che Gracie si era già girata e stava tornando in cucina.

«È solo sconvolta» disse Brian con dolcezza. «Senza la generosità di Gavin, queste persone sarebbero per strada. Lei compresa.» Si schiarì la gola. «Credo che dobbiate sapere che Gavin ha comprato il bar qui accanto per mia madre. Gliel'ha dato senza chiedere niente in cambio.»

«Capisco» disse Sheena, rendendosi conto che lo zio Gavin era pieno non di poche, ma di molte sorprese.

Cos'altro le aspettava?

CAPITOLO 12
DARCY

«Accidenti!» mormorò Darcy rivolta a Sheena, seduta accanto a lei. «Se le colazioni di Gracie sono buone come questo pollo fritto, non c'è da stupirsi che questo ristorante vada a gonfie vele.» Era contenta che fossero state invitate a un party di benvenuto con la gente di Gavin, se questo significava mangiare un pasto come quello.

«È delizioso» concordò Sheena.

«L'insalata di patate è fantastica» disse Regan, mettendone in bocca un'altra forchettata, senza contare le calorie per una volta.

Darcy si guardò intorno. In sala da pranzo oltre a lei e alle sue sorelle c'erano altre dieci persone sedute ai tavoli. Brian e sua madre erano insieme a un tavolo e sembravano più fratello e sorella che madre e figlio. *Holly Harwood doveva essere stata una grande amica per Gavin*, pensò Darcy, e poi si rimproverò per la sua meschinità. Holly era una donna minuta, con occhi scuri e lineamenti graziosi, capelli castano chiaro bruciati dal sole come quelli del figlio e un sorriso pronto.

Le altre persone erano cinque donne e tre uomini che sembravano in buona salute. Pensò che l'uomo che aveva visto pulire il pavimento del patio potesse avere qualche problema mentale, ma gli altri sembravano svegli. Gracie aveva detto che facevano dei lavori in giro per l'albergo, ma Darcy ne aveva visto poche tracce, tranne che in cucina.

Dopo che due donne del gruppo ebbero servito torta e

caffè, Gracie si alzò. «È ora di fare conoscenza. Sheena, perché non inizi presentandoti?»

Mentre Sheena si alzava in piedi, uno degli uomini disse sotto voce: «Cacciatrici di soldi. Ecco cosa sono.»

Darcy lo fulminò con lo sguardo. Di carnagione scura, aveva riccioli mori, occhi scuri e un naso adunco. L'unico orecchino d'oro al lobo sinistro aumentava l'impressione che fosse un pirata redivivo. Gli mancava solo una bandana rossa intorno alla testa.

«Perché dici una cosa del genere?» chiese Darcy.

Sheena si voltò verso di lei accigliata e sussurrò: «Ti prego, Darcy.»

Ma Darcy era troppo frustrata per restarsene seduta buona. Nessuno poteva pensare che fossero cacciatrici di soldi, non considerato lo stato orribile delle cose. «Chi sei?»

Il tipo fece un sorriso sornione, un po' spaventoso. «Mi chiamo Rocky Gatto, ma alcuni mi chiamano Micio.»

«Ooh... nessuno ti chiama Micio.» Ignorando lo sguardo velenoso che il tipo le rivolse, Gracie disse: «Rocky è innocuo.» Si rivolse al gruppo. «Ok, buoni tutti. Conosciamo le nuove proprietarie.»

«Grazie» disse Sheena. «Mi chiamo Sheena Sullivan Morelli. Sono la più grande, sono sposata e ho due figli, di quattordici e sedici anni. E, no, non sono una cacciatrice di soldi e nemmeno le mie sorelle lo sono. Se lo fossimo, saremmo sicuramente deluse da questo posto.» Aspettò che le risate si spegnessero e poi aggiunse: «Spero che riusciremo a lavorare insieme. Abbiamo tutti una sfida davanti a noi.»

Quando Sheena le fece segno, Darcy si alzò in piedi. «Sono Darcy Sullivan. Prima di venire qui, lavoravo nel settore informatico con computer e programmazione. Non sono sicura di stare qui, ma voglio provare a far funzionare la cosa.» Alcune persone applaudirono.

Dopo si alzò Regan. «Sono Regan Sullivan e sono qui per dirvi che non voglio tornare a Boston o a New York. Voglio restare qui, come voleva lo zio Gavin.» Altre persone applaudirono.

«Molto bene» disse Gracie. «Ora, presentiamoci noi a voi. Cominciate da quel tavolo.»

Darcy perse il conto dei nomi mentre si alzavano e si presentavano. Quando giunse il momento di pronunciare il nome dell'uomo che aveva pulito il pavimento del patio, l'uomo seduto accanto a lui gli diede una gomitata. «Mi chiamo Clyde» disse con orgoglio. Un sorriso luminoso gli illuminò il volto e il cuore di Darcy si aprì. Sorrise insieme a tutti gli altri per l'entusiasmo di Clyde. Alla fine delle presentazioni, si rese conto che le persone che all'inizio le erano sembrate spaventose erano solo persone normali che avevano avuto sfortuna, tranne, forse, Rocky.

Mentre la gente si preparava ad andarsene, Holly Harwood si avvicinò a Darcy. «Sei disponibile ad aiutarmi con il mio sistema informatico al bar?»

Darcy sbatté le palpebre sorpresa. «Forse, ma sarò piuttosto impegnata qui.»

«Posso pagarti in dollari o in bevande e cibo per te e le tue sorelle.»

«Perfetto, ti farò sapere.» Darcy cominciò a pensare a tutte le possibilità. Forse il baratto sarebbe stato un modo per ottenere alcune cose per l'hotel. Nel frattempo, lavorare con Holly le avrebbe dato la possibilità di conoscere Brian. E questa era un'occasione che non intendeva perdere.

CAPITOLO 13
REGAN

Brian si avvicinò a Regan, sorridendo. «Sono contento che tu non voglia tornare a nord. Senti, mi dispiace di aver iniziato con il piede sbagliato con te. Possiamo essere amici?»

Regan si sentì avvampare in viso. «Forse.» Davanti all'espressione delusa sul volto di Brian, rise. «Voglio dire, sì, possiamo provarci.»

«Bene.» Lo sguardo castano di Brian sembrò arrivare dentro di lei, facendole vorticare lo stomaco per il nervoso.

Regan lo studiò, alla ricerca di un qualsiasi segno di malizia. La sua espressione rimase neutra, da amico. *Forse era uno dei bravi ragazzi*, pensò. Lo avrebbe capito solo col tempo. E se si fosse sbagliata, gli avrebbe dato una strigliata memorabile. O peggio.

Darcy si avvicinò. «Potrei lavorare con te e tua madre» disse a Brian, sorridendogli in un modo civettuolo che avrebbe potuto essere comico se non fosse stato così irritante.

Ma veramente? Darcy stava flirtando con Brian? Vedendo Brian rivolgere un sorriso magnetico alla sorella, Regan si bloccò. *Oh, mio Dio! È un playboy, dopo tutto.* Si voltò e si allontanò in fretta.

«Aspetta!» la chiamò Brian.

Regan proseguì senza fermarsi. Per quanto la riguardava, Brian poteva marcire all'inferno prima che lei si fermasse.

Regan era sdraiata a letto nell'oscurità delle prime ore del mattino, a fissare il soffitto, con mille idee che le vorticavano in testa. Lei e le sue sorelle avevano intenzione di trovarsi a discutere della loro situazione subito dopo colazione, ma Regan non voleva aspettare così tanto. Si rigirò su se stessa, sperando di dormire di più. Quando fu evidente che il sonno non sarebbe arrivato, si alzò e scese in punta di piedi al piano di sotto.

Quando entrò in soggiorno, si fermò sorpresa. «Che cosa ci fai in piedi?»

Da un divano, Sheena le sorrise. «Neanch'io riuscivo a dormire. Appena fa giorno, vado a fare una passeggiata sulla spiaggia. Vuoi venire con me?»

«Certo, sarebbe bello.» Regan si sedette accanto a Sheena e la studiò. Anche se spettinata dalla notte agitata, non sembrava avere la sua età. Per Regan era difficile credere che Sheena avesse dei figli adolescenti.

Sheena si avvicinò e le prese una mano. «Spero che durante la nostra permanenza qui potremo conoscerci meglio. Dato che avevo quattordici anni quando sei nata, a volte ho pensato a te come se fossi mia, soprattutto visto che la mamma era sempre malata. Ma non ti ho mai conosciuta veramente, da donna a donna.»

Regan sentì crescerle dentro una forte gratitudine. «Non è sempre stato facile essere la bambina di casa. Quando avevo quattordici anni, Darcy era già pronta ad andarsene da casa. Non è andata così lontano per andare al college, ma da allora è stato difficile riallacciare i rapporti in modo significativo.»

Sheena si alzò. «Vado a prepararmi una tazza di caffè. Ne vuoi una?»

«Sembra una buona idea.» Regan seguì Sheena in cucina e si accomodò su una sedia del tavolino.

Sheena mise un mini contenitore di caffè nella macchina del caffè e aspettò che riempisse una tazza. Quando la tazza fu piena, la porse a Regan. «Panna? Zucchero?»

Regan scosse la testa. «No, grazie.» Strinse la tazza tra le mani e inspirò l'aroma fumante del caffè. Amava questo momento della giornata. Sembrava pieno di possibilità.

Sheena preparò una tazza di caffè per sé e si sedette al tavolo di fronte a Regan. Con lo sguardo fisso, Sheena disse: «Hai detto a tutti che non volevi tornare al nord. E New York? Non eri felice là?»

Regan non poté trattenere lo sbuffo che le uscì dalla gola. «Solo una persona ricca potrebbe godersi la vita in quel posto. È impersonale e finto. Almeno lo era per me. No, se riusciamo a far funzionare le cose qui, sarò felice. Ci sono molte cose che non sono mai riuscita a fare. Spero che questo mi dia l'opportunità di provare qualcosa di nuovo.»

«Ok, mi sembra una buona idea» disse Sheena.

«Sai che volevo andare alla RISD, vero?»

Sheena spalancò gli occhi. «La Rhode Island School of Design? No, non lo sapevo. Perché non ci sei andata?»

Regan fece una smorfia. «Perché non sono riuscita a entrare. I miei test non erano buoni. È quello che ha detto il mio consulente scolastico, ma io credo che sia solo perché sono stupida. Non sai quanti insegnanti mi hanno detto di essere più simile alle mie sorelle. Io ci ho provato. Ci ho provato davvero.» Regan trattenne le lacrime. «Soffro di difficoltà di apprendimento, qualcosa come la dislessia, che mi rende le cose difficili. Ho le idee e so disegnare, ma non sono mai riuscita ad andare bene agli esami. I miei test di ammissione al college facevano schifo.»

«Oh, tesoro, non l'avevo capito. Pensavo che non ti piacesse la scuola e che poi volessi andare a divertirti a New York. Sei andata lì per fare la modella, vero?»

Regan scosse la testa. «È una fossa di serpenti. Non volevo entrare nel giro della droga, delle cose che devi fare per farcela. Per questo mi sono decisa a fare quello che Darcy potrebbe pensare sia un lavoro da niente. Ma, Sheena, in quel lavoro ho imparato molto sulle persone. Penso di poterci aiutare. Sono brava con la gente.»

«Aiutarci? Come?» disse Darcy, entrando nella stanza in mutandine e canotta.

«Penso che chiederemo a Regan di proporre idee per sistemare e decorare le stanze» disse Sheena, facendo a Regan un occhiolino sornione.

«Per me va bene. Non fa per me» disse Darcy. «Ma, ricorda, mi serviranno soldi per tutto il materiale informatico di cui abbiamo bisogno.»

«Nessuno riceverà fondi per nulla finché non avremo un bilancio. E questo significa che dobbiamo fare tutte delle ricerche» disse Sheena. «Dovremo fare le cose per gradi e poi stabiliremo un programma dopo aver capito meglio ciò di cui abbiamo bisogno. Dopodiché, sarò in grado di dirvi cosa possiamo o non possiamo fare.»

«Sembri la sorella maggiore prepotente che eri, Sheena» si lamentò Darcy. «Ricorda che saremo noi tre, non solo tu, a prendere le decisioni.»

Regan vide un lampo di dolore attraversare il volto di Sheena. «Darcy, sai che non è giusto. È stata messa al comando. E dove saremmo state noi due senza Sheena che si prendeva cura di noi quando eravamo più giovani?»

«Credo che tu abbia ragione» disse Darcy. «Mi dispiace, Sheena. Sono più nervosa di quanto pensassi su questa cosa e su come farla funzionare. Non posso tornare a Boston da fallita.»

«Nessuno di noi può farlo» disse Sheena a bassa voce.

Quando mise piede sulla sabbia fresca, Regan pensò al clima invernale del nord e sorrise. Senza dubbio il vento freddo si stava infilando nei cappotti delle persone per le strade di New York mentre lei si godeva il sole.

Regan si fermò ad ascoltare le grida dei gabbiani che si alzavano in aria e scendevano in picchiata sopra di lei, con le loro ali bianche che si stagliavano contro il cielo azzurro e luminoso. Per lei trovarsi in Florida sembrava quasi esotico. Non aveva mai viaggiato come molti dei suoi amici.

Si avvicinò alla riva e si fermò in mezzo alla schiuma del mare, fissando i piccoli pesci che le nuotavano accanto in piccoli banchi. Non sapeva che cosa le sarebbe servito per vincere questa sfida, ma, come aveva detto alla gente di Gavin, voleva poter rimanere al Salty Key Inn il più a lungo possibile. La sua vita fino a quel momento era stata una delusione dopo l'altra.

«Forza! Andiamo a passeggiare lungo la spiaggia e a dare un'occhiata agli altri alberghetti» disse Darcy, facendole cenno di andare avanti.

Regan si affrettò a raggiungere le sorelle.

Gli edifici che costeggiavano la spiaggia erano un marasma di forme, colori e dimensioni. L'edificio del ristorante, che in un primo momento era sembrato molto brutto con il suo rivestimento di pannelli di legno blu e le rifiniture gialle sbiadite, ora sembrava più appropriato.

Mentre continuavano a camminare, Regan si rese conto che la loro era una delle proprietà più grandi della zona.

«È meglio tornare indietro e fare colazione» disse Sheena. «Abbiamo molte cose da discutere.»

Le grida dei gabbiani le accompagnarono mentre superavano altri escursionisti mattinieri per raggiungere la strada pubblica.

Procedettero lungo la passerella di legno in fila indiana, con Darcy in testa. Quando arrivò alla fine e si trovò sul ciglio della strada, Regan la chiamò: «Aspetta! Voglio farti vedere una cosa.»

Darcy e Sheena si fermarono e si misero accanto a lei.

«Sì? Cosa?» chiese Darcy.

«Guarda dritto davanti a te» disse Regan. «Che cosa vedi?»

Sheena sorrise. «Ho capito. L'attrattiva dell'hotel a colpo d'occhio è pari a zero.»

«Sì» disse Regan. «Dobbiamo ridipingere l'edificio e aggiungere delle piante per rendere più attraente l'intero ingresso dell'hotel. Non dovrebbe costare molto. Soprattutto se diamo una mano a tinteggiare.»

«Ehi!» disse Darcy. «Possiamo ingaggiare qualcuno per farlo.»

«Ne parliamo dopo colazione, ma, Regan, mi piace quello che dici.» Sheena le pose una mano sulla spalla, come una sorta di benedizione.

Regan provò una grande gratitudine. Forse questo soggiorno in Florida sarebbe stato tutto ciò che aveva sperato.

CAPITOLO 14

SHEENA

Sheena notò l'espressione di orgoglio che attraversò il volto di Regan e sorrise. La famiglia aveva sempre considerato Regan la "bionda stupida" della famiglia, anche con i suoi capelli scuri. Non aveva mai saputo quanto soffrisse la sorella perché era troppo impegnata a crescere la sua famiglia. Forse, pensò, con questo soggiorno in Florida avrebbe potuto aiutare Regan ad acquisire maggiore fiducia in se stessa.

Avvicinandosi al ristorante, Sheena fu lieta di vedere diverse auto nel parcheggio e persone che mangiavano nel patio. Se volevano usare il ristorante di Gracie come punto focale per rinnovare il loro hotel, sembrava giusto abbellire un po' l'edificio. Inoltre, voleva che almeno una cosa fosse attraente prima che Tony e i bambini venissero a trovarli.

All'interno del ristorante, due donne della gente di Gavin, Lynn Michaels e Maggie O'Neil, stavano facendo da cameriere. Sheena sbirciò in cucina. Bertha Baker, meglio conosciuta come Bebe, stava aiutando Gracie. Sam Patterson, anche lui del gruppo, era in piedi davanti alla piastra a girare le frittelle. Sally Neal stava lavando i piatti.

Sheena si allontanò, felice di vedere che, come aveva detto Gracie, i membri del gruppo di Gavin davano davvero una mano con regolarità.

Dopo che Sheena e le sue sorelle ebbero preso posto e ordinato i loro pasti, Sheena osservò l'interno del ristorante. Se ne avesse avuto la possibilità, lo avrebbe migliorato, ma visto che i soldi erano un problema, non sarebbe successo a breve. Se mai sarebbe successo.

Arrivarono i loro piatti e Sheena ci si tuffò. Era una sensazione meravigliosa essere serviti. E quando diede un morso alle soffici uova strapazzate e poi assaggiò il morbido biscotto ricoperto di miele, non riuscì a trattenere un sospiro di soddisfazione. Gracie faceva miracoli.

Sheena sorrise agli sguardi di soddisfazione delle sorelle.

«Delizioso» disse Darcy, divorando i suoi pancake.

«Questo toast alla francese è il migliore che abbia mai mangiato» disse Regan. «Non che possa permettermi di mangiarlo spesso. Ingrasserei troppo.»

Sheena sospirò. Era una cosa che avrebbe detto Meaghan. Odiava il fatto che le ragazze sentissero il bisogno di scusarsi per le leccornie ogni volta che osavano mangiarne una.

Mentre facevano colazione, il locale si faceva sempre più affollato. Si affrettarono a finire il pasto, che gli fu detto essere gratuito, e lasciarono il ristorante.

Tornate a casa, Sheena invitò subito tutte in salotto. «Facciamo una lista di priorità e poi possiamo decidere cosa fare. Non possiamo perdere un minuto.»

Si trovarono d'accordo sulla necessità di tinteggiare l'esterno del ristorante e di fare qualche piccolo intervento di giardinaggio.

«Dobbiamo assolutamente procurarci un computer e installare il servizio Internet» disse Darcy. «Dopo averlo fatto, potrò costruire un sito web e dare a questo posto una presenza online.»

Sheena ricordò gli oggetti in uno degli armadietti. «E abbiamo bisogno di un programma che tenga traccia delle cose che riceveremo.»

«E dei mobili delle camere degli ospiti» disse Regan.

«Ehi!» disse Darcy. «Sarò super impegnata.»

Sheena e Regan si scambiarono uno sguardo. «Giusto»

dissero insieme.

«Vorrei il permesso di cercare dei mobili di seconda mano per le stanze» disse Regan.

«Cosa? Non vogliamo delle cianfrusaglie» disse Darcy.

«Dobbiamo fidarci del suo giudizio» avvertì Sheena. «Regan si interessa da tempo di design e arredamento d'interni.»

L'espressione sorpresa di Darcy fu eloquente. Si girò verso Regan. «Davvero?»

Le narici di Regan si dilatarono per l'irritazione. «Fare la receptionist non è mai stato un mio obiettivo, per quanto tu possa pensare che io sia stupida.»

Darcy alzò una mano. «Scusa. Non volevo farti innervosire.»

«Ok, voi due» disse Sheena. «Diamoci tutte un taglio. Mi sto rendendo conto che ci sono molte cose che non sappiamo l'una dell'altra.»

Darcy annuì. «Sì, non so come sono finita a lavorare con i computer quando l'unica cosa che ho sempre voluto fare è scrivere un romanzo.»

Regan spalancò gli occhi. «Un romanzo? Stai scherzando!»

Darcy scosse la testa. «No. Ma sono rimasta a lavorare sui computer perché è lì che ci sono i soldi. Non vi preoccupate. Mi occuperò io dei computer qui.»

«E io farò l'inventario degli arredi» disse Regan in tono amichevole.

«Io mi metterò in contatto con Brian per vedere cosa può fare per aiutarci a sistemare la facciata e il giardino» disse Sheena.

«Non dimenticare che avrò bisogno di soldi per comprare il computer» avvertì Darcy.

Sheena annuì. «Per prima cosa, devo parlare con Brian per vedere cosa sa delle nostre spese per le utenze e di altre questioni finanziarie.»

«Potrei aiutarti a parlargli» sorrise Darcy. «Brian è sexy, sexy, sexy.»

Sheena notò il bagliore delle narici di Regan, ma non disse nulla. Quelle due avrebbero dovuto risolvere le loro divergenze per il ragazzo più carino che avesse visto da tempo.

Proprio mentre Sheena stava per andare al ristorante, Brian bussò alla porta d'ingresso. «Siete presentabili, signore?» disse attraverso la porta che aveva aperto solo di poco.

Darcy si alzò di scatto dalla sedia e andò ad accoglierlo. «Molto presentabili» disse lei, sorridendo.

Lui aprì la porta del tutto ed entrò. «Ho immaginato che avreste fatto una riunione e ho pensato di potervi aiutare. Gavin mi ha chiesto di essere al vostro servizio quando iniziavate il progetto.»

Due ore dopo, molte delle domande di Sheena avevano trovato risposta. Sì, avevano un veicolo, la vecchia Cadillac rossa decappottabile di Gavin. No, non c'erano contratti con giardinieri. No, non c'era un servizio piscina. Sì, il conto dell'elettricità era aggiornato e non c'erano insoluti. Sì, le avrebbe mostrato un registro delle spese mensili, la maggior parte delle quali rientrava nelle normali spese di gestione. No, non c'erano prenotazioni di ospiti.

Quando arrivò il momento di parlare delle varie spese, Brian divenne solenne. «La mia azienda può aiutarvi con la tinteggiatura e il giardino. Diamine, posso anche trovarvi qualcuno che si occupi della piscina. Ma è solo scenografia. Che cosa pensate di fare per le stanze?»

«Sto facendo un inventario degli arredi» rispose Regan. «Conosci qualche posto dove possiamo trovare dei mobili usati in buono stato? Potrebbe essere un modo per riarredare quelle stanze con qualcosa di meglio. Almeno un paio alla volta.»

Il volto di Brian si illuminò. «Ottima idea. Fammi dare un'occhiata in giro. Ho sentito dire che uno degli hotel più grandi e vecchi sta facendo una ristrutturazione.»

«Non vogliamo passare da un mobile scadente all'altro» disse Darcy.

Brian alzò la mano. «No, no. Sto parlando di un posto simile al Don CeSar Hotel. Ed è molto bello.» Si voltò di nuovo verso Regan. «Ci andiamo insieme, se vuoi.»

«E posso venire anch'io» disse Darcy speranzosa.

«Probabilmente sarai impegnata con tutti i nuovi programmi per andare online» le ricordò dolcemente Sheena.

Darcy fece una smorfia. «Giusto.»

«Sì, mia madre spera che tu l'aiuti al bar» disse Brian, facendo sorridere Darcy.

Guardando la loro interazione, Sheena si chiese quando fosse diventata così vecchia. Lei e Darcy avevano solo dieci anni di differenza, ma le sembravano cinquanta. Scherzosamente, disse: «Forse vengo anch'io.»

Brian le sorrise. «Bene.»

Questa volta, Sheena notò con divertimento che sia Darcy che Regan erano accigliate.

Dopo che Brian se ne fu andato, Sheena disse: «Devo andare a prendere delle cose in farmacia e dobbiamo avere del cibo in casa. Per ora pagherò io. Dovrebbe rimborsarci Archibald Wilson. Ma non possiamo aspettare fino ad allora. Tra le altre cose, abbiamo bisogno di protezione solare. La pelle bianca e pastosa dei Sullivan sta già diventando rosa su di noi.»

«Anch'io ho bisogno di vestiti. Ma è inutile comprare un sacco di roba alla moda. Non se dobbiamo lavorare qui intorno» disse Regan.

«Sono sicura che ci sia un Walmart nei paraggi» disse

Darcy. «Controllerò sul mio telefono.»

«Mi chiedo in che condizioni sia la macchina di Gavin» disse Sheena.

«Sì, è l'unica automobile che abbiamo» disse Darcy.

«Scommetto che è un disastro. Come l'albergo» disse Regan, sospirando.

«Lo scopriremo presto. Seguitemi.» Sheena impugnò il mazzo di chiavi e condusse le sorelle al garage singolo in fondo all'edificio.

Una volta arrivate, sbloccò la porta del garage e la sollevò.

«Accidenti!» disse Regan.

Sheena accese la luce. Una sola lampadina che penzolava da un cavo elettrico agganciato al soffitto del garage illuminava una macchina che Sheena aveva visto solo nelle mostre di auto d'epoca.

Al centro del garage si trovava una Cadillac rossa con capote bianca e pneumatici bianchi. La carrozzeria rossa dell'auto brillava alla luce, mostrando la cura con cui era stata trattata.

«Brian dice che funziona. Vero?» La voce di Darcy era un sussurro mentre passava le dita sulla superficie dell'auto. Aprì la portiera, sbirciò all'interno e tornò indietro con un sorriso. «È in buone condizioni per essere un'auto che sono certa risale agli anni Cinquanta.»

Sheena sganciò le chiavi dell'auto dall'anello e le porse a Darcy. «Tieni. Guida tu. Non mi sento a mio agio a farlo io.»

Darcy rivolse a Regan uno sguardo interrogativo.

Regan scosse la testa. «Non io. Non dovevo guidare in città.»

Darcy sorrise. «Ok, salite. Andiamo a fare un giro.»

CAPITOLO 15
DARCY

Quando girò la chiave nell'accensione, Darcy trattenne il respiro. Sean, il suo ex fidanzato, adorava le auto d'epoca e lei lo aveva accompagnato volentieri a varie manifestazioni automobilistiche. E questa macchina dello zio Gavin era un vero classico in ottime condizioni. *Deve averla amata molto*, pensò mentre il motore prendeva vita.

Regan, seduta sul sedile anteriore del passeggero, le sorrise. «Bello!»

«Stai attenta quando fai retromarcia» disse Sheena. Allo sguardo di Darcy, lei rise. «Scusa. Sono in modalità mamma. Insegnare a guidare a un adolescente fa vacillare la fiducia in tutti i guidatori.»

Darcy fece uscire l'auto dal garage, passò attraverso il parcheggio e la portò in strada.

«Vediamo il quartiere da questa angolazione» disse.

Guidò abbastanza lentamente da permettere a tutte di dare una buona occhiata alle proprietà circostanti. Attraversarono una cittadina balneare dopo l'altra e si avvicinarono a St. Pete Beach.

«Che cos'è quell'enorme edificio rosa?» chiese Regan.

«Credo che sia il Don CeSar. Andiamo a vedere» disse Darcy.

Mentre si avvicinavano all'imponente e affascinante facciata dell'hotel, all'interno dell'auto nessuna parlò. Il sospiro di Regan ruppe il silenzio. «Ecco come pensavo che sarebbe stato il nostro hotel.»

«Anch'io» ammise Sheena. «Non pensavo che le cose fossero come sono. Credo che sia meglio goderci questa vista, perché è quanto di più vicino a stare qui che potremo avere.»

Darcy imboccò la strada principale e tornò al loro albergo. «Sapete, potremmo riuscire a far funzionare la cosa. Sheena, hai aiutato Tony con la sua azienda. Dovrai organizzare il Salty Key Inn. E, Regan, tu dovrai farlo sembrare carino. Pensate che possiamo farcela?»

Ci fu una pausa inquietante e poi, contemporaneamente, Sheena e Regan dissero: «*Sì!*»

Il suono di risate squillanti che riempì l'auto fu soddisfacente.

CAPITOLO 16
SHEENA

Sheena era seduta sul sedile posteriore dell'auto e guardava fuori dal finestrino, sorridendo e salutando quando la gente suonava il clacson al loro passaggio. Si sentiva così giovane, così spensierata. Rimanendo incinta così giovane, si era persa molte cose semplici come girare per il quartiere con le amiche.

Ripensò alla conversazione telefonica della sera prima con Tony. Lui aveva detto che l'unica cosa che gli mancava era la sua cucina. Quando si dice essere sposati da troppo tempo! A un certo punto avevano perso anche l'idea di romanticismo.

«Sheena, hai intenzione di redigere un bilancio o qualsiasi altra cosa tu faccia per Tony?» chiese Darcy al volante.

«Assolutamente sì» rispose lei. «Ci servirà un budget rigoroso se vogliamo avere successo. E anche se non saremo mai grandi o eleganti come altri posti, possiamo fare del Salty Key Inn qualcosa di cui essere orgogliose.»

Regan, sul sedile anteriore, si girò e le mostrò il pugno in segno di vittoria. «Sì! Facciamolo.»

«Ok, ora passiamo a questioni più pratiche» disse Darcy. «Il Walmart è oltre il ponte. Aspettate, sto girando a destra.»

Quando Sheena uscì dal negozio con le sorelle, fu colpita da quanto stavano diventando semplici le loro vite. Sia Darcy che Regan avevano scelto due paia di pantaloncini e tre magliette per completare il guardaroba che pensavano sarebbe stato pieno di abiti glamour. Tutte e tre avevano acquistato cappellini da baseball, creme abbronzanti, teli da spiaggia e cibo sufficiente per andare avanti una settimana a casa.

Quando tornarono all'ingresso dell'hotel, Brian fece loro cenno di fermarsi.

Sheena abbassò il finestrino. «Che c'è?»

«Buone notizie. Ho trovato un paio di imbianchini che si occuperanno di pulire la facciata con l'idropulitrice per poi raschiare e levigare l'edificio per prepararlo alla tinteggiatura. Vedremo cosa permette il vostro budget. Se necessario, potremo contribuire tutti insieme alla tinteggiatura vera e propria.»

Sheena sorrise. «Grazie. Se loro possono fare il lavoro più pesante, noi possiamo aiutare con il resto. Vogliamo disturbare il meno possibile i clienti del ristorante.»

«Capito» disse Brian. «Fatemi sapere qual è il vostro budget per il giardinaggio e vi proporrò un piano. Sono contento di vedere che la nostra Gertie è andata a fare un giro.»

«Gertie?»

Brian sorrise. «È così che la chiamava Gavin.» Picchiettò la fiancata dell'auto. «È una brava ragazza.» Le salutò con la mano e si allontanò.

Darcy si sventolò con le mani. «Cavolo!» disse, continuando a fissare il corpo di Brian mentre si allontanava.

Regan rimase in silenzio, ma Sheena si accorse che lo guardava andare via. Chi non lo avrebbe fatto? pensò Sheena, godendosi il movimento dei suoi fianchi mentre attraversava il prato per raggiungere la proprietà di sua madre, lì accanto.

«Forse dovrei andare a visitare il Key Hole» disse Darcy. «Devo parlare con Holly per aiutarla con i suoi computer.»

Regan fece un sospiro e scese dall'auto. «Porto in casa i nostri acquisti.»

Darcy si acciglió. «Che cos'hai che non va?»

«Niente» disse Regan. «Assolutamente niente.»

Darcy rivolse a Sheena uno sguardo interrogativo.

Sheena scrollò le spalle. Dopo essere scese dall'auto, Sheena aiutò Regan a caricare la spesa su un golf cart e poi percorsero il vialetto fino alla casa rosa. Regan si fermò davanti all'ingresso e guardò la casa. «Con un po' di lavoro questa casa potrebbe essere adorabile.»

«Lo so, ma è l'ultima cosa da fare. D'accordo?»

«D'accordo.»

Più tardi, mentre Sheena se ne stava sul divano con le sorelle in salotto, sorseggiando un bicchiere di pinot nero (un regalo di benvenuto in Florida da parte della vicina Holly) pensò a sua madre. Sua madre sapeva che Gavin era ricco? Avrebbe mai immaginato cosa avrebbe fatto per lei e le sue sorelle? Se la moneta d'oro valeva molto, poteva venderla e risolvere i loro problemi. Ma Sheena aveva giurato di non farlo. Gavin aveva voluto per loro una lezione di vita, e aveva la sensazione che le lezioni fossero solo all'inizio.

«Che tipo di romanzo scriveresti?» Regan chiese a Darcy, raggomitolando i piedi sotto di sé in una delle poltrone che si trovavano accanto ai divani.

«Oh, non lo so» rispose Darcy. «Non una storia d'amore seria. Non dopo come Sean mi ha distrutto. Forse un romanzo umoristico di qualche tipo.» Rivolse a Regan uno sguardo fermo. «Tu perché non hai fatto sapere a tutti che volevi fare la designer?»

Regan scrollò le spalle. «Che senso aveva? I miei voti erano pessimi. E poi, a quel punto, mamma e papà avevano speso un sacco di soldi per la tua istruzione. Sentii papà lamentarsi e non volevo peggiorare le cose per la mamma. Sai come poteva essere papà quando continuava ad andare avanti su una cosa.»

«Io gli ho fatto risparmiare un sacco di soldi quando ho

fatto un casino rimanendo incinta» disse Sheena. «Avresti potuto usare un po' di quel denaro.»

Regan scosse la testa. «Le medicine della mamma sono costate un sacco e ci sono stati anche altri problemi. Non conosco tutta la storia, ma papà ha perso molti soldi in una specie d'investimento.» La sua fronte si corrugò. «Ho sentito dire che questo è uno dei motivi per cui papà e "Big G" non andavano d'accordo. I soldi a casa erano un problema a volte.»

«Gavin ha fatto delle belle cose per gli altri. Mi chiedo quale sia la reale entità del suo patrimonio» disse Sheena. «Tutto questo accordo è così insolito.»

«Forse è un altro suo trucco e non c'è altro» disse Darcy. «Da quello che mi dici, non lo escluderei.»

«In ogni caso, domani inizieremo seriamente i progetti. Giusto?» disse Sheena. «Darcy, dovrai calcolare il prezzo di un sistema wifi per internet e il costo dell'attrezzatura. Grazie al cielo, abbiamo portato tutte i nostri computer.»

«Sì» disse Darcy. «Ho già chiesto a Brian di aiutarmi. Ha un amico che è nel settore.»

«Mi chiedo come lui e Gavin abbiano iniziato a lavorare insieme» commentò Regan.

«È una buona cosa. Sembra che conosca tutti in zona» disse Sheena. «Regan, tu comincerai a fare un inventario di tutti gli arredi delle stanze. Giusto?»

«Sì. E tu inizierai a fare un budget.»

Sheena sorrise. Cominciavano a sembrare una squadra.

Quando arrivò una chiamata da Tony, Sheena uscì di casa e si sedette su una delle sedie della cosiddetta veranda. «Ciao, tesoro. Come stai?» chiese Sheena, sperando che Tony non le facesse la stessa domanda. Non era brava a mentire.

«Non molto bene. Con te via è tutto caotico. Meaghan sta

dando di matto per il ballo e Michael pensa di poter guidare dove vuole senza considerare quello che stiamo facendo noi altri. Mamma sta cercando di aiutarci dandoci da mangiare, ma abbiamo già finito la maggior parte della spesa che ci avevi comprato.»

«Sapete tutti dove si trova il negozio di alimentari. Giusto?» Sheena mantenne un tono leggero, ma fu travolta da un senso di rivincita per la sua decisione. Quello che di cui la sua famiglia sentiva la mancanza erano ovviamente tutte le cose che di solito faceva per loro, non lei stessa.

«Come facevi a far filare tutto liscio?» disse Tony. «Io non so da dove cominciare.»

«Comincia facendo seguire ai ragazzi il programma che ho stilato. Poi tenete una lista aggiornata di cose da comprare al supermercato. Michael può andarci con o senza la sorella e prendere la spesa. Non è poi così complicato. Ci vuole solo un lavoro di squadra.»

«Io sono occupato col lavoro. Non posso farlo. Devi tornare a casa.»

«Tony, sono via solo da pochi giorni. Dovrete tutti "farlo" perché non me ne andrò. Ho un progetto enorme qui.»

«Che cosa vuol dire... enorme? Che diavolo sta succedendo? È per questo che non ci hai mandato nessuna foto?»

«In parte» disse onestamente Sheena, «e in parte perché stiamo ancora cercando di capire con cosa abbiamo a che fare. Diciamo che non è quello che avevamo immaginato.»

«Lo sapevo! Mi avevi già parlato di Gavin. È solo uno scherzo, vero?»

«Non ne sono sicura, ma intendo scoprirlo. I ragazzi sono in giro? Ho provato a contattare Meaghan, ma non risponde alle mie chiamate.»

«Meaghan è da mia mamma qui accanto, e Michael non è

ancora tornato dall'allenamento. Sheena, voglio che torni a casa.»

«Tony, ti amo, ma io resto qui. Si tratta di me e di noi due, ma anche di un albergo che ho ereditato. Devo trovare me stessa.»

La voce di Tony si abbassò a un ringhio. «Devi stare a casa con la tua famiglia.»

«Senti, devo andare» disse Sheena. «Ti chiamo domani. E abbraccia i ragazzi da parte mia.»

Sheena interruppe la chiamata prima che Tony potesse farle altre richieste... richieste che lei non aveva alcuna intenzione di soddisfare.

Rimase seduta sulla sedia per un momento a fissare nel buio le forme degli edifici che un tempo aveva immaginato diversi. Mentre le rane gracidavano in sottofondo e le stelle scintillavano nel cielo color ebano sopra di lei, la tristezza e la frustrazione la avvolsero. Per anni, il suo ruolo era stato quello di rendere felice la sua famiglia, soddisfacendo le loro richieste e facendo andare tutto liscio. Ma ora la davano per scontata. Pretendevano, non le chiedevano di fare qualcosa per loro, come se fosse un genio in una lampada. E se le cose non accadevano con un magico *puff*, si arrabbiavano con lei. Non poteva permettersi di continuare a seguire questo schema. Lei era più che la loro schiava. Non voleva, non poteva, tornare a quella situazione, né ora né mai. Doveva iniziare a cambiare le cose affrontando questa sfida. Lo doveva alle sue sorelle, lo doveva a sé stessa.

La mattina dopo, Sheena si mise al lavoro con determinazione per preparare un bilancio. Ma mentre si addentrava nell'elenco delle spese reali e immaginarie, si rese conto di aver bisogno di molti più input di quelli che Brian poteva darle. Doveva parlare con l'uomo che aveva gestito le finanze per Gavin.

Si diresse al Key Hole, il bar di Holly Harwood lì accanto, per vedere se riusciva a trovare Brian.

L'edificio verde pallido con finiture turchesi che ospitava il bar era simile nello stile al ristorante dell'hotel, ma in condizioni decisamente migliori. I suoi colori vivaci e il pappagallo di legno dipinto e intagliato all'ingresso si inserivano bene nel quartiere funky. Alle undici del mattino il bar era aperto, ma non era affollato. Sheena rimase un attimo sulla soglia dell'ingresso per dare un'occhiata all'arredamento.

All'interno, le pareti colorate attenuavano i colori esterni. Un bancone centrale a forma di U ospitava diversi sgabelli. Diversi tavoli con panche erano allineati alla parete di fondo. Il locale era pulito e senza fumo, cosa che Sheena apprezzava.

Holly apparve dalla cucina sul retro. «Oh, ciao, vicina! Cosa posso fare per te? È un po' presto per il vino, ma ce l'abbiamo.»

Sorridendo, Sheena alzò una mano. «Grazie, comunque. Mi chiedevo se Brian fosse in giro o se potessi aiutarmi tu. Mi sembra di capire che conoscevi Gavin piuttosto bene. Ho bisogno di sapere il nome della persona che si occupava delle sue finanze. Potrei chiamare l'avvocato che si occupa del suo patrimonio, ma ho pensato che sarebbe stato più veloce chiedere a te o a Brian.»

«Hai un po' di tempo? Posso aiutarti. Anzi, credo che sia una buona idea fare due chiacchiere.» Holly le fece cenno di avvicinarsi a un tavolo e si accomodò sul sedile rivestito di plastica rossa.

Incuriosita, Sheena si sedette di fronte a lei. I capelli scuriti dal sole, i lineamenti classici e il fisico snello di Holly la rendevano attraente, ma fu la gentilezza che Sheena vide nei suoi occhi scuri a catturare la sua attenzione.

«Immagino che Brian ti abbia detto che Gavin ha comprato questo posto per me» disse Holly. «Sapeva che avevo bisogno di una fonte di reddito. Visto che non l'avrei sposato, si è assicurato che stessi bene.»

«Ti aveva chiesto di sposarlo?» chiese Sheena.

Holly annuì. «So che c'era una bella differenza di età, ma, ovviamente, Gavin nella sua mente aveva solo la metà dei suoi anni. E devo dire che per la maggior parte del tempo si comportava come se avesse davvero la metà dei suoi anni. Ma dopo che il padre di Brian mi lasciò a bocca asciutta quando lui era ancora un bambino, non avevo alcun interesse a sistemarmi con qualcun altro. Ma io e Gavin abbiamo avuto una bella relazione a lungo termine. Più platonica che altro. E, soprattutto, eravamo grandi amici.»

Una certa tristezza attraversò il volto di Holly. «Sono rimasta molto turbata quando ho saputo che il suo cuore era così danneggiato che i medici non erano sicuri che l'intervento chirurgico potesse sistemarlo. E poi l'infarto ha messo fine a tutto. Gli restava poco tempo da vivere dopo aver ricevuto la notizia del suo problema, ma è stato abbastanza da prendersi cura di me e organizzare le cose per voi sorelle Sullivan. Parlava molto di te, Sheena. Di te e di tua madre. Lui la amava, lo sai. E lei amava lui.»

Sheena sentì gli occhi spalancarsi. «Davvero?»

Sheena sentì il sangue defluire dal viso. Ricordò la moneta d'oro che Gavin le aveva dato. *Significava qualcosa di più di un bel regalo per una bambina?* Le si inacidì lo stomaco. *Era figlia di Gavin? Era per questo che suo padre aveva odiato Gavin? C'erano dieci anni di differenza tra lei e Darcy. Faceva parte dell'equazione dell'amore tra sua madre e Gavin?* Le possibilità le frullavano in testa.

«A quanto pare, c'è stata una specie di incomprensione familiare. Gavin sapeva di non essere il benvenuto a Boston.

Prima di morire, mi ha chiesto di aiutarlo a distruggere le lettere di tua madre. Disse che non voleva rovinare la sua memoria. Dovevo dirlo solo a te.»

Sheena ripensò ancora una volta alla moneta d'oro. Le domande le bombardavano la testa. *La moneta era una sorta di simbolo dell'amore di Gavin per sua madre? Gavin aveva usato la scimmia per consegnarle l'oro? Doveva servire a dare a sua madre la possibilità di andarsene se avesse voluto?*

Holly si avvicinò e le accarezzò la mano. «Stai bene? Ti porto un po' d'acqua.»

Sheena bevve un sorso dal bicchiere d'acqua che Holly le porse e poi disse: «Sembra che Gavin abbia fatto molte cose belle per molte persone. Raccontami com'era.»

Un'espressione sognante riempì il volto di Holly mentre tornava a sedersi di fronte a Sheena. «Gavin era un tipo straordinario: alto, bello, con grandi sogni, grandi progetti, grandi successi. Era sempre alle prese con qualcosa. Andava persino a fare immersioni in cerca di oro sui relitti delle navi. Qualsiasi cosa facesse, aveva successo. Alcuni dicevano che era la fortuna tipica degli irlandesi. Ma Gavin era un uomo molto brillante ed energico, che sembrava fiutare le occasioni. L'hotel che vi ha dato è in una posizione privilegiata. So del testamento. Me ne ha parlato. Se doveste fallire, le persone che subentrano potrebbero ricavare una piccola fortuna anche solo vendendo il terreno. Ma Gavin l'ha sempre visto come un luogo in cui la gente potesse venire a divertirsi. Voleva che fosse speciale.»

«E la gente di Gavin, come si fanno chiamare?»

Holly sorrise. «Li ha scelti lui stesso uno a uno. In questo momento stanno aiutando Gracie in cucina. Ma ognuno di loro ha una storia speciale, un talento speciale. Dovresti prenderti il tempo di conoscerli.»

«Rocky sembra un pirata» disse Sheena.

Holly rise. «In effetti lo era, più o meno. Era uno dei compagni di Gavin nella caccia all'oro. Non sono sicura che ne abbiano mai trovato, ma sono diventati amici fidati.»

«Chi gestiva le finanze di Gavin? Sto cercando di stilare un bilancio per la proprietà, ma mi mancano molte informazioni.»

Holly si alzò dal tavolo. «Lascia che ti dia il suo biglietto da visita. Gavin l'ha lasciato qui per te. Sperava che fossi abbastanza intelligente da chiederlo.»

«Aspetta! Come si chiama?»

Holly si voltò verso Sheena con un sorriso. «Blackie Gatto.»

Quando Sheena fece il collegamento con Rocky, un brivido, come un ragno danzante, le attraversò le spalle.

CAPITOLO 17
DARCY

Come faceva un hotel ad andare avanti senza connessione internet ad alta velocità, un buon sistema wifi e ottimi programmi per computer? Darcy era pronta ad affrontare i problemi informatici dell'hotel e della casa. Anche se non era così ansiosa di tenersi in contatto con le sue vecchie coinquiline come pensava sarebbe stata (non visto come si erano rivelate le cose in Florida) senza l'accesso a internet si sentiva persa.

Con l'incoraggiamento di Sheena e Regan, chiamò un amico di Brian per farsi aiutare a installare un sistema wifi sia in casa che nell'ufficio dell'hotel. Chip Carson al telefono era sembrato il tipico smanettone non comunicativo, ma aveva accettato di venire in albergo entro un giorno o due.

In attesa di incontrare Chip, Darcy passò il tempo pulendo l'ufficio e controllando i documenti. Chiunque avesse gestito il posto in precedenza aveva lasciato dietro di sé un sacco di documenti inutili relativi a un ristorante che esisteva prima che Gracie lo rilevasse. Tutti i documenti che pensava potessero interessare a Sheena li mise da parte.

Quando Sheena vide cosa stava facendo Darcy, cominciò ad aiutarla. «È una buona idea mettere in ordine le cose qui. In questo modo tutte noi potremo lavorare qui dentro di tanto in tanto.»

Insieme, spolverarono le due scrivanie di legno, ripulirono i cassetti e fecero del loro meglio per dare un senso ai fascicoli di documenti.

«Ora abbiamo bisogno di materiale di cancelleria per l'ufficio» disse Sheena.

«Fai una lista e vado a prenderlo» disse Darcy.

«Tra il Dollar Store e alcuni altri negozi nelle vicinanze, dovremmo essere in grado di prendere la maggior parte delle cose che ci servono a un buon prezzo. Questa volta useremo i tuoi soldi» disse Sheena, rivolgendo a Darcy un sorriso di sfida. «Almeno finché non parleremo con l'avvocato per il rimborso.»

«Ok, le compro io, ma non lamentarti se non è esattamente quello che vuoi. E Regan può mettere i soldi per fare più spesa.»

«Affare fatto» disse Sheena. «Ricordatevi di conservare le ricevute. Dopo l'incontro con il signor Gatto, saprò quali soldi ci sono stati dati, se ci sono, per essere usati per le spese di tutti i giorni.»

«Se i centocinquantamila dollari che Gavin ci ha lasciato per l'albergo comprendono anche le spese per vivere qui, il progetto dell'albergo diventerà ancora più difficile da portare avanti». Il sospiro di Darcy venne dal profondo. «È veramente un casino.»

«Faremo un passo alla volta» disse Sheena. «Dopo che avremo pronte alcune camere, dopo aver ripulito l'area sul davanti e dopo che avremo il controllo finanziario su ciò che accade, dovremmo essere in grado di ottenere qualche entrata. Per un po' di tempo, però, la situazione sarà critica.»

Darcy e Sheena si scambiarono uno sguardo preoccupato. Questa era una partita che avrebbero potuto non vincere.

Darcy stava parcheggiando "Gertie" in garage quando notò una Jeep Wrangler blu con capote morbida entrare nel parcheggio vicino. Recuperò i suoi pacchi dal sedile posteriore della Cadillac e osservò un ragazzo alto, giovane e robusto, con i capelli castani, scendere dall'auto e dirigersi verso l'ufficio. In pantaloncini e maglietta, aveva un aspetto... be'... appetitoso.

«Ehi! Posso aiutarti?» chiese Darcy, incuriosita.

Lui si fermò e si girò. «Sono qui per incontrare una persona.»

Darcy notò la custodia del computer che portava con sé. «Sei Chip?»

Un ampio sorriso gli apparve in viso. Sollevò gli occhiali da sole sulla testa e la studiò con occhi azzurri e brillanti. «Sì. Tu sei Darcy?»

Lei sorrise. «Sì. Ti aspettavo un po' più tardi.»

«Ho finito un altro lavoro prima di quanto pensassi.» Lui sembrò notare improvvisamente i pacchi che lei cercava di tenere tra le braccia. «Hai bisogno di aiuto?»

«Grazie, sarebbe fantastico.» Darcy gli porse due dei quattro pacchetti che aveva in mano. «Entriamo.»

Chip la seguì in ufficio e, tenendo ancora in mano i pacchi, si guardò intorno. «Non ho mai visto vecchie scrivanie di legno come questa. Molto belle.»

«Be', è quello che è stato lasciato da chi c'era prima quando mio zio ha comprato questo posto» disse Darcy. «Spero che un giorno potremo sostituirle.»

«Gavin Sullivan era tuo zio? Mi sono chiesto quale fosse la relazione quando ho sentito il tuo nome. Io e lui avevamo parlato di creare una rete wifi qui. Non dovrebbe volerci molto tempo. Ho ancora gli schemi. Possiamo parlare dei router e di tutto il resto e poi posso metterti in contatto con un rivenditore di computer.»

Darcy posò le borse a terra vicino alla scrivania che stava occupando. «Hai esperienza di sistemi di inventario, vendite di ristoranti e cose simili?»

Lui annuì. «Ho creato il POS provvisorio per Gracie. Gavin

e io ci stavamo lavorando, ma poi è morto. Mi è stato detto di non fare nient'altro finché il suo patrimonio non fosse stato sistemato. Immagino che tu faccia parte di questo quadro.»

«Sì, infatti. Quanto tempo puoi dedicarci?»

Prima che potesse rispondere, Regan apparve sulla soglia. «Ho interrotto qualcosa? Volevo mostrarti un foglio di inventario che ho creato per l'arredamento, Darcy. Ho appena iniziato il progetto, ma volevo vedere se ti sembrava sensato.»

«Vuoi che ci dia un'occhiata?» chiese Chip. «Lavoro con Darcy su cose come questa» si affrettò a spiegare.

«Ok.» Regan consegnò a Chip il foglio e lanciò a Darcy uno sguardo interrogativo.

«Regan, questo è Chip Carson, il tecnico informatico che ci installerà una rete wifi e vari programmi.» Darcy si rivolse a Chip. «E questa è mia sorella, Regan Sullivan.»

Chip sorrise e si rimise subito a studiare il foglio.

Darcy non riuscì a nascondere il suo divertimento per la reazione sorpresa di Regan all'indifferenza di Chip. Regan era abituata a vedere i ragazzi cadere ai suoi piedi. E con quei jeans tagliati e il top scollato che indossava in quel momento, la maggior parte degli uomini sarebbe caduta in ginocchio.

Chip alzò lo sguardo dal foglio di carta. «Hai fatto un buon lavoro nel catturare ciò che ti serve sapere. Posso aiutarti a impostare un foglio di calcolo che ti conteggerà i numeri in automatico. Potrà suddividere i mobili in base alle condizioni, allo stile, a quello che vuoi.»

«Davvero?» Sul volto di Regan apparve un sorriso.

«Prima di farlo, Chip, dobbiamo stabilire un tempo per l'installazione dei sistemi wifi. E abbiamo bisogno di una stima dei costi per farlo» disse Darcy.

«Se è troppo costoso, potremmo dover aspettare per la casa» osservò Regan. «Ma speriamo di poter fare entrambe le cose.»

«Vi farò sicuramente un buon prezzo» disse Chip prima di rivolgersi a Darcy. «Che ne dici di incontrarci domattina presto? Porterò le specifiche e arriveremo a un piano definitivo.» Tirò fuori il telefono. «Me lo segno sul calendario. Ora è meglio che vada a trovare la mia ragazza.»

Dopo che Chip se ne fu andato, Regan crollò sulla sedia della scrivania. «Cavolo! Peccato che abbia già una ragazza. Non mi ha quasi notata.»

«E questo ti ha dato fastidio, vero?» disse Darcy, non riuscendo a trattenere una punta di provocazione dalla voce.

«Mi ha dato fastidio? No, mi è piaciuto molto! E ha anche pensato che ho fatto un buon lavoro con l'inventario.» Regan sospirò. «È il tipo di persona che sto cercando.»

«Io sto cercando qualcuno come Brian» disse Darcy, sventolandosi il viso con la mano.

Regan fece una smorfia. «Ci vediamo a casa.»

Darcy guardò la sorella andare via e si rese conto che la ragazza che credeva di conoscere non esisteva. Perché non aveva mai saputo quanto Regan fosse infelice per la sua reputazione, bella ma senza cervello? La verità era che Regan era molto intelligente, ma tutti l'avevano giudicata solo per la sua bellezza. Oppure, come il resto della sua famiglia, aveva semplicemente inserito Regan in quella casellina senza pensare a quanto le avrebbe fatto male?

CAPITOLO 18
SHEENA

Qualche giorno dopo, mentre attraversava il ponte ed entrava a St. Petersburg, Sheena si pose delle domande sull'uomo che stava per incontrare. Con un nome come Blackie Gatto, doveva essere un duro. In effetti, si chiese se fosse in regola. Suo fratello Rocky sembrava un pirata dei vecchi tempi di mare.

Parcheggiò la Caddy nel garage vicino all'edificio degli uffici. L'esterno dell'edificio, in stucco color crema con finiture verde scuro, era esattamente come aveva immaginato il Salty Key Inn: elegante, semplice, pulito.

Dopo essere entrata nell'ufficio di Gatto e Ryan ed essersi presentata alla receptionist, Sheena si sedette su una delle sedie dell'atrio. Guardandosi intorno, osservò la morbida moquette verde orientale, i bei mobili, le belle opere d'arte alle pareti. Era evidente che lo studio Gatto e Ryan andasse bene.

La receptionist rispose a una chiamata, disse *grazie* e si alzò. «Il signor Gatto può riceverla ora» disse a Sheena.

Sheena si alzò in piedi, si spazzolò la gonna e, a un segnale della receptionist, la seguì giù per un lungo corridoio. L'ufficio d'angolo in cui entrò si affacciava su una piccola insenatura dove diverse barche erano legate ai moli.

L'uomo dietro la grande e moderna scrivania di metallo e vetro sorrise, le si avvicinò e le prese la mano con entrambe le sue. «Sei ancora più bella delle tue foto.»

Presa alla sprovvista, Sheena sbatté le palpebre. «Dove ha visto delle mie foto?»

Il suo sguardo scuro rimase su di lei. «Gavin era sempre ansioso di mostrarmi le foto delle sue nipoti. Gliele mandava tua madre, credo. Soprattutto dopo aver imparato a usare l'iPhone.»

Sheena rise. «Fu piuttosto complicato. Ma quando imparò a scattare foto con il telefono, impazzì.»

Lui sorrise e disse: «Siediti e parliamo. Gavin era abbastanza sicuro che ci saremmo incontrati. Mi ha dato un elenco di cose da discutere con te.»

«Davvero? Come faceva a sapere che sarei venuta qui?»

Blackie sorrise. «Se l'era immaginato. Sei intelligente, come lui.»

Sheena si accomodò su una delle poltrone in pelle marrone dal cuscino morbido di fronte alla sua scrivania. Mentre lui si sistemava dietro la scrivania, Sheena lo studiò. Il suo viso era una versione più morbida e gentile di quello del fratello, un George Clooney più giovane e più scuro. «Ho conosciuto tuo fratello, Rocky. Mi ha sorpreso sapere che il tuo nome è...»

«... Blackie per i miei amici.» Il suo sorriso era affascinante. «Il nome mi è stato dato quando ero al liceo e recitavo come pirata durante il Gasparilla Pirate Festival di Tampa. Credimi, con un nome come Byron, ho accolto con piacere il nuovo.»

Affascinata dalla sua disinvoltura, Sheena ridacchiò con lui.

Blackie si appoggiò allo schienale e intrecciò le dita mentre la studiava. «Quindi tu e le tue sorelle avete accettato la sfida di Gavin. Come la state trovando?»

Sheena notò lo scintillio dei suoi occhi e si chiese quali giochi lui e Gavin avessero in serbo per loro.

«Sono sicura che voi due sapevate quanto saremmo state sorprese da ciò che abbiamo trovato» rispose. «Tuttavia, faremo del nostro meglio per far funzionare le cose. È importante per ognuna di noi, per ragioni diverse.»

Di fronte allo sguardo fisso e interessato di Blackie, Sheena si agitò sulla sedia. Era da molto, molto tempo che un uomo non la guardava con tanta attrazione.

Blackie si alzò, si avvicinò alla finestra e fissò il paesaggio. Quando si voltò verso di lei, emise un lungo sospiro. «Gavin era uno degli uomini più interessanti che abbia mai conosciuto. Era un giocatore d'azzardo e un donatore, un chiacchierone e un'anima tenera, un uomo d'affari cauto che osava provare cose nuove. A volte falliva, ma la maggior parte delle volte aveva successo.

«L'hotel significava molte cose per lui. Con l'avanzare dell'età, voleva restituire qualcosa a chi non era altrettanto fortunato. Ognuna delle persone che aveva scelto perché vivessero gratuitamente all'hotel significava molto per lui. Ma è stato anche intelligente. Ogni persona lì è molto speciale. Gracie, come ormai sai, è una cuoca favolosa. Mio fratello Rocky ha i suoi trucchi, ma può esservi utile. Gli altri possono essere messi a lavorare all'hotel finché non avrete abbastanza successo da poterne assumere altri.»

Sheena sentì la serietà nella voce di Blackie e sentì un po' di tensione abbandonarle le spalle. Blackie poteva avere aiutato Gavin a elaborare la sfida, ma le avrebbe aiutate.

«Prima di stabilire un budget, ho bisogno del tuo input» gli disse. «Per esempio, non so nulla degli accordi presi con la sua gente. Siamo responsabili delle loro spese? E per quanto riguarda il ristorante? Le entrate arrivano a noi?»

Blackie scosse la testa. «I costi di gestione del ristorante di Gracie sono sostenuti dal ristorante stesso come parte dell'hotel e non hanno niente a che vedere con il capitale che vi è stato assegnato o con la vostra sfida. È un'entità separata, i cui ricavi e profitti vanno all'hotel. Gracie e gli altri sono pagati profumatamente con le entrate per il loro lavoro, insieme a vitto e alloggio.»

«Bene» disse Sheena. «Come facciamo a spostarci? Abbiamo solo la Cadillac e non vogliamo usarla per trasportare roba. E puoi darmi un elenco completo delle spese ordinarie per l'hotel? Non dovrebbero provenire dai soldi che ci ha dato lo zio.»

Quando Sheena iniziò a snocciolare le sue domande, Blackie si mise a ridere. «Dio! Sembri proprio lui, sai?»

«Gavin?» Ricordò la nota alla fine della lettera e si sedette sulla sedia. Forse era più simile a Gavin di quanto pensasse. Forse era più di una nipote. L'idea le piaceva.

Blackie le passò un foglio di carta. «Gavin e io abbiamo già stilato un bilancio delle spese di pre-apertura. Si tratta di spese che si possono considerare normali in vista dell'apertura dell'hotel, come il vostro vitto personale, la cancelleria per l'ufficio, le bollette telefoniche e il noleggio di un veicolo. Il budget che avete per la sfida copre le spese di capitale, ovvero i costi per portare l'hotel in condizioni operative. Le spese in conto capitale coprono quelle cose che avranno una vita utile superiore a un anno.»

Sheena lasciò l'ufficio piena di idee. Ciò che era sembrato semplice e rigido nel testamento e nella lettera di Gavin non era così difficile com'era sembrato un tempo. La frase *"Pensa fuori dagli schemi"* era stata usata spesso durante la conversazione con Blackie. Sheena si rese conto che erano anni che non pensava fuori dagli schemi. Il cambiamento poteva non essere facile per tutti, ma per lei era un bene.

Quando Sheena tornò in albergo, parcheggiò l'auto in garage e si diresse in ufficio. Vi trovò Darcy, intenta a scrivere al computer.

«Che cosa stai facendo?» chiese Sheena, contenta di trovarla occupata.

Darcy sorrise. «Sto preparando una lista della spesa. Chip pensa di poterci procurare la maggior parte del materiale informatico di cui abbiamo bisogno con uno sconto. Ha delle "conoscenze".»

«Fantastico. Dov'è Regan?»

«Sta controllando le stanze degli ospiti.» Darcy rivolse a Sheena uno sguardo preoccupato. «Sapevi che Regan non si è nemmeno iscritta all'università perché pensava di essere stupida? Dice che non era una questione di soldi. Mentre eri via, abbiamo parlato un po' e alla fine ha ammesso che il vero motivo per cui non si era iscritta era la sua insicurezza. È un po' triste, non credi?»

«Sì» disse Sheena. «Diamole tutta la libertà di manovra di cui ha bisogno per sistemare le stanze.»

«Va bene, ma non può accaparrarsi tutti i soldi.»

«Sono d'accordo» disse Sheena. «Non vedo l'ora di raccontarvi del mio incontro con Blackie Gatto. Chiama Regan al cellulare e chiedile di venire in ufficio.»

Mentre aspettavano l'arrivo di Regan, Sheena uscì dall'ufficio e andò in cucina a prendere una tazza di caffè.

Gracie la guardò dalla piccola scrivania nell'angolo della stanza. «Sì?»

«Va bene se prendo un caffè?»

Gracie annuì. «Serviti pure.»

Sheena si versò una tazza dalla caffettiera ancora calda dal pranzo e ne bevve un lungo sorso. Anche nel caldo umido della Florida, era bello sentire il caffè caldo scivolarle giù per la gola in un soddisfacente sorso.

«Che cosa stai facendo?» Sheena chiese a Gracie, avvicinandosi.

«Mi sto assicurando di avere tutte le scorte necessarie per i prossimi due giorni» disse Gracie. «Perché?» La sfida nella sua espressione disse a Sheena che avrebbe fatto meglio ad andarci piano. Questo era il territorio di Gracie. Gavin se ne era assicurato.

«Sarà bello quando avremo organizzato meglio le cose qui. Contiamo sul tuo aiuto, Gracie. Blackie mi ha detto che Gavin voleva così.»

Gracie annuì ma non disse niente.

«In quale ristorante lavoravi a Tampa e da quanto tempo conoscevi Gavin?»

«Il ristorante non c'è più e conosco Gavin da sempre» rispose Gracie, facendo capire che non voleva parlarne.

Sheena nascose il suo disappunto, ma capì che alcune storie potevano essere private. «Be', è meglio che torni in ufficio. Grazie per il caffè.»

Mentre si allontanava, Sheena si rese conto che, sebbene le avessero detto che tutti quelli che facevano parte della gente di Gavin avevano una storia e che avrebbero collaborato con lei, ci sarebbe voluto del tempo per ottenere la loro fiducia.

Quando Sheena tornò in ufficio, Regan aveva raggiunto Darcy.

Sheena la guardò e sorrise. Di solito Regan aveva un aspetto perfetto. Ora, invece, aveva il naso sporco di terra, i capelli aggrovigliati ed era coperta di polvere.

«Stai lavorando sodo?» le chiese Sheena.

Regan sorrise. «Non crederete mai al disordine che c'è in quelle stanze. Devo ordinare di portare qui un cassonetto per l'immondizia, forse due. Avrò anche bisogno di un paio di uomini che mi aiutino a buttare le cose. Segnerò le cose da buttare in ogni stanza e loro potranno portarle al cassonetto.»

Sheena era impressionata. Questa non era la sorella tranquilla che credeva di conoscere. «Ottima idea, Regan. Aggiungiamola alla lista. Non può essere troppo costoso, e credo che il costo non sarà a carico del nostro budget. Ho buone notizie.» Tirò fuori una sedia e si sedette alla scrivania libera.

«Il mio incontro con Blackie Gatto è stato molto produttivo. Lui e Gavin erano molto amici. In effetti, hanno lavorato insieme per organizzare le cose per noi. L'elenco di domande che avevamo per Blackie faceva parte di una sorta di test, che abbiamo superato a pieni voti.»

«Sì? Che cosa significa "una specie di test"?» chiese Darcy con tono scettico.

«Significa che Gavin voleva che fossimo creative e disposte a chiedere aiuto agli altri. Così facendo, ho trovato un nuovo modo di guardare al nostro budget. I normali costi dell'hotel e le nostre spese quotidiane non devono essere pagati con i centocinquantamila dollari che ci sono stati dati per rendere l'hotel operativo. La gestione del ristorante di Gracie non fa parte del nostro piano, né i suoi costi. E ha acconsentito che le nostre spese personali per il cibo provengano da un fondo diverso, un fondo per le piccole spese, purché siano ragionevoli.» Sheena alzò una mano per fermare gli applausi di Darcy. «Avremo comunque problemi a far funzionare la cosa, ma cose come noleggiare un'auto più pratica possono rientrare nelle spese correnti dell'hotel.»

«Un'auto? Che ne dici di una jeep?» disse Darcy.

Sheena scosse la testa. «Blackie ha suggerito un furgone e io sono d'accordo con lui. Abbiamo bisogno di qualcosa che possiamo usare per trasportare roba in giro. Ora esaminiamo l'elenco delle spese di ristrutturazione. Rientrano tra le spese in conto capitale, cioè quei centocinquantamila dollari.»

Dopo pochi minuti fu evidente che preparare le camere per gli ospiti sarebbe stato un enorme problema finanziario.

Regan si accasciò sulla sedia. «Ci vorrà una specie di miracolo per preparare le stanze. Non possiamo usare niente di quello che c'è dentro. Non come sono.»

«E finché non saranno pronte, non potremo accogliere

ospiti. E questo significa che non possiamo portare soldi» disse Darcy. «Che casino.»

Sheena, Darcy e Regan si scambiarono uno sguardo preoccupato.

«Prendiamola con filosofia» suggerì Sheena. «Non vedo alcun problema nell'ordinare i cassonetti. E non c'è niente che ci impedisca di noleggiare un furgone e comprare generi alimentari e altre provviste. Andiamo a farlo adesso. A Blackie non piaceva l'idea che usassimo Gertie tutti i giorni.»

Mentre si preparavano ad uscire, Brian bussò alla porta dell'ufficio ed entrò nella stanza.

«Proprio l'uomo che volevamo vedere» disse Darcy, sorridendogli.

«Sì» disse Sheena. «Dobbiamo noleggiare un furgone per l'hotel. Hai qualche suggerimento? Vogliamo prenderne uno subito.»

«Dipende da cosa state cercando. Ci sono un sacco di concessionari in giro. A mia madre piace la sua Honda. E conosco un tizio al concessionario della Toyota. Oggi pomeriggio ho un po' di tempo libero.»

«Perché non andate avanti voi due con Brian. Io porto "Gertie" al supermercato» disse Regan. «So più o meno cosa piace a tutte noi.»

Un sorriso attraversò il volto di Darcy.

«Mi sembra un buon piano» disse Sheena. «Sei sicuro di avere il tempo di aiutarci, Brian?»

Lui annuì con decisione. «Sono qui per aiutare.»

Sheena strinse la mano al venditore della concessionaria Toyota e accettò le chiavi del furgone argentato che avevano scelto. Lei e Brian avevano fatto un buon affare con la promessa, tra le altre cose, di tenere sempre visibile l'adesivo che pubblicizzava la concessionaria. Sheena era orgogliosa della sua partecipazione. A casa, a Tony piaceva gestire l'acquisto di un'auto per lei attraverso l'azienda e, a parte la scelta del colore, lei non aveva alcuna voce in capitolo.

Mettendosi al volante, Sheena sorrise a Brian. «Grazie mille per il tuo aiuto! Questo furgone farà una grande differenza. Più tardi faremo mettere il logo dell'hotel sulla fiancata.»

«Il logo dell'hotel? Non abbiamo un logo» disse Darcy dal suo posto sul sedile del passeggero.

Sheena si voltò verso di lei con un sorriso. «Non ancora. Ma lo avremo.» Dopo la chiacchierata con Blackie, aveva ragionato su una serie infinite di idee.

All'hotel, Sheena evitò il parcheggio anteriore e guidò il furgone lungo il vialetto che portava alla casa. Il vialetto era abbastanza largo per accogliere il furgone, ma avrebbero dovuto tagliare un po' di fogliame per renderlo più agevole e sicuro. Forse poteva farlo il gruppo di giardinieri di Brian, pensò felice.

Regan attraversò di corsa il prato per salutarli. «Wow! Questo è nostro?»

Sheena la corresse. «È il furgone dell'hotel che usiamo noi.»

«La prossima volta lo guido io» disse Darcy.

«Ehm... ne avrò bisogno» disse Regan, lanciando loro un'occhiata imbarazzata. «Mi sono persa mentre andavo al supermercato e sono passata vicino a un mercatino dell'usato. Un uomo vendeva i suoi kayak. Mi sono fermata e ne ho presi due per cento dollari.»

«Fantastico!» disse Darcy. «Possiamo sistemare il molo, prendere una barca a vela e tutto il resto.»

«Ehi!» disse Sheena. «Una spesa come questa dobbiamo approvarla tutte e tre prima che tu proceda a comprare qualcosa.»

Regan si intristì. «Ma ho fatto un vero affare.»

«Perché devi sempre comandare tu?» disse Darcy. Mise un braccio intorno a Regan e lanciò un'occhiataccia a Sheena. «Non riesci mai a fare qualcosa di spontaneo?»

«Pensavo di dovermi occupare io di tenere traccia dei nostri soldi» disse Sheena, fissando Darcy. «Vuoi farlo tu?»

«No, ma dobbiamo divertirci un po' a fare questa cosa.»

Sheena si portò una mano alla guancia come se fosse stata schiaffeggiata. *Sono davvero così guastafeste?* I ricordi delle molte volte in cui aveva dovuto inserire il buon senso nei piani dei suoi figli le solleticarono la mente. *Ma a volte questo era il ruolo di una madre responsabile, no?* Fece un respiro profondo. Le sue sorelle non erano sue figlie, anche se i ricordi che aveva di loro erano esattamente quelli.

«Non c'è problema» disse Regan, nel suo solito ruolo di paciere. «Forse posso tornare indietro e dire al tipo che lascio stare.»

«No» disse Sheena con nuova determinazione. «Li compriamo.»

«Ottimo» disse Darcy. «Guido io.»

Regan tirò il kayak per rimuovere la leggera imbarcazione dal retro del furgone. L'uomo del mercatino aveva aiutato lei e Darcy a caricarla sul furgone. Sarebbe tornata a prendere il secondo, da sola, se fosse riuscita ad allontanarsi dalle sorelle. Aveva un'idea in mente e non voleva che fossero con lei mentre la realizzava.

Mentre Darcy e Sheena portavano via il kayak per riporlo in officina, Regan disse. «Torno subito con l'altro.»

«Aspettami» disse Darcy.

«Non c'è bisogno che vieni. Ci riesco da sola» disse Regan, ignorando il cipiglio sul volto di Darcy. Salì sul furgone e si sedette al volante. Era bello essere al comando per una volta. E se le sue sorelle si arrabbiavano con lei, che importava? Avrebbe dimostrato a tutti che poteva dare il suo contributo, e anche di più, per rendere bello questo hotel.

Poco dopo, Regan si fermò davanti alla casa e scese dal furgone. Il vecchio che gestiva il mercatino le si avvicinò con un sorriso. «Già di ritorno, eh? Bene, ora ti aiuto a caricare il kayak e puoi andare per la tua strada.»

Lei scosse la testa. «C'è qualcos'altro che m'interessa.» Entrò nel retro del garage e sollevò una targa di legno. Nel legno erano incise la sagoma e la forma di un airone. «Ne hai altre di queste?»

«No. Però le fa mio nipote. Ti piace? Una bella ragazza come te può averla.»

«Ha il biglietto da visita di suo nipote?» chiese lei,

prendendogli la targa.

«Ne vado prendere uno in cucina. Mia moglie ne tiene un mucchio. Non so perché. È solo un suo hobby, non una vera e propria attività. Sta studiando per diventare dentista.»

Nascondendo l'eccitazione, Regan sorrise educatamente.

Quando l'uomo tornò, consegnò a Regan un piccolo biglietto bianco. «Ecco. Si chiama Austin Blakely.»

«Grazie» disse Regan. «Lo apprezzo molto.»

Caricarono la targa e il kayak sul furgone e Regan si congedò.

Durante il viaggio di ritorno all'hotel, pensò al modo migliore per approcciare le sorelle. Avrebbero odiato o adorato la sua idea.

CAPITOLO 20
SHEENA

Sheena convocò una riunione prima di cena per discutere con le sorelle gli avvenimenti della giornata. Si accomodarono sui divani e sgranocchiarono le mele che Regan aveva comprato al negozio.

Sheena ribadì ciò che lei e Blackie avevano discusso. «Ci vorrà molta creatività, ma sono più ottimista sulle nostre possibilità di dare una svolta a questo posto.»

«Anch'io» disse Regan. Si alzò e sollevò la targa di legno. «Ho trovato questa incisione di un airone al mercatino dell'usato. E no, Sheena, non ho speso soldi. Il tipo me l'ha data gratis. Suo nipote, Austin Blakely, fa questo lavoro. Voglio ordinarne un'altra, una sgarza questa volta. Penso che dovremmo dare il nome di questi uccelli ai due edifici per gli ospiti. In questo modo potremo dire ai nostri ospiti: "Siete nell'edificio Airone, stanza A101, o nell'edificio Sgarza, stanza S101", o qualcosa di simile. Che ne pensate?»

Sul volto di Darcy apparve un ampio sorriso. «Mi piace. È logico e renderà più facile tenere traccia delle vendite delle camere sul computer.»

«Ottima idea, Regan» disse Sheena. «Possiamo montare le targhe all'ingresso principale di ogni edificio. E mi piace l'idea del legno semplice e colorato.»

«Dipingerò io gli uccelli» disse Regan con una nuova autorità nella voce, «ma lo farò con molto gusto, con il colore giusto per creare interesse.»

«Sei davvero brava in questa cosa dell'arredamento,

vero?» Darcy disse a Regan con una nuova nota di rispetto.

Il sorriso che apparve sul volto di Regan riempì Sheena di soddisfazione. La sua sorellina era all'altezza del compito che aveva scelto per sé.

Dopo aver passato in rassegna l'elenco delle cose su cui dovevano lavorare, Sheena disse: «Credo che dovremmo convocare una riunione con la gente di Gavin. Blackie ha detto che Gavin si era già accordato con loro perché ci aiutassero coi progetti quando ne avremo bisogno.»

«Non erano esattamente amichevoli, soprattutto quel Rocky» disse Darcy. «Non credo che vorrà darci una mano.»

«Ho bisogno che mi aiuti con il cassonetto» disse Regan. «Lascia fare a me.»

Sheena e Darcy si guardarono e risero.

«Va bene, capo, lasciamo che sia tu a invischiarti col tipo» disse Darcy. «Non so cosa ti sia preso, ma mi piace la nuova Regan.»

Le labbra di Regan si incurvarono e la sua fronte si aggrottò. «In passato, nessuno in famiglia mi dava credito per qualcosa. Ho giurato di cambiare le cose qui in Florida.»

«E stai facendo un buon lavoro» disse Sheena, vedendo la sorella sotto una nuova luce.

«Sì, penso che dovremmo tutti approfittare di questo periodo per imparare molte cose. Anche noi» disse Darcy. «Siamo sorelle e ci conosciamo appena. Non proprio. E non sappiamo nessuna delle piccole cose che riguardano ognuna di noi. Cominciamo. Sheena, qual è il tuo colore preferito?»

Sheena rise. «L'azzurro pastello. E il tuo?»

«Il verde in qualsiasi tonalità» disse Darcy, rivolgendosi a Regan.

«Il mio è il rosa» disse Regan.

«Visto?» disse Darcy. «Non era così difficile... Ok, facciamo un altro piccolo quiz. Qual è la cosa di cui avete più paura?»

«È facile. I serpenti» disse Sheena. Ne aveva paura da quando, da bambina, ne aveva incontrato uno nel bosco.

«Oh sì. Anche per me i serpenti e i ragni» disse Regan. «Soprattutto quelli grandi e pelosi.»

«Non ho mai visto un alligatore da vicino» disse Darcy, «ma non voglio assolutamente vederlo.»

«La Florida ne è piena» avvertì Sheena. «Quindi, è meglio che stiate attente.»

Darcy rabbrividì. «Lo so.»

Sheena controllò l'orologio. «Ok, basta con questa cosa del fare conoscenza. È ora di pensare alla cena. Chi cucina stasera?»

«Non io» disse Darcy. «Vado al Key Hole per cena e per lavorare al sistema informatico.»

«Io non ho fame» disse Regan. «Farò uno spuntino più tardi.»

«Be', io preparo un'insalatona. Sei sicura di non volerne una, Regan?»

Lei scosse la testa. «No, credo che andrò con Darcy.»

Dopo che le sorelle se ne furono andate, Sheena si sedette da sola in cucina. Digitò il numero di cellulare di Meaghan. Finora Meaghan si era rifiutata di rispondere alle sue telefonate e non avevano parlato dell'imminente ballo di San Valentino.

Il telefono squillò più volte. Sheena strinse i denti e le mandò un messaggio: *Meaghan, per favore rispondi alla chiamata. Sono stanca di cercare di parlare con te e non ricevere risposta.*

Qualche istante dopo, ricevette una risposta al suo messaggio: *Mamma, sono ancora arrabbiata con te per essertene andata. Il ballo si sta trasformando in un disastro. Le mie due migliori amiche mi prendono in giro perché sono orfana. Perché hai dovuto lasciarci?*

Sheena fece una pausa prima di tentare di rispondere. Non poteva danneggiare il rapporto tra Tony e sua figlia. Meaghan lo considerava un ottimo uomo d'affari, capace di darle tutto ciò che voleva. Ma, che le piacesse o no, la presenza di Sheena in Florida avrebbe potuto, tra le altre cose, salvare la famiglia da problemi finanziari.

Cominciò a scrivere: *Meaghan, ti voglio bene e mi manchi. Vorrei che tu lo capissi. Non vedo l'ora di vederti tra qualche settimana. Parleremo di più in quel momento. Ti abbraccio forte. Mamma.*

Sheena pulì la lattuga e preparò un semplice condimento per insalata a base di aglio e senape. Stava mangiando l'insalata quando squillò il cellulare. *Meaghan.* Impaziente di sentire sua figlia, fece clic sulla chiamata. «Ciao, tesoro!»

«Mamma! Devi tornare a casa. Qui le cose sono un disastro. Papà cucina malissimo, il bucato non è stato fatto e non c'è nessuno che mi porti a fare la spesa!»

La felicità che Sheena aveva provato vedendo la telefonata scomparve con una dolorosa fitta al cuore. A Meaghan mancavano tutte le cose che normalmente Sheena faceva per la famiglia, tutto qui.

«Mi dispiace, ma ho un impegno qui, un impegno a cui non posso venir meno. E, Meaghan, mancano solo poche settimane al tuo arrivo in Florida.» Sheena deglutì a fatica, decisa a mantenere la voce leggera e piena di comprensione. «Potrebbe essere un buon momento per imparare a cucinare. Sono sicura che nonna Rosa sarebbe felicissima di aiutarti. E ti ho già mostrato come fare il bucato da sola. Non dovrebbe essere un grosso problema. Per quanto riguarda la spesa, pensavo che ti piacesse andare a fare shopping con le tue amiche.»

«Papà non mi dà soldi. Dice che ho già abbastanza vestiti»

disse Meaghan con un caratteristico piagnucolio.

Sheena sentiva le lacrime nella voce della figlia, ma si indurì per non essere troppo comprensiva. Prima di partire per la Florida, si era assicurata che l'abbigliamento di Meaghan fosse pronto per la primavera. Voleva bene a sua figlia, ma era chiaro quanto fosse diventata viziata.

«Perché non puoi essere come le altre madri? Loro si prendono cura delle loro famiglie» si lamentò Meaghan.

Sheena sospirò. Senza dubbio aveva sentito Tony dire la stessa cosa. «Ne abbiamo già parlato. Se non pensassi che voi tre possiate farcela da soli, non sarei qui. Ma siete perfettamente in grado di aiutarvi a vicenda mentre io non ci sono. E anche la nonna e il nonno sono lì per aiutarvi.» Il ronzio di una chiamata interrotta le risuonò nell'orecchio. Spalancò gli occhi per lo sgomento. Meaghan aveva riattaccato.

Sheena fece dei bei respiri e si calmò. Si chiese se richiamare Meaghan, ma decise di lasciar perdere. Parole piene di rabbia si stavano accumulando dentro di lei e non voleva peggiorare le cose.

Allontanò l'insalata, non aveva più fame. Uscì dalla cucina, andò in veranda sul davanti e si accomodò su una delle leggere sedie di metallo. Nell'oscurità, inspirò l'aria salata e sentì i muscoli sciogliersi mentre l'aria calda la avvolgeva come una coperta confortante. Le piaceva sempre di più l'atmosfera tropicale di quel posto. Anche la casa, che a un certo punto le era sembrata primitiva, ora le sembrava molto... adeguata.

Le squillò di nuovo il cellulare. Alla vista del volto di Tony sullo schermo, Sheena fece una smorfia ma accettò la chiamata.

«Ciao, tesoro! Come stai?»

Lui fece un sospiro. «Sto cercando di far fronte a tutto qui. Ma, Sheena, la tua famiglia ha bisogno che tu torni a casa.

Questa idea di Gavin è ridicola! Non abbiamo così tanto bisogno di soldi. I miei affari si riprenderanno. Ne sono certo.»

Sheena fu travolta dal senso di colpa. *Una madre dovrebbe stare a casa con la sua famiglia. Giusto?* Poi un altro pensiero la assalì. *È ora di pensare in modo diverso.* «Per i ragazzi è un buon momento per imparare un po' di responsabilità. Sono stati troppo coccolati. Quando verranno in Florida, intendo farli lavorare.»

«Non stai esagerando con questa tua idea?» Tony si schiarì la gola. «Sei sicura che non ti stai preparando a lasciarci... per sempre?»

«Oh, Tony, no! Certo che no. Sto solo seguendo questa sfida, una sfida che, tra l'altro, sono sicura porterà a qualcosa di meraviglioso per tutti noi.»

«Sei molto egoista» disse Tony. «Hai preso una decisione e ora siamo tutti costretti a subirla.»

«No, Tony. *Abbiamo* preso la decisione dopo aver esaminato i libri contabili della tua azienda. Ci sono molte ragioni per attenersi al piano. Pensavo che se le cose si facessero troppo difficili, i ragazzi potrebbero volersi trasferire in una scuola qui.»

«E io?» chiese Tony. La sua voce conteneva un'amarezza che Sheena non poteva ignorare.

«Non ho ancora capito questa parte. Ma lo farò perché voglio che tutti noi stiamo insieme. Sto cercando di pensare in modo creativo.»

«E la stronzata del trovare te stessa?» chiese Tony.

Sheena sentì la rabbia ribollirle dentro, ma tenne a freno la lingua. Tony non lo capiva e non lo avrebbe mai capito.

«Allora?»

Lei fece un bel respiro per calmarsi. «Non sono stronzate, Tony. È ora che io faccia qualcosa nella mia vita, che dia un contributo a cause diverse dalla felicità della mia famiglia. Ho solo trentasei anni. C'è tempo per fare la differenza per noi e per gli altri.»

«Hai promesso di prenderti cura di noi. Dovremmo essere noi la tua priorità» ribatté Tony.

«Ma non la mia *unica* priorità» ribatté Sheena. «Devo qualcosa anche alle mie sorelle.»

«Senti, devo andare» disse Tony. «C'è una chiamata in arrivo sulla linea di servizio.»

«Tony? Ti amo» disse Sheena.

«Sì, certo» disse lui, e riattaccò.

Gli occhi di Sheena si riempirono di lacrime. Era una persona così terribile per voler trovare sé stessa, fare qualcosa per le sue sorelle, affrontare una sfida di tipo diverso per quello che sentiva sarebbe stato un grande beneficio per la sua famiglia? L'intera faccenda della sfida era strana, ma le stava aprendo la mente a possibilità a cui non aveva mai pensato prima.

Più tardi, mentre Sheena era seduta in veranda alle prese con le sue emozioni, tornò a casa Darcy, che sobbalzò quando notò Sheena nel buio. «Ehi! Che ci fai qui fuori a quest'ora?»

«Sto cercando di decidere se sono una pessima moglie e madre» rispose Sheena. «La mia famiglia è molto arrabbiata con me perché sono qui.»

Darcy si sedette su una sedia accanto a Sheena. «La tua famiglia ti ha sempre avuto a sua completa disposizione. È ora che tu scopra chi sei e come vuoi trascorrere il resto della tua vita. Michael andrà al college tra un anno e Meaghan lo seguirà. E poi?»

«Lo so, ma...» iniziò Sheena.

«Niente ma. Vi siete sposati e avete avuto figli troppo giovani e avete pagato il prezzo di esservi persi nelle loro richieste. Abbiamo un anno di tempo per fare dei cambiamenti, non solo per l'hotel, ma anche per noi stesse. Fallo, Sheena.»

«Grazie. Avevo bisogno di sentirmelo dire.» Sheena sporse il braccio e strinse la mano di Darcy. «Come hai fatto a diventare così intelligente?»

Regan uscì dalla casa e le raggiunse. «Che cosa state combinando voi due?»

«Cresciamo un po'» rispose Darcy facendo l'occhiolino. «La nostra sorella maggiore ha molto da imparare.»

Regan rise. «Come tutti.» Diede a Sheena un abbraccio di incoraggiamento e si sedette su una sedia accanto a lei.

CAPITOLO 21
DARCY

Darcy se ne stava nel suo letto pensando a Sheena. Aveva nove anni quando Sheena si era sposata all'improvviso, lasciando Regan e lei a gestire una madre le cui frequenti emicranie la costringevano a letto. Ripensando a quel periodo, Darcy si rese conto di quanto fosse stata devastata dalla scomparsa di Sheena. Si era sentita abbandonata per essere stata improvvisamente lasciata a badare alla sorella minore. Non potendo parlarne con nessuno, si era comportata in modo terribile con Sheena, facendo scenate ogni volta che veniva a trovare la madre. Era l'unico modo per esprimere i suoi sentimenti.

Il suo ex fidanzato, Sean, una volta aveva accusato Darcy di aver bisogno di molte rassicurazioni sul fatto che la amasse. Darcy sbuffò disgustata nel silenzio della stanza. Era stata così bisognosa? Se sì, era perché non voleva sentirsi abbandonata di nuovo? Quando lui l'aveva lasciata, Darcy aveva cercato di far credere che non le importasse, ma le azioni di Sean l'avevano ferita profondamente. Dopo di allora, era uscita spesso con qualcuno, ma nessun ragazzo sembrava valere lo sforzo di andare oltre una frequentazione occasionale.

Abbracciò il cuscino. Le sarebbe piaciuto che fosse Brian Harwood. Era un uomo a cui sarebbe stata felice di dedicare molte attenzioni... non che a lui importasse. Aveva gli occhi puntati su Regan, a cui non poteva importare di meno. Si rigirò su sé stessa facendo un pesante sospiro. La vita, a volte, era proprio incasinata.

Darcy si svegliò al suono di risate al piano di sotto. Si tirò su a sedere e drizzò le orecchie sorpresa quando sentì una voce maschile. Si alzò dal letto e andò in bagno per rinfrescarsi. Guardandosi, gemette per il modo in cui i suoi capelli rossi e ricci sparavano in tutte le direzioni. Aveva lavorato sodo per domare quei riccioli, ma l'umidità dell'aria della Florida rendeva la battaglia ancora più dura. Rimpiangendo di non poter eliminare le lentiggini, si lavò rapidamente il viso e poi passò la spazzola tra i capelli. Se c'era qualcosa di divertente, non voleva perderselo.

Finito il rituale mattutino, si affrettò a infilarsi un paio di pantaloncini e una maglietta e scese le scale.

Il cuore le batté forte in petto quando vide Brian. Indossava dei jeans tagliati e una camicia tesa dai pettorali. Era più bello di una tazza di caffè di alta qualità.

«Ciao, Brian! Cosa ci fai qui?»

Lui fece un cenno di saluto con la testa. «Stavo dicendo a Sheena e Regan che domani possono iniziare a tinteggiare la facciata dell'edificio. I ragazzi dovrebbero finire presto la fase preparatoria. Ho una squadra al completo che ci sta lavorando.»

«E vogliamo che proceda con la sistemazione del giardino sul davanti e con la potatura del fogliame lungo il vialetto» disse Sheena. «Sei d'accordo?»

«Certo» disse Darcy. Più a lungo Brian era nei paraggi, più facile sarebbe stato fargli pensare alla possibilità di cominciare a uscire con lei.

«Sarai esonerata dal dipingere quando lavorerai al computer» disse Sheena. «E anche Regan quando lavorerà alle stanze. Alla fine della settimana, però, ci incontreremo tutti con i collaboratori di Gavin. Mi sono messa d'accordo con Gracie stamattina.»

Darcy sentì crescere dentro di sé un po' del suo vecchio risentimento. Sheena era la sorella maggiore, ma doveva essere così autoritaria?

Regan rivolse a Darcy uno sguardo complice e le porse silenziosamente una tazza di caffè.

«Grazie» disse Darcy, e bevve un sorso soddisfacente.

Brian le sorrise. «Mia madre dice che le sarai di grande aiuto. Immagino che ti pagherà in alcolici e pasti gratis. Bello.»

Tutto il corpo le formicolò di piacere. «Passerò un bel po' di tempo da lei.»

«Bene» disse lui, e si voltò verso Regan. «Mi sembra di capire che vuoi assumere alcuni dei miei uomini per aiutare te e la gente di Gavin a spostare del materiale? Posso metterli a disposizione per un'ora o due quando ne hai bisogno e sono liberi. Basta che me lo fai sapere.»

«Grazie per essere passato» disse Sheena. «A che ora dobbiamo vederci domani mattina per iniziare a tinteggiare?»

«Entro le otto. E mettete molta crema solare. La temperatura comincia a salire. Non vorrete lavorare con il caldo del giorno.»

Brian uscì di casa e Darcy si sedette al tavolo della cucina. «Le cose si stanno muovendo molto velocemente. Di questo passo, saremo pronte ad aprire entro un mese o due.»

Sheena scosse la testa. «Non proprio. C'è molto da fare e non sapremo se abbiamo avuto successo se non avremo un profitto. Sto lavorando di più sui numeri. Ma, Darcy, ci hai detto che volevi scrivere un romanzo. Sei brava a scrivere anche materiale pubblicitario? Io ho aiutato un po' Tony, ma questo è molto diverso da scrivere testi su lavori idraulici.»

Regan le rivolse un sorriso scherzoso. «Magari un giorno l'albergo sarà anche in uno dei tuoi romanzi.»

«Non si sa mai» disse Darcy, appassionandosi all'idea.

CAPITOLO 22
SHEENA

Dopo aver trascorso una notte inquieta pensando alla situazione della sua famiglia. Sheena si svegliò determinata a portare a termine la sfida. La rassicurazione di Darcy l'aveva aiutata a capire che poteva sfruttare questa opportunità per cambiare la sua vita in modo da non ferire nessuno. A volte aveva pensato alle sorelle come a dei figli piuttosto che a delle sorelle. Ma dopo averle conosciute un po' meglio, si sentiva più alla pari con loro.

Si alzò dal letto e si affrettò ad andare in bagno per una doccia veloce prima che le sorelle lo reclamassero. Mentre si insaponava il corpo, pensò a Tony. Tra loro c'era sempre stata chimica sessuale, ma l'affetto profondo, quello tranquillo e quotidiano, era scomparso con le loro vite frenetiche. Voleva di più dalla vita con suo marito: più divertimento, più tempo da soli. Erano ancora giovani, potevano ancora fare molte cose insieme ora che i ragazzi erano più grandi e potevano essere lasciati da soli. Ma momenti come quelli non si erano mai presentati.

Mentre finiva di vestirsi, decise che parte del processo di ritrovare se stessa consisteva nel ritrovare la giovane donna che era stata.

Era seduta in cucina al piano di sotto a sorseggiare un caffè quando Regan e Darcy entrarono nella stanza.

«Vado a vedere se Gracie ha posto per me a colazione» disse Regan, «e poi continuerò a segnare le cose da buttare. Siamo tutti d'accordo che tutta la biancheria da letto dev'essere buttata. Giusto?»

Sheena e Darcy annuirono insieme. Era in condizioni terribili.

Regan se ne andò e Sheena si rivolse a Darcy. «Grazie per l'incoraggiamento dell'altra sera. Avevo bisogno di sentire quello che avevi da dire.»

«È una novità» disse Darcy, dando a Sheena un finto pugno sul braccio. «Dopo colazione, andrò a lavorare in ufficio. Devo elaborare un piano di marketing sia per la nostra attività che per il Key Hole. Bel nome per il bar, eh? Salty Key... Key Hole?»

Sheena sorrise. «È perfetto. Stavo pensando che forse potremmo trovare un accordo con Holly Harwood per far avere uno sconto ai nostri ospiti o qualcosa del genere.»

Gli occhi di Darcy si illuminarono. «Ottima idea. E visto che da Gracie non servono la cena, forse possiamo trovare una soluzione anche per quello.»

Sheena prese una tazza di yogurt dal frigorifero e si diresse in salotto. Doveva lavorare al computer per mettere insieme qualche idea di budget.

Stava impostando un foglio di calcolo quando squillò il cellulare. Controllò il numero e aggrottò la fronte. *Blackie Gatto.*

«Salve» disse Sheena. «Altre idee per noi?»

«In realtà, ho pensato che sarebbe stato più facile se ci incontrassimo, magari per mangiare. Penso che sia una buona idea se esci e vedi cosa succede in zona.»

«Ok, mi sembra una buona idea. Vuoi che ci vediamo per un caffè?»

«Che ne dici di andare a cena domani sera?»

Sheena sentì gli occhi allargarsi. *Ci stava provando con lei?* «Non posso. Ci incontriamo a cena con la gente di Gavin. Speriamo di ottenere il loro appoggio.»

«Ok, allora che ne dici della sera successiva? C'è un ristorante che voglio farti vedere. È accanto a una proprietà come la tua. Gavin voleva che lo vedessi.»

All'idea di una cena con Blackie, le si agitò lo stomaco. *Non c'era niente di male nell'incontrare un socio d'affari a cena, no?* Anche se un filo di inquietudine le serpeggiava nella mente, si ritrovò a dire: «Sì, può andare.»

Quel giorno Sheena pensò più volte di richiamare Blackie per dirgli di annullare la cena, ma si fermava ogni volta. Ora era in affari e doveva smetterla di comportarsi come una casalinga spaventata che non aveva mai fatto nulla del genere. *Dio! Era così riservata da non riuscire nemmeno a incontrare un uomo, un uomo molto bello, in pubblico?*

Il suo pensiero andò a Tony. Lui di sicuro non avrebbe approvato. Ma d'altronde lui non approvava nulla di ciò che lei faceva, quindi che importanza aveva?

Quella sera, quando Sheena e le sue sorelle entrarono nel ristorante di Gracie per l'incontro con la gente di Gavin, furono accolte da odori deliziosi. Le labbra di Sheena si incurvarono. Quella donna era una perla.

Gracie le accolse con un sorriso. «Rocky ci ha portato delle aragoste fresche pescate da un suo amico. Le stiamo grigliando sul retro, insieme a qualche gamberetto. Sto preparando uno stufato di patate che si sposa bene con il pesce.»

«Meraviglioso» disse Sheena. Si chiedeva come sarebbe stata l'aragosta caraibica rispetto a quella d'acqua fredda a cui era abituata nel New England.

«Il mio piatto preferito» disse Darcy, accarezzandosi lo stomaco in modo comico. «Aragosta!»

«Non vedo l'ora. Dopo tutto il trasloco di mobili che ho fatto oggi, sono pronta a darci dentro» commentò Regan.

«Prima mangiamo e poi parliamo» disse Gracie. «Vi va bene, ragazze?»

Sheena annuì. «Certo.»

Mentre Darcy e Regan andavano in ufficio a controllare alcune cose, Sheena trovò posto al tavolo dove erano sedute Maggie O'Neil e Lynn Michaels. Oltre ai loro nomi, Sheena non sapeva nulla di loro, se non che facevano le cameriere per le folle di clienti a colazione e a pranzo.

«Come va?» chiese Sheena.

Loro le rivolsero un sorriso di circostanza.

«Sono curiosa. Come avete conosciuto mio zio Gavin? Lo ricordo dalla mia infanzia, ma dopo persi i contatti con lui.»

«Credo che si possa dire che mio marito, Benny, e Gavin erano grandi amici» disse Lynn, rivolgendo a Sheena uno sguardo pensieroso. «Molti anni fa andavano a caccia di oro insieme. Quando erano a terra, Gavin viveva praticamente a casa mia. Dopo che mio marito si ammalò gravemente e morì, Gavin venne da me con l'offerta di ospitarmi qui all'hotel. Fu una manna dal cielo. Non avevo altro posto dove andare.» Le lacrime le salirono agli occhi. «Pagò anche tutte le nostre spese mediche.»

«Io lo conobbi tramite Lynn e Benny» disse Maggie. «Sapeva che ero un'infermiera e, sebbene fossi finita nei guai per aver rubato dei farmaci dall'ospedale, mi assunse comunque per prendermi cura di Benny. E poi mi offrì un lavoro con vitto e alloggio gratuiti se fossi rimasta con la sua gente.»

Lynn sorrise a Maggie e si voltò verso Sheena. «Gavin sapeva che avremmo avuto bisogno di lei. È la più giovane del gruppo e un'ottima infermiera.»

Sheena si prese un momento per studiarle. Magra, con la pelle abbronzata e segnata, Lynn sembrava fragile sotto il ciuffo di capelli scuri striati di grigio. Ma Sheena sapeva quanto fosse forte. Aveva visto Lynn ammucchiare piatti sporchi su un grande vassoio e portarlo via come se non pesasse nulla.

Sheena ipotizzò che Maggie avesse circa quarant'anni. Di corporatura robusta e di media altezza, aveva una vulnerabilità che colpiva, qualcosa nei suoi occhi azzurri che diceva: *"Non farmi del male"*. Sheena si chiese quale fosse il suo passato.

Regan e Darcy tornarono dall'ufficio e le raggiunsero.

«Chip è qui e sta lavorando alla roba dei computer» disse Regan. «È molto bravo.»

Darcy sgranò gli occhi. «Lui sa il fatto suo, ma sono io che sto progettando il programma per noi.»

«E stai facendo un buon lavoro» la rassicurò Sheena.

Rocky e Sam Patterson entrarono nel ristorante, portando ciascuno un piatto di cibo che posarono sul bancone della colazione. Clyde li seguiva.

Gracie e Bebe uscirono dalla cucina. Gracie mise una casseruola accanto ai piatti di pesce e indicò a Bebe un punto dove posare la grande ciotola di insalata verde che aveva in mano.

«Ok, gente» disse Gracie. «Cena a buffet. Servitevi pure.»

Sheena e le sue sorelle aspettarono educatamente che gli altri si servissero, poi Sheena scelse avidamente una coda d'aragosta alla griglia, alcuni gamberi e un po' di insalata per sé.

Con il piatto pieno, trovò posto accanto a Rocky. Quell'uomo era un enigma per lei, un enigma che intendeva risolvere. Dopo aver conosciuto il fratello, molto diverso nell'aspetto, voleva saperne di più su di lui.

«L'aragosta è una vera delizia. Grazie» gli disse.

Lui annuì. «Sì. Un mio amico è in debito con me, così ogni tanto me ne dà un po'.»

Sheena diede un morso all'aragosta ricoperta di burro e succo di limone e mormorò: «Deliziosa.» La carne dell'aragosta era più morbida e dolce di quella delle aragoste d'acqua fredda di casa. «Come fate a mantenere l'aragosta così tenera?»

«Sam, qui, mi ha mostrato come cucinarle quando andavamo in mare insieme» spiegò Rocky.

Sheena si voltò verso Sam. Alto e allampanato, Sam, che sembrava avere circa cinquant'anni, aveva orecchie grandi e un naso lungo. Le venne in mente Ichabod Crane: di recente Meaghan aveva letto *La leggenda di Sleepy Hollow*.

«Avete partecipato entrambi alle avventure di caccia all'oro dello zio Gavin?» chiese.

«Sì» rispose Sam. «Ho iniziato probabilmente quando tu eri solo una bambina. Rocky, qui, è salito a bordo verso la fine.»

«Avete avuto successo?» chiese Sheena, pensando alla moneta d'oro che le era stata data.

«Non da poterci dichiarare ricchi» disse Sam. «La maggior parte delle monete d'oro che abbiamo trovato ci sono state portate via.»

«Ma per un paio di giorni abbiamo pensato di aver fatto centro» disse Rocky. «Il maledetto governo non ci ha permesso di tenerle.»

«La maggior parte» disse Sam.

Rocky gli lanciò un'occhiata di avvertimento.

«Immagino che Gavin ne abbia tenute un po' per sé» osservò Sheena candidamente. «È così che ha comprato questo hotel e ha fatto altri soldi?»

«No» disse Sam, ignorando l'espressione furiosa di Rocky. «Era un genio quando si trattava di giocare in borsa. Non è vero, Rocky?»

«Immagino di sì» ringhiò Rocky. «Ora stai zitto.»

Sam sorrise. «Rocky non è molto bravo con le azioni e le obbligazioni.»

«Be', chi ha cucinato l'aragosta e i gamberi è molto bravo» disse Sheena nel tentativo di non appesantire l'atmosfera.

«Il buon cibo fa bene all'anima» disse Rocky.

«Ho conosciuto tuo fratello» disse Sheena. «Ci sta aiutando molto. A quanto pare Gavin si fidava di lui in tutto.»

«Sì, Blackie è un bravo ragazzo. Anche intelligente. Molto più intelligente di me.»

Sheena fu piacevolmente sorpresa dall'orgoglio che sentiva nella voce di Rocky. «Immagino che tu e lui vi siate divertiti molto alla festa dei pirati di Gasparilla.»

Rocky sorrise ma non disse nulla.

Sheena aveva appena dato l'ultimo morso alla sua insalata quando Gracie si alzò. «Ok, gente, siamo qui su richiesta di Sheena. Sheena, passo la parola a te.»

Sheena si portò alle labbra un tovagliolo di carta, bevve un sorso d'acqua e si alzò in piedi. «Ho incontrato Blackie Gatto, che ovviamente conoscete tutti, visto che è lui che ha fatto in modo che possiate vivere e lavorare qui. Mi ha detto che, come parte dell'accordo che ha fatto con ognuno di voi, siete disponibili ad aiutare me e le mie sorelle. Ma soprattutto spero che, come voleva Gavin, diventeremo tutti parte di questa famiglia speciale.»

«Gavin ci ha raccontato tutto prima di morire» disse Rocky.

«Sì, gli abbiamo detto che saremmo stati felici di aiutare» aggiunse Lynn.

«Che cosa vi serve che facciamo?» chiese Sally, una donna piccola e tranquilla che aiutava in cucina.

Regan si alzò. «Io ho bisogno di aiuto per rimuovere alcuni mobili, la biancheria da letto e la moquette da tutte le camere degli ospiti. Stiamo facendo arrivare dei cassonetti per portarli via. Ci vorranno diversi giorni per liberare le stanze dalle cose che non possiamo usare. Speravo che voi uomini poteste aiutarmi.»

«Dovremmo essere in grado di farlo» disse Sam, rivolgendo a Rocky uno sguardo circospetto.

Rocky annuì. «Sì. Se una delle donne può sostituire Sam in cucina, lui, Clyde e io daremo una mano ogni volta che potremo.»

«Sì, anch'io» disse Clyde con tale entusiasmo che tutti risero.

«E la manutenzione degli edifici?» chiese Sheena. «Con chi posso parlarne? E la piscina?»

«Meglio parlare con Rocky» disse Gracie. «È l'uomo di cui ci fidiamo per cose del genere qui. Era una specie di ingegnere. Vero, Rocky?»

Rocky scrollò le spalle. «Più o meno.»

«Io aiuterò in qualsiasi modo» disse Sally, la più piccola e timida del gruppo. «Di solito mi occupo delle nostre stanze, le pulisco e quant'altro, quando non aiuto in cucina.»

«E io me la cavo meglio in cucina» disse Bebe. «Proprio come Gracie.»

«Grazie a tutti! Io e le mie sorelle ci metteremo in contatto con voi.» Lacrime improvvise le bruciarono gli occhi. «Gavin aveva ragione su di voi. Siete la sua gente e ora, speriamo, la nostra.»

Quando Sheena si sedette, Maggie iniziò ad applaudire. Presto si unirono tutti. Anche Rocky. Il magico suono riempì le orecchie e il cuore di Sheena. Forse ce l'avrebbero fatta.

CAPITOLO 23
REGAN

Regan aveva i nervi a fior di pelle mentre attraversava il parco dell'hotel per raggiungere l'edificio per gli ospiti che nella sua mente aveva chiamato Airone. Il sole era ancora basso in cielo, ma non le dispiaceva alzarsi presto al mattino. Spostare le cose nelle stanze degli ospiti era un'attività che faceva venir caldo e sudare, e l'aria più fresca le faceva bene. Ma era nervosa all'idea di comandare gli uomini, soprattutto Rocky. Con il suo aspetto da duro, la spaventava.

Passò davanti alla piscina e si chiese quando avrebbero potuto nuotarci. Brian avrebbe dovuto trovare qualcuno che la pulisse. Pensò a lui. Era bello, non c'era dubbio. Ma il modo in cui si comportava con lei (il suo interesse era evidente) la smontava completamente. Era stata ferita da ragazzi che l'avevano trattata come una bambola di porcellana per uno o due appuntamenti e poi avevano cercato di portarla a letto. E quando aveva cercato di parlare con loro di qualcosa di serio, avevano perso interesse.

Fin da piccola, sua madre le aveva inculcato in testa di non correre rischi. Questo e il fatto di aver frequentato una scuola cattolica le avevano formato nella mente immagini di cose terribili che sarebbero accadute se fosse finita con l'uomo sbagliato. Il matrimonio dei suoi genitori non era stato molto felice. E Sheena era un esempio di chi si era sposato troppo giovane. Regan non aveva intenzione di fare la stessa cosa, anche se le sue amiche ridevano di lei quando diceva chiaramente che non sarebbe stata come alcune di quelle che facevano sesso occasionale.

Ancora intenta a rimuginare su questi pensieri, Regan studiò il parco mentre procedeva. Si fermò bruscamente quando urtò qualcuno.

Scossa dall'impatto, alzò gli occhi su Brian e fece un passo indietro. «Mi spiace. Non ti avevo visto.»

«Già, eri lontanissima con la testa. Posso aiutarti in qualcosa?» Il suo sorriso era luminoso, piacevole.

«No, grazie.» Si girò per andarsene e fu fermata da una mano sulla spalla.

«Aspetta! Senti, Regan, mi sono già scusato per essere partito con il piede sbagliato con te. Cosa posso fare per migliorare le cose tra noi? Per il prossimo anno lavoreremo insieme in diversi momenti. Che ne dici di una tregua, anche se Dio sa che non capisco perché sembra che siamo in una specie di stupida guerra?»

Regan si irrigidì da capo a piedi. «Guerra? Non credo proprio. È solo che ho molte cose per la testa.» Non aveva intenzione di cominciare una schermaglia di frecciatine con Brian. Non le piaceva. Tutto qua.

Lui scrollò le spalle. «Va bene. Lasciamo stare.»

Quando Regan procedette per la sua strada, sentì lo sguardo di Brian su di lei. Scrollandosi di dosso la sensazione di disagio, entrò nell'edificio Airone e trovò Rocky e due uomini di Brian ad aspettarla.

Fece a tutti un sorriso smagliante e disse: «Accidenti! Vi siete alzati presto. Grazie per essere venuti.»

«Pronti ad aiutare» disse Rocky. «Cosa vuoi che facciamo?» chiese impaziente. «Oggi devo andare a Ybor City.»

«Dobbiamo esaminare tutte le stanze di entrambi i piani e tirare fuori i materassi e le lenzuola. Terremo le molle, purché siano in ottime condizioni. Inoltre, segnerò i mobili troppo rovinati per poterci fare qualcosa, e anche questi dovranno essere portati ai cassonetti, che dovrebbero arrivare da un momento all'altro. Alcuni dei mobili in legno li terrò e li farò riverniciare. O forse li dipingeremo. Metteremo tutti quei mobili in quelle che diventeranno le stanze della pittura.»

«E le tende?» chiese uno degli uomini.

«Vanno via, insieme a tutte le poltrone. Tutta la roba di tessuto. Ma lasciate le aste dei tendaggi al loro posto; le riutilizzeremo se possibile» disse Regan. Non aveva chiarito tutto con Sheena e Darcy, ma in linea di principio avevano accettato il suo piano e ora che era lei al comando, per una volta, intendeva fare le cose per bene.

Rocky le fece un piccolo saluto militare. «Ok, ci mettiamo al lavoro. Gracie mi ha detto di dirti che possiamo prendere caffè e acqua quando vogliamo.»

Regan gli consegnò una chiave passepartout che apriva tutte le stanze. «Voi iniziate. Io controllo i cassonetti.»

Rocky accettò la chiave e si diresse verso il corridoio.

Guardandoli allontanarsi, Regan si riempì di orgoglio. Era bello essere ascoltata come se sapesse di cosa stava parlando. La verità era che questo progetto di ristrutturazione era la sfida più grande della sua vita.

A metà mattina, mentre i ragazzi facevano una pausa, Regan andò in ufficio. Aveva visto la jeep blu nel parcheggio laterale e sperava che Chip fosse nei paraggi. La sua mancanza di interesse per lei era disorientante.

Quando entrò nella stanza, Darcy e Chip erano chini sul computer di sua sorella, intenti a parlare.

Darcy alzò lo sguardo su di lei. «Sì? Che cosa vuoi?»

«Be', avevo solo pensato di vedere come vanno le cose» disse Regan, cercando una risposta tranquilla.

Darcy le fece cenno di andare via. «Grazie, ma ora siamo

molto occupati.»

Vecchi rancori ribollirono dentro Regan. Si girò e uscì dalla stanza prima che Darcy o Chip si accorgessero di quanto fosse arrabbiata.

Quando fu fuori da sola, le sembrò di avere di nuovo dieci anni, con Darcy che le faceva da babysitter. Anche da bambina, sapeva quanto a Darcy desse fastidio il fatto che spesso doveva badare a lei perché la loro madre era malata.

Regan fece un profondo respiro. Non voleva, non poteva, lasciare che Darcy rovinasse il suo tentativo di liberarsi da un passato in cui si sentiva una stupida nullità.

CAPITOLO 24
SHEENA

«Pronta?» Brian chiese a Sheena, che stava facendo una breve pausa. «Torniamo a lavorare su questo edificio. Dobbiamo verniciare molte delle finiture prima che il caldo aumenti.»

Sheena cercò di scrollarsi di dosso la stanchezza. Brian aveva messo un paio di suoi uomini sul progetto, ma a lei spettava il compito di tinteggiare i dettagli intorno alle finiture delle finestre. Era determinata a portare a termine il lavoro per dimostrare a Darcy e a Regan il valore del risparmio in ogni modo possibile.

Ore dopo, Sheena rimpiangeva di non aver lasciato che Brian e la sua squadra facessero il lavoro come lei e le sue sorelle avevano concordato. Non c'era muscolo che non le facesse male. Si rese conto di quanto tempo era passato dall'ultima volta che era andata in palestra, la stessa palestra che le aveva promesso di aiutarla a liberarsi di qualche chilo di troppo. Non che a Tony importasse il suo peso. Gli piaceva l'idea di avere qualcosa a cui aggrapparsi quando facevano l'amore.

Fu invasa dalla nostalgia. Le mancava Tony, il modo in cui la stringeva, la accarezzava e la soddisfaceva durante i loro amplessi, diventati sempre più rari man mano che i loro figli avevano cominciato a richiedere più attenzione.

«Che cosa ne pensi?» le chiese Brian, distogliendola dai suoi ricordi.

Uno a fianco all'altra guardarono la facciata dell'edificio. Con una mano di vernice fresca, sembrava una struttura nuova, eccentrica, ma carina. Alcune delle rifiniture gialle avevano bisogno di un ritocco, ma Sheena si rallegrò del miglioramento. La tinteggiatura dell'intero edificio sarebbe stata completata nel giro di pochi giorni, ben prima della visita di Tony e dei ragazzi, prevista per le vacanze di primavera.

Darcy e Chip emersero dall'edificio, chiacchierando amabilmente tra loro.

«Cosa c'è?» chiese Sheena.

Darcy sorrise. «Abbiamo installato un sistema wifi nelle aree al piano inferiore dell'edificio. Saremo in grado di offrire il wifi ai nostri ospiti anche al ristorante. Stiamo valutando i costi per mettere il wifi negli edifici degli ospiti.»

Sheena sorrise. «Roba piuttosto eccitante. Mi piace molto.»

«Sì, a breve potrò lavorare con Chip per impostare i sistemi di inventario e altri programmi.»

«Ehi, questo edificio ha un aspetto decisamente migliore» disse Darcy, sorridendo raggiante a Brian.

Lui sorrise a sua volta. «È una bella differenza. Dovremmo finire in un giorno o due.» Fece un piccolo inchino a Sheena. «Ci vediamo domani.»

Sheena si affrettò a scendere in casa. Era in disordine e non aveva molto tempo per ripulirsi prima che Blackie la venisse a prendere per andare a cena.

Varcò la soglia della casa e si fermò un attimo in salotto per lasciare che il ventilatore a soffitto le facesse arrivare l'aria fresca sulla pelle sudata. Poi, controllando l'orologio, si affrettò a salire le scale.

Dopo essersi tolta i vestiti madidi di sudore, prese un asciugamano dal gancio dietro la porta della camera da letto e andò in bagno, grata che né Regan né Darcy fossero in casa.

Versò l'acqua fresca e si infilò nella vasca vecchio stile. Aveva scoperto che era più facile se prima faceva il bagno e poi si inginocchiava nella vasca e usava l'erogatore d'acqua col manico allungato per farsi lo shampoo ai capelli. Non era comodo, ma si stava abituando.

Dopo aver lavato via la vernice blu dai capelli, li asciugò con un asciugamano. Nel giro di poche settimane sembravano molto più lunghi. Davanti al piccolo specchio sopra il lavandino, pettinò le lunghe ciocche ramate e le tirò su legandole in una coda di cavallo. La nuova leggera abbronzatura rendeva più intenso il colore dei suoi occhi verdi. Sorrise alla sua immagine: era così che portava i capelli quando aveva conosciuto Tony. Che cosa avrebbe pensato di quel look o di lei adesso? Le sfuggì un sospiro tormentato. Probabilmente non se ne sarebbe nemmeno accorto.

Finì di sistemarsi in bagno e andò in camera sua a vestirsi. Aveva appena indossato l'unico bel vestito estivo che aveva portato con sé quando sentì qualcuno salire le scale.

«Ehi, Sheena? Sei su?»

Regan entrò nella stanza e, accigliata, la fissò. «Che cosa sta succedendo? Dove stai andando?»

«Blackie Gatto mi porta fuori a cena per discutere di alcune cose per l'hotel e per mostrarmi un ristorante che pensava dovessi vedere nel caso in cui ampliassimo i pasti da Gracie.»

Regan alzò le sopracciglia di scatto. «Vai a un appuntamento?»

«No-o-o» disse Sheena con una fermezza che sentiva fino alle dita dei piedi. «Parlo di affari durante la cena. Tutto qui. Nient'altro.»

«Ok, se lo dici tu» disse Regan, «ma non credo che a Tony piacerebbe una cosa del genere.»

«Blackie è un'enorme fonte di informazioni e di indicazioni per tutte e tre e voglio approfittare di tutti i consigli che può darci.»

«Chi può darci cosa?» chiese Darcy, raggiungendole.

«Sheena esce con Blackie.» Regan fece una pausa. «Per una cena di lavoro.»

«Cena di lavoro? Perché non un pranzo? Così non sembrerà un appuntamento» disse Darcy. «Inoltre, in caso di appuntamenti, dovremmo essere io e Regan ad andarci. Tu sei sposata.»

Sheena sospirò. «Non è un appuntamento. Solo una cena.»

«Non mi piace. Se succede qualcosa tra voi due, lo dico a Tony» disse Darcy.

«Sei proprio una stronza» disse Regan a Darcy. «E comunque, non c'era bisogno di essere sgradevole con me quando mi sono fermata nel tuo ufficio. E l'hai fatto davanti a Chip. Perbacco! Mi è sembrato di avere di nuovo dieci anni, quando mi si diceva di andarmene. Crescendo, sei stata cattiva con me.»

«Davvero? Quando Sheena se n'è andata per sposarsi, mi ha lasciato il compito di occuparmi di te. Non era giusto. Non potevo fare niente senza che tu mi seguissi. La mamma mi costringeva a portarti dappertutto perché non si sentiva mai bene con quei suoi mal di testa.»

«A proposito di ingiustizia! Pensa a tutte le volte che ho dovuto prendermi cura di te, Darcy» disse Sheena con voce tesa. «Non avevo nemmeno dieci anni quando sei nata. E poi quando è arrivata Regan ho dovuto spesso prendermi cura di entrambe.»

«Può sembrare irrazionale, ma ti ho odiato per essertene andata, sai» disse Darcy. «E non potevo parlarne con nessuno. Papà non mi avrebbe ascoltato e non volevo ferire i sentimenti della mamma.»

«Anch'io davo la colpa a te» disse Regan. «Non è più stato lo stesso dopo che te ne sei andata.»

Sheena mise le mani sui fianchi e fissò le sorelle. «Volete provare a dare la colpa di ogni cosa negativa accaduta nella vostra infanzia a me, perché me ne sono andata?» Scosse la testa disgustata. «Voi due sembrate mia figlia quattordicenne. Forse è ora che cresciate e vi rendiate conto di quanto siamo state fortunate ad avere una madre come la nostra. Anche se non era in salute, era gentile e affettuosa. Pensateci mentre mi preparo per la mia cena *di lavoro*.»

«È inutile parlare con te» disse Darcy, scuotendo la testa mentre usciva dalla stanza.

Regan seguì Darcy in silenzio.

Sheena si sedette sul letto per raccogliere i pensieri. La rabbia delle sue sorelle era sorprendente ma comprensibile. La loro famiglia era insolita. Crescendo, sia lei che Darcy erano state fatte sentire più madri che sorelle. In realtà, era stata felice di andarsene da casa così giovane. Ma non aveva voluto una famiglia prima di avere la possibilità di laurearsi e di fare una carriera soddisfacente.

Sheena si stava infilando gli orecchini di perle nei lobi delle orecchie quando Regan chiamò dal piano di sotto. «Sheena, sono... sono venuti a prenderti.»

Sheena si raddrizzò, si sistemò la gonna del suo abito di lino nero e prese la borsa. Anche se non si trattava di un vero appuntamento, voleva apparire al meglio.

Mentre scendeva le scale, Blackie entrò dall'ingresso principale.

«Sei favolosa, Sheena» disse lui, facendole un sorriso smagliante.

«Anche tu» disse lei gentilmente. I pantaloni color kaki e la giacca sportiva azzurra gli calzavano a pennello, mettendo in mostra il suo corpo atletico. Il grigio tra i capelli scuri e lucidi gli conferiva un aspetto distinto.

Darcy e Regan lo guardavano a bocca aperta.

«Blackie, voglio farti conoscere le mie sorelle.» Gliele

presentò e li osservò scambiarsi una stretta di mano.

«Gavin era molto orgoglioso di voi tre» disse Blackie. «Posso certamente capire perché. E mi sembra di capire che ognuna di voi stia contribuendo al successo della sfida in modo egregio. Regan, sarà interessante vedere come gestirai le stanze. So che ti piace l'arredamento d'interni. E tu, Darcy, ami i libri.»

Sheena era scioccata quanto loro da ciò che aveva detto. Era come se Gavin avesse condiviso i loro sogni con Blackie. Ma come aveva fatto Gavin a saperlo? Doveva averglielo detto la mamma.

Blackie piegò il braccio in un gesto d'altri tempi. «Pronta, Sheena?»

Sheena gli prese il braccio e gli permise di condurla fuori dalla porta d'ingresso. Fuori, si fermò a fissare la Jaguar verde bottiglia che li attendeva nel vialetto come una certa zucca carrozza in una fiaba. Quando lei e Tony uscivano per un raro appuntamento, di solito viaggiavano sul furgone di Tony o, se avevano voglia di essere eleganti, sulla sua vecchia Ford Explorer.

Blackie la condusse all'auto e le tenne aperta la portiera mentre lei cercava di scivolare con grazia sul sedile del passeggero. Mentre aspettava che Blackie facesse il giro dietro l'auto per raggiungere il suo posto, notò Darcy e Regan che li fissavano dalla finestra. Le ricordò i giorni in cui Tony la andava a prendere per uscire insieme.

Blackie salì in macchina, accese il motore e partì. Quando uscirono dalla proprietà dell'hotel, si rivolse a lei con un sorriso. «Sei pronta a vedere un po' di concorrenza?»

Lei ricambiò il sorriso. «Ho detto alle mie sorelle che avremmo ascoltato tutti i consigli che ci avresti dato. Sono sicura che è quello che lo zio Gavin vorrebbe che facessimo.»

«Sì, infatti» disse Blackie. «Mi ha chiesto di farti fare un giro del posto. Grandi alberghi di lusso come il Don CeSar e il Vinoy non sono hotel concorrenti, ma dovresti conoscerli e visitarli quando ne hai l'occasione. Stasera voglio che vedi e provi il Key Pelican Restaurant. È nato come locale per la colazione e il pranzo, come quello di Gracie, ma ha aggiunto il servizio della cena circa tre anni fa. È uno dei cinque migliori posti dove mangiare sulla costa occidentale della Florida. Rimarrai sorpresa quando lo vedrai.»

Un confortevole silenzio regnò nell'auto mentre Blackie procedeva lungo la strada che fiancheggiava la costa. Quando si fermò davanti a un edificio turchese con rifiniture rosa, Sheena spalancò gli occhi.

Blackie le sorrise. «Non sembra gran che da questa angolazione, vero?»

Sheena scosse la testa, studiando l'esterno del ristorante. Con le sue assicelle dipinte, le rifiniture colorate e il tetto di metallo d'altri tempi, non era molto diverso dall'edificio principale del Salty Key Inn.

Blackie si accostò al lato dell'edificio e fermò l'auto. Un adolescente che fungeva da parcheggiatore si affrettò a raggiungere la portiera di Sheena e ad aprirgliela. «Benvenuta al Key Pelican» annunciò prima di affrettarsi a parlare con Blackie.

Sheena studiò la statua di legno intagliato di un pellicano appollaiato su un pezzo di legno accanto all'ingresso principale e sorrise. Statue come questa sembravano essere un tema decorativo caratteristico della zona. Persino Gracie ne aveva una di nome Davy.

Blackie la raggiunse ed entrarono insieme nel ristorante.

Una splendida donna li accolse con un sorriso. «Oh, ciao, Blackie! È da tanto che non ci vediamo. Dove ti eri nascosto? Con questa bella ragazza, senza dubbio.» Il suo sguardo tutt'altro che amichevole si posò sul viso di Sheena e poi la scrutò da capo a piedi.

«Siamo solo soci in affari» si sentì in dovere di dire Sheena.

«Che affari, Blackie» disse la donna con piglio deciso.

«Hai il mio solito tavolo da darmi?» chiese Blackie senza dare seguito alla loro precedente conversazione.

Lei trasse un respiro e gli rivolse un sorriso che si poteva definire solo falso. «Per te, qualsiasi cosa, Blackie. Te lo ricordi?»

Sheena spostò il peso da un piedi all'altro a disagio, non sapendo dove guardare. Era evidente che la direttrice di sala e Blackie erano stati insieme un tempo.

Lei li condusse a un piccolo tavolo rotondo nell'angolo della sala, vicino a una finestra che dava su un piccolo giardino recintato.

Blackie aiutò Sheena a sedersi e si accomodò di fronte a lei. «Mi dispiace per la conversazione con Rosie. È eccessivamente possessiva.»

«Non c'è problema» disse Sheena. «È solo che non voglio che nessuno si faccia un'idea sbagliata.»

«Capisco» disse Blackie amabilmente. «Ma stasera sei davvero bella, Sheena.»

Lei arrossì. Non riusciva a ricordare l'ultima volta che Tony le aveva detto una cosa del genere.

«Che ne dici di un bel bicchiere di vino?» chiese Blackie. «Qualche preferenza?»

«Un vino rosso mi sembra un'idea meravigliosa» disse Sheena. In previsione di un buon pasto, non aveva mangiato molto quel giorno e intendeva godersi questa serata fuori.

Mentre Blackie sfogliava la carta dei vini rilegata in pelle, Sheena si guardò intorno. Le pareti in legno del piccolo ristorante brillavano di un marrone caldo. Il pavimento di piastrelle dell'ingresso lasciava spazio a una sala ricoperta di costosa moquette. Le tovaglie dei tavoli erano di lino rosa fresco di bucato con sopra bicchieri di cristallo scintillanti e pesanti posate d'argento. Al centro del tavolo spiccavano coloratissimi fiori di ibisco racchiusi all'interno di un contenitore di vetro a forma del fiore stesso.

Come aveva indicato Blackie, l'interno era l'esatto contrario di ciò che si sarebbe sospettato guardandolo dall'esterno. A Sheena piaceva quell'elemento di sorpresa.

Blackie le sorrise. «Bello, eh?»

Annuì. «Molto interessante. È per questo che volevi che lo vedessi?»

«Sì. Gavin aveva l'idea di costruire un posto come questo lungo il mare. Un posto riservato e di alto livello per chi ama una cucina eccezionale. Chi lo conosceva sarebbe venuto in barca o avrebbe girato intorno al complesso alberghiero per raggiungerlo. In questo modo sperava di tenere lontano il tipico turista.»

Sheena non poté fare a meno di ridere. «Perché Gavin avrebbe voluto che vedessi questo posto? Non sappiamo nemmeno se riusciremo a vincere questa sua sfida.»

Le spalle di Blackie si sollevarono e si abbassarono. «Se, per caso, ce la farete, tu e le tue sorelle entrerete in possesso di un sacco di soldi. E se deciderete di vivere il sogno di Gavin, lui voleva che sapeste quali possibilità ci sono per renderlo molto speciale. Era un sognatore, lo sai.»

Sheena strinse le labbra. «E si divertiva a fare scherzi. È un'idea così folle.»

«Forse non così folle. Ha sempre pensato che tu e lui foste simili.»

Incapace di pensare a una risposta, Sheena rimase in silenzio. Ma il pensiero la tormentava come un coltello affilato, torcendosi nella sua mente al punto da metterla a disagio. Dopo tutti quegli anni passati a prendersi cura delle sue sorelle e poi della sua famiglia, c'era ancora un residuo della ragazza fantasiosa che era stata a volte?

Blackie si avvicinò e le accarezzò la mano. «Non devi preoccupartene adesso. Prima le cose importanti. Giusto?»

«Certo.»

Sheena si appoggiò allo schienale e osservò Blackie scegliere un vino rosso per loro. Dopo che il cameriere se ne fu andato, un signore anziano si avvicinò al loro tavolo.

«Blackie. È un piacere rivederti. Come vanno le cose? E chi è questa deliziosa, giovane donna?»

Blackie si alzò e gli strinse la mano, poi si voltò verso Sheena. «Questa è una mia cliente. Sheena Morelli, la nipote di Gavin Sullivan.»

Gli occhi dell'uomo si allargarono e poi gli apparve in volto un sorriso. «Be', che mi venga un colpo. Piacere di conoscerti, Sheena. Gavin mi ha parlato molto di te.»

«Sheena» disse Blackie, «questo è Arthur Weatherman.»

Sheena sorrise e tese la mano. «Piacere di conoscerla, signor Weatherman.»

Si strinsero la mano e poi Arthur disse a Blackie: «Devo parlarti di un nuovo affare.»

Blackie annuì. «Chiamami.»

Dopo che Arthur se ne fu andato, Blackie disse: «Arthur Weatherman ha le mani in pasta in molti settori dello Stato. Per esempio, possiede una serie di franchising di fast-food.»

«E tu gli segui la parte legale?»

Blackie sorrise. «Naturalmente.»

Sheena non poté fare a meno di ridere. Anche Blackie Gatto aveva molti affari.

Per tutta la cena, Blackie condusse una conversazione piacevole e ricca di informazioni. Questo e il cibo delizioso, insieme al vino, la resero una delle serate più piacevoli che Sheena avesse mai avuto.

Dopo il caffè e le fette di torta al lime per dessert, Blackie si appoggiò allo schienale e si mise una mano sullo stomaco. «Eccellente. Grazie per aver condiviso la cena con me, Sheena. È stato un piacere.»

Lei sorrise. «Anche per me. Sono curiosa. Non sei sposato?»

Lui scosse la testa. «Una volta mi è bastato. Dopo il divorzio, non ho trovato nessuna con cui sia disposto a condividere la mia vita in modo permanente. Forse sono disincantato, ma mi piace così. Non mi manca la compagnia quando la voglio.»

«Capisco.»

Blackie controllò l'orologio, mettendo fine alla conversazione. «È meglio che ti porti a casa.»

«Devo ammettere che sono pronta per una bella dormita. Avevo dimenticato cosa significa tinteggiare qualcosa. Una volta ho dipinto le stanze dei ragazzi, ma è da un po' di tempo che non lo faccio.»

Blackie la accompagnò fuori dal ristorante.

Mentre aspettavano che il parcheggiatore portasse l'auto, Sheena inspirò con piacere l'aria tiepida. Una tempesta di neve si era abbattuta su Boston qualche giorno prima e, l'ultima volta che aveva controllato, la temperatura era di poco sotto lo zero.

Blackie svoltò dentro il Salty Key Inn. Mentre si dirigevano verso la casa sul retro della proprietà, Sheena cercò di immaginare tutte le migliorie al parco e l'aggiunta di un ristorante sull'acqua lungo la baia.

«Potrebbe funzionare» disse Sheena. «Il ristorante, tutto.»

Blackie annuì. «C'è molto a cui pensare.»

Parcheggiò l'auto accanto alla casa, scese e girò intorno alla macchina per aiutarla.

Dopo averle tenuto aperta la portiera e averle offerto la

mano, la tirò verso di sé. Guardandolo, Sheena capì che voleva baciarla. Si bloccò, incerta su come comportarsi, quando una voce la chiamò.

Sheena si girò e si trovò di fronte una figura familiare.

«Tony?»

CAPITOLO 25

SHEENA

Sheena osservò scioccata la sagoma del corpo robusto dalle spalle larghe di Tony che si dirigeva di scatto verso di loro.

«Che cosa stai facendo con mia moglie?» ringhiò contro Blackie.

Alla ferocia della sua voce, Sheena si mise automaticamente davanti a Blackie. «Aspetta, Tony. Questo è un socio in affari di Gavin. Ci sta aiutando.»

Tony si fermò davanti a lei. «Ah sì? Sembra che ti stia più che aiutando.»

Blackie si allontanò da Sheena e tese la mano. «Ehi, senti, amico. Mi dispiace se ti sei fatto un'idea sbagliata. Volevo solo che Sheena vedesse una proprietà concorrente, qualcosa che lei e le sue sorelle potrebbero prendere in considerazione in futuro.»

«Be', il futuro è finito.» Tony la fulminò con lo sguardo. «È ora di mettere fine a questa follia.»

Lo sgomento di Sheena si trasformò in rabbia. «Sarò *io* a deciderlo. Non *tu*.» Rivolse a Blackie un debole sorriso. «Blackie, vorrei presentarti mio marito, Tony Morelli. Tony, questo è Blackie Gatto, il consulente finanziario di Gavin e ora anche mio.»

A suo merito, e con grande sollievo di Sheena, Tony strinse la mano che Blackie gli porse.

«Grazie per la bella serata, Blackie. Ci sentiamo domani.» Sheena non guardò Tony quando si allontanò da entrambi, con la schiena rigida.

Le sue sorelle erano fuori, sul piccolo patio di fronte alla casa, e la guardavano a bocca aperta. Lei gli passò davanti ed entrò in casa.

Darcy si precipitò dentro e andò da lei. «Ti avevo detto di non uscire con lui.»

Sheena si girò verso di lei. «Che cos'hai detto a Tony?»

Darcy distolse lo sguardo e poi la affrontò. «Mi ha chiesto se eri uscita con qualcuno e io non sapevo cosa dire, così non ho detto niente.»

Sheena strinse le mani a pugno. Voleva schiaffeggiare Darcy così forte che le faceva male tenere le dita serrate. Non riusciva a ricordare quando era stata così arrabbiata. «Grazie, Darcy. Forse hai appena distrutto il mio matrimonio.»

«Non dare la colpa a me per il tuo stupido errore» ribatté Darcy.

La loro conversazione s'interruppe bruscamente quando apparve Regan, seguita da Tony.

«Dobbiamo parlare» ringhiò Tony, avvicinandosi a Sheena.

«Noi ce ne andiamo» disse Regan. «Dai, Darcy, andiamo al Key Hole e lasciamo a Sheena e Tony un po' di privacy.»

«Buona idea. Ho bisogno di uscire da qui.»

Da soli, in piedi nel soggiorno come due pugili su un ring in attesa del suono della campana d'inizio, Sheena e Tony si affrontarono.

Sheena alzò una mano per impedire a Tony di parlare. «Prima che inizi, non c'è niente tra me e Blackie. Non farei mai una cosa del genere a te o ai ragazzi.»

«Ah sì? Quello che stai facendo sta già danneggiando me e i ragazzi. Non lo capisci?»

La frustrazione che aveva impedito a Sheena di gridare la sopraffece. «Quello che non capisco è se senti la mancanza di *me*. Ti manca tutto quello che ho fatto e faccio per te: cucinare, pulire, fare il bucato e tutto il resto, né tu né i ragazzi avete parlato di sentire la mancanza di me, della mia persona. Pensaci, Tony. Sai che ho ragione. E fa male.»

«Ehi, aspetta un attimo...»

«No, aspetta tu. Guarda questo posto. Devi sapere che non è una sfida facile, ma abbiamo persone disposte ad aiutarci, persone di tutte le età e di tutti i ceti sociali. Non possiamo deluderli. Se Darcy, Regan e io riusciremo a portare a termine questa sfida, ne trarremo tutti beneficio. È ora che i miei figli crescano e pensino agli altri, ed è ora che noi diventiamo partner in un modo diverso.»

«Come sarebbe a dire? Vuoi un matrimonio aperto?»

L'espressione di sgomento sul volto di Tony la fece quasi ridere. «No, scemo! È ora che io diventi più indipendente, in modo da poter essere una persona più felice e migliore.»

«Non sei stata felice con me?»

Il dolore negli occhi di Tony la portò a prendergli la mano. «Certo che sì. Ma è passato un po' di tempo dall'ultima volta che ci siamo seduti a parlare davvero, che abbiamo avuto un tocco di romanticismo nella nostra vita, che abbiamo lavorato insieme a dei progetti, che siamo usciti insieme io e te.»

«Usciti insieme?»

Sheena annuì. «Già. Sembra sciocco, vero? Ma io e te non usciamo insieme da così tanto che non mi ricordo l'ultima volta che lo abbiamo fatto. Tu lavori tutti i fine settimana e sei troppo stanco per uscire.»

Tony strinse gli occhi. «Lo faccio per te e per i ragazzi.»

«Sì, ma potresti far sì che uno dei tuoi collaboratori si occupi delle chiamate di emergenza di tanto in tanto. Ti sei fissato con l'idea di dover essere presente in ogni lavoro. I ragazzi che hai assunto e addestrato sono in grado di svolgere la maggior parte dei lavori da soli. Ne abbiamo già parlato, Tony.»

«Sono venuto qui a trovarti perché tengo a te e a me, a noi come famiglia. Ma vedo che a te non te ne frega niente!»

Sheena scosse la testa. «Non è vero, e lo sai. Sediamoci e calmiamoci. Vuoi una tazza di caffè? Un panino? Qualunque cosa?»

«No. Ho mangiato qualcosa in aeroporto. E adesso ci torno. Questo viaggio è stato una perdita di tempo.»

«Oh, Tony. Non facciamo che sia una perdita di tempo. Voglio mostrarti l'hotel, farti conoscere qualcuno della gente di Gavin...

«Gavin! Tutte queste tue sciocchezze sono colpa sua» sbottò Tony.

«Tony, per favore...» Lei gli rivolse uno sguardo fisso. «Voglio che resti.»

Il suo lungo e forte sospiro la diceva lunga.

Sheena sentì aumentare le speranze.

«Ok, resto» disse Tony, «ma dormo sul divano.»

«D'accordo» disse Sheena. «Ti prendo un cuscino e delle coperte. Nel frattempo, possiamo sederci in veranda a parlare.»

Nella sua stanza al piano di sopra, Sheena si cambiò in fretta e si mise un paio di jeans e una maglietta. Mentre si toglieva gli orecchini di perle dai lobi delle orecchie, si fissò allo specchio, chiedendosi se sarebbe riuscita a tenere insieme il suo matrimonio. Amava Tony, voleva bene ai suoi figli. Ma dopo aver sperimentato un nuovo senso di sé, sapeva che non si poteva tornare indietro. Le altre donne avevano una carriera, una famiglia, interessi al di fuori della famiglia. Perché lei no?

CAPITOLO 26
DARCY

Nel bar accanto, Darcy si accasciò sulla sedia di fronte a Regan. Si sentiva infelice.

«Perché sei andata a dire a Tony che Sheena era uscita con uno? Non potevi dire qualcosa tipo che era a una riunione di lavoro?» Regan parlò a bassa voce, ma le parole fecero male perché Darcy si stava ponendo la stessa domanda.

«Stavo cercando di essere corretta non dicendo nulla, ma ho fatto un casino». Darcy si sentì rivoltare lo stomaco. «Pensi che il matrimonio di Sheena sia davvero in pericolo?»

Regan sospirò. «No. Mi piacerebbe che un uomo lottasse per me come Tony stava lottando per Sheena. Tony ama Sheena e lei ama lui. È solo che lui è un po' all'antica.»

«Bene.» Darcy guardò dall'altra parte della stanza e si raddrizzò sulla sedia. Sentì un ampio sorriso diffondersi sul suo viso. «Ciao, Brian! Come stai?»

«Vi dispiace se mi siedo?» Brian sorrise a Darcy e spostò lo sguardo su Regan.

«Niente affatto.» Darcy fu lieta che si unisse a loro.

«Stiamo solo evadendo di casa» spiegò Regan.

«Che succede?» chiese Brian.

Regan gli raccontò della visita a sorpresa di Tony e poi disse: «Gli stiamo dando un po' di privacy per chiarirsi.»

«Sheena mi ha detto che Tony è un idraulico. È vero?» disse Brian.

«Sì» rispose Darcy. «Perché?»

«Solo curiosità.»

Darcy era sicura che ci fosse dell'altro, ma se ne stette zitta.

Darcy per poco non inciampò quando lei e Regan rientrarono in casa. «Ehi!» disse in un forte sussurro, aggrappandosi al braccio della sorella.

Regan ridacchiò. «Non avremmo mai dovuto provare tutti quei drink che Brian ci ha preparato. Faccio fatica a stare in piedi.»

«Sì, ma avevano un sapore così buono» disse Darcy. «Oh, oh... credo che mi sentirò male.»

Entrò in soggiorno inciampando e si fermò di scatto. «C'è qualcuno.»

Regan la spintonò scherzosamente. «È solo Tony che dorme sul divano. Immagino che le cose tra lui e Sheena non vadano tanto bene.»

Darcy si fermò e poi corse in cucina, dove vomitò nel lavandino. «Bleah» gemette, prima di rifarlo.

«Che succede?» Tony accese le luci del soggiorno.

Darcy si voltò e vide Tony entrare in cucina, con indosso i jeans ma nient'altro. Si lavò il viso con acqua fredda e cercò di calmare lo stomaco. «Scusa il disturbo» borbottò, e si voltò verso il lavandino, colta da un altro attacco di nausea.

«Buon Dio! Stai vomitando nel lavandino?» disse Tony. «Troppi bagordi? È quello?»

«Non biasimarla.» Regan li raggiunse. «Siamo rimaste fuori solo per dare a te e a Sheena un po' di tempo da soli.»

Tony scosse la testa. «Maledizione, questo posto è uno zoo.»

Le lasciò in cucina e tornò sul divano.

«Stai bene?» disse Regan, che ora sembrava sobria.

Darcy annuì, ma sapeva che non sarebbe stata bene finché le cose tra Sheena e Tony non fossero migliorate.

CAPITOLO 27
SHEENA

Sheena era sdraiata a letto e osservava le rosee dita dell'alba filtrare tra le assi degli scuri della finestra. L'allettante colore la ammaliava. Esausta per la mancanza di sonno, si alzò dal letto e si vestì. Dopo essersi lavata i capelli e i denti, si mise un paio di sandali ai piedi e scese di sotto.

Tony era sdraiato sul divano, raggomitolato come una versione più giovane di se stesso.

Si avvicinò in punta di piedi al divano e lo scrutò. Fu travolta da un'ondata di tenerezza.

Lui aprì gli occhi e la fissò. «Cosa stai facendo?» chiese, con voce roca.

«Vestiti» sussurrò. «Voglio che tu venga con me. C'è qualcosa che voglio che tu veda.»

Tony si alzò brontolando e si infilò la camicia e la felpa che aveva gettato su una sedia. Dopo aver preso le scarpe da ginnastica, la seguì in silenzio.

Fuori, Tony si girò verso di lei. «Dove stiamo andando?»

«In uno dei miei posti preferiti. La spiaggia. Possiamo parlare lì.»

Mentre attraversavano il parco dell'hotel, Sheena gli indicò gli edifici per gli ospiti e gli descrisse le camere. «Abbiamo quaranta camere standard e otto suite familiari. È un numero esiguo di camere, ma questa proprietà può fare un salto di qualità e diventare speciale. È un'ottima posizione e mi hanno detto che il terreno da solo vale molto.» Sheena gli prese il braccio. «La passerella per la spiaggia è proprio dall'altra parte della strada.»

Tony rimase in silenzio, ma Sheena notò che si guardava intorno con attenzione.

Passando davanti al ristorante di Gracie, Sheena sentì l'attività in cucina e sorrise. La colazione di Gracie avrebbe fatto miracoli con Tony.

Attraversarono la strada e si incamminarono sul lungomare. Il sole alle loro spalle mandava fasci di luce dorata sull'acqua davanti a loro, donando una luce brunita alle creste delle onde che si infrangevano contro la riva.

Sheena inspirò una boccata d'aria salmastra con soddisfazione. Con indosso un maglione leggero, sollevò le braccia e sospirò. «Adoro questo posto». Si voltò verso Tony e gli prese la mano. «Vieni, facciamo una passeggiata. È molto tranquillo a quest'ora del giorno.»

Tony le permise di tenergli la mano mentre si dirigevano verso la spiaggia. I gabbiani volavano in aria intorno a loro, alzandosi e abbassandosi come sbuffi di popcorn. Piccoli piovanelli scivolavano sulla sabbia dura e compatta in riva al mare, mantenendosi un passo avanti a loro e facendoli sorridere entrambi.

«Di quanto ci allontaniamo?» chiese Tony, facendola fermare.

«Possiamo tornare indietro, se vuoi» rispose Sheena amabilmente. «Ma prima di farlo, devo chiarire le cose con te. Ieri sera mi hai messo in imbarazzo quando hai accusato me e Blackie. Io sono e sarò fedele a te, Tony. È la promessa che ci siamo fatti l'un l'altra e intendo mantenerla.»

«Uscire a cena con altri uomini non significa essere fedeli, Sheena, e lo sai» ribatté Tony.

«Era una cena di lavoro» disse Sheena nel modo più neutro possibile, anche se avrebbe voluto urlare per la frustrazione. «È stata una bella serata. Lo ammetto. Ma lo scopo era quello di mostrarmi un ristorante che a Gavin sarebbe piaciuto duplicare nella proprietà dell'hotel, un giorno. Blackie e Gavin erano molto legati e Gavin confidava che ci aiutasse se glielo avessimo chiesto.»

«Be', non uscirci più» disse Tony.

Sheena si limitò ad annuire, decidendo che era meglio vincere la guerra che quella singola battaglia. Più tardi, quando Tony si sarebbe fatto un'idea più precisa di ciò che lei e le sue sorelle stavano facendo, avrebbe potuto essere più disponibile a far incontrare lei o loro con Blackie e altre persone che avrebbero potuto aiutarle.

«Facciamo colazione. Il ristorante di Gracie è davvero il migliore, come dice l'insegna.» Sheena gli sorrise. «Aspetta di conoscere lei e le altre persone che Gavin ha salvato. Hanno promesso di aiutarci ad approntare questo posto per i nostri primi ospiti.»

«Non c'è modo di trasformare questa proprietà in meno di un anno» disse Tony.

«Dobbiamo solo riuscire a portare un numero di ospiti sufficiente per iniziare a guadagnare. Poi, se vinceremo la sfida, avremo abbastanza fondi per rinnovare la proprietà come voleva Gavin. E se non lo faremo, qualcun altro si prenderà la proprietà.»

«E se volessi venderla?»

«È una scelta che io e le mie sorelle dovremo fare a suo tempo. In poco tempo, però, mi sono innamorata di questo posto. E ogni giorno che passiamo qui, diventa sempre più bello.»

«Dove staranno i ragazzi quando verranno qui? La vostra casa è piccola. Non avranno camere da letto loro.»

Sheena scrollò le spalle. «Dovremo trovare una soluzione. Non potranno limitarsi a starsene in spiaggia a far niente: dovranno lavorare per guadagnarsi vitto e alloggio. I nostri figli sono diventati egoisti e presuntuosi. Una vacanza qui gli farà bene.»

Tony la studiò con attenzione e poi fece un cenno di assenso.

Da Gracie c'erano già dei clienti quando Sheena e Tony entrarono nel ristorante. Nell'aria aleggiava un profumo di pancetta, caffè e cannella che li avvolse in un benvenuto a cui nessuno poteva resistere.

Sheena condusse Tony in cucina. «Ciao, Gracie! Questo è mio marito, Tony. E Tony, questa è Gracie, e questi sono Sam e Sally e Bebe» disse indicando ciascuno di loro.

Dopo che tutti si furono salutati con sorrisi e cenni del capo, Sheena condusse Tony a un tavolo nell'angolo.

Lynn Michaels e Maggie O'Neil gli si avvicinarono.

«E chi è questo bell'uomo?» chiese Maggie, rivolgendo a Tony un grande sorriso.

«Questo è mio marito, Tony» rispose Sheena.

«Oh, sì!» disse Lynn. «Gavin mi ha parlato di te. Pensava che avresti approvato le sue idee per trasformare questo posto. Diceva che sei un gran lavoratore.»

L'espressione sorpresa di Tony si trasformò in orgoglio. «Grazie.»

Lynn si mise una ciocca di capelli bianchi dietro l'orecchio. «Gavin era un'anima buona. Un po' diverso, ma comunque un brav'uomo. E se gli piacevi, si prendeva cura di te.»

Nuovi clienti entrarono nel ristorante e Lynn si affrettò ad allontanarsi dal loro tavolo.

Maggie gli porse i menu e disse: «Torno subito a prendere le ordinazioni. Caffè per entrambi?»

Tony ordinò un caffè nero e un succo d'arancia e si rivolse a Sheena.

«Anche per me» disse.

«Cosa sono tutte queste stronzate sul fatto che piacessi a Gavin?» Tony disse a bassa voce dopo che Maggie si era allontanata. «Non l'ho mai incontrato.»

Sheena alzò un dito. «Gavin sapeva di tutti noi più di quanto avessi mai sospettato. Mia madre si teneva in contatto con lui. Si scambiavano lettere. E, dopo aver ricevuto il suo iPhone, è impazzita e ha cominciato a mandare a tutti le foto di tutti noi. Ricordi?»

Tony annuì. «Parlami delle persone che sono qui. Mi hai detto che sono stati salvati da Gavin. Come sono finiti qui?»

«Avevano bisogno di un posto dove vivere, di un lavoro, di sicurezza» rispose Sheena. «Erano persone che aveva conosciuto e che gli piacevano.»

Maggie tornò con il caffè e il succo di frutta. «Pronti a ordinare?»

Tony disse a Sheena: «Comincia pure tu. Io sto ancora guardando.»

Sheena ordinò un'omelette al formaggio e pomodoro e ascoltò Tony che ordinava la colazione del surfista più incallito: uova, salsiccia, patate, toast e frittelle.

Mentre sorseggiava il caffè, Sheena studiò suo marito. Aveva appena compiuto quarant'anni ed era sensibile alla sua età. Aveva sviluppato un po' di pancia, ma era ancora un uomo robusto e notevole, con i suoi capelli scuri, gli occhi castani e i lineamenti forti.

«Ottimo menu» disse Tony, accarezzandosi lo stomaco. «E gli odori di questo posto mi hanno fatto venire fame.»

Sheena sorrise. A Tony piaceva mangiare a orari regolari.

Poco dopo, Maggie portò il cibo in tavola. «Volete altro? Altro caffè?»

Dopo aver riempito le loro tazze, si allontanò per servire altri clienti che stavano rapidamente riempiendo i tavoli.

Tony diede qualche morso alle uova ed emise un sospiro

soddisfatto. «M-m-m. Buono.»

Una parte della tensione che aveva annodato le spalle di Sheena si allentò. Con Tony sarebbe stato più facile parlare a stomaco pieno. Doveva convincerlo a vedere il valore di ciò che stava facendo senza ferire il suo orgoglio.

Avevano appena finito di mangiare quando entrò Brian. Le fece un cenno di saluto e si avvicinò al loro tavolo.

«Ehi, come sta la mia compagna di tinteggiatura?»

Sheena percepì la tensione di Tony. «Ciao, Brian! Come va?»

«Posso unirmi a voi?»

Sheena lanciò un'occhiata a Tony e si voltò verso Brian. «Certo. Questo è mio marito, Tony.»

Brian sorrise e tese la mano. «Brian Harwood. Sua moglie è una donna intelligente, ma in realtà è con lei che volevo parlare.»

I due uomini si strinsero la mano e Brian si sedette.

Lynn si avvicinò al tavolo con un bricco di caffè e una tazza. «Senza latte né zucchero, vero, Brian?»

Lui annuì. «Grazie.»

Brian bevve un sorso di caffè fumante e poi si rivolse a Sheena. «Ieri sera ho incontrato Darcy e Regan. Mi hanno detto che era arrivato tuo marito.» Si rivolse a Tony. «Ho saputo che lei è un idraulico. Ho pensato che potesse farmi un grande favore. Mi occupo di edilizia e mi chiedevo se oggi potesse aiutarmi in un progetto. Non dovrebbe volerci molto.»

Tony inarcò le sopracciglia. Sul viso gli comparve un sorriso ma poi svanì. «Potrebbe essere un problema. Non ho la licenza per lavorare in Florida.»

Brian scrollò le spalle. «Non è un problema. L'idraulico con cui lavoro di solito, che ha la licenza qui, è stato chiamato fuori città. Controllerà il lavoro e lo approverà al suo ritorno. Non voglio subire altri ritardi su questo progetto. È importante per me.»

Tony lanciò un'occhiata a Sheena. «Ti dispiace?»

«No, immagino di no» disse Sheena, segretamente compiaciuta all'idea. «Ma, Tony, prima che tu lasci l'albergo, voglio farti visitare la proprietà, in modo che tu possa capire meglio con che cosa abbiamo a che fare.»

Tony annuì. «Affare fatto.»

Si alzò e, facendole un piccolo saluto, uscì dal ristorante con Brian.

Osservandoli andare via, Sheena ebbe la strana sensazione che o aiutare Brian avrebbe convinto Tony della validità del progetto dell'hotel o avrebbe spento l'entusiasmo che poteva aver suscitato in lui.

CAPITOLO 28
REGAN

Regan si svegliò di soprassalto. Cercò di muoversi, ma aveva le braccia bloccate contro di sé. Riuscì a rotolare su un fianco e si rese conto che la coperta leggera che usava di notte le si era avvolta strettamente intorno. Dopo essersi dimenata e rotolata abbastanza da liberarsi, si tirò su a sedere e si tenne la testa martellante tra le mani. Perché aveva cercato di tenere il passo di Darcy e Brian mentre provavano una serie di diversi drink esotici? Accidenti! A volte era proprio stupida.

Si alzò in piedi e si diresse verso il bagno, passò la salvietta sotto l'acqua fredda e se la premette sulla fronte. Doveva incontrare Rocky e due uomini della squadra di Brian e non voleva arrivare in ritardo. Sbirciò nella stanza di Sheena. Era vuota. Si infilò nella stanza di Darcy e la trovò ancora a letto.

«Ehi, Darcy! È meglio che ti alzi! È tardi!»

«Vattene!» sbottò sua sorella. «Non esiste che mi alzi da questo letto. Mi sta ancora girando la testa.»

«Non devi vederti con Chip questa mattina?»

«È meglio che tu vada a parlargli» disse Darcy. «Digli che lo vedrò nel pomeriggio. Tanto lui sa cosa fare.»

Il pensiero di avere un pretesto per parlare con Chip fece circolare nuova energia in Regan. C'era qualcosa di così intrigante in lui. Lasciò Darcy e tornò in bagno per una doccia. Poi si vestì con cura, indossando un paio di pantaloncini puliti e una maglietta fresca, si spazzolò i capelli e si concesse un momento per truccare gli occhi. Il colore insolito dei suoi occhi era affascinante per gli altri, e voleva abbattere l'indifferenza di Chip: un ruolo completamente diverso per lei.

Uscì di casa e si affrettò ad attraversare il parco dell'hotel diretta all'edificio degli ospiti dell'Airone. Rocky e gli altri uomini erano già al lavoro per scaricare i materassi in uno dei due cassonetti presenti sul posto.

«Grazie, ragazzi!» disse Regan. «Tornerò presto. Devo fare una commissione per Darcy.»

Quando Regan uscì dall'edificio, incontrò Sheena. «Ciao! Dov'è Tony? Se n'è andato?»

«Sta aiutando Brian con un progetto» disse Sheena. «Se hai bisogno di me, sono a casa a lavorare sui numeri.»

«Darcy è a casa. Ha i postumi della sbornia a causa di tutti i drink che ha bevuto ieri sera. Io ho smesso prima di lei, ma non voglio mai più vedere tequila, o sentirne l'odore.»

Sheena scosse la testa. «Darcy è in cerca di guai.»

«Oh, non fare la sorella maggiore con lei» disse Regan, affrettandosi a intervenire in difesa di Darcy. «Stavamo solo cercando di aiutarti uscendo di casa.»

«Scusa» disse Sheena. «Ci vediamo dopo.»

Regan entrò da Gracie, prese una tazza di caffè e la portò in ufficio. Chip era al lavoro alla scrivania di Darcy e batteva tasti sulla tastiera del computer.

«Buongiorno! Come stai?» chiese Regan, tirando fuori tutto l'entusiasmo possibile considerati i postumi da sbornia.

«Non c'è male. Dov'è Darcy?» disse lui, guardandola a malapena.

«Non si sente bene. Mi ha detto di dirti che sarebbe venuta da te nel pomeriggio, che sapevi cosa fare.»

Lui annuì. «Sì, sto lavorando su alcune cose del sistema.»

«Hai intenzione di impostare un programma che mi permetta di tenere traccia dei mobili per le camere degli ospiti, vero?» Regan sorrise. «Pensavo che forse me lo avresti potuto fare oggi.»

«Sì, ok, dopo» disse lui, tornando al suo lavoro, evidentemente non affascinato da lei.

Delusa, si fermò un attimo e poi si girò per andarsene.

«Aspetta!» disse Chip. «Stavo per chiedere a te e a Darcy se volevate venire a una festa a casa mia tra una settimana, sabato. Il mio coinquilino festeggia il lavoro che ha trovato a Disney World, a Orlando.»

«Grazie» disse Regan. «Sembra divertente. Puoi dare tutti i dettagli a Darcy e noi ci organizzeremo per venire.»

Eccitata dalla prospettiva di rivedere Chip e di incontrare i suoi amici, Regan uscì dall'ufficio, lasciò la sua tazza di caffè al ristorante e si diresse all'edificio Airone per un altro giorno nelle camere degli ospiti. Forse, fuori dall'ufficio, avrebbe avuto maggiori possibilità di parlare con Chip.

CAPITOLO 29
DARCY

Darcy aprì gli occhi e gemette alla vista di Sheena in piedi accanto al suo letto. «Che cosa vuoi?»

«Sto solo controllando che tu stia bene. Tony ha detto che sei stata male ieri sera.»

«Non sono mai stata peggio! Ma, Sheena, la parte peggiore di essermi ubriacata è stata chiedere a Brian se voleva diventare il mio trombamico.»

«Che cos'hai fatto?»

«Mi hai sentita bene.» Darcy sentì le lacrime pungerle gli occhi.

«Mio Dio! Lui che cos'ha detto?» chiese Sheena.

«Mi ha respinta, ovviamente. Si è innamorato di Regan, anche se a lei non interessa.»

Darcy si girò, incapace di guardare ancora il volto inorridito di Sheena. «Non osare rimproverarmi, Sheena. So di aver fatto una figuraccia. Non cominciare con la predica.»

Il sospiro di Sheena la diceva lunga. «Vado a lavorare al piano di sotto, al tavolo della cucina. Chiamami se hai bisogno di me.»

Dopo che Sheena ebbe lasciato la stanza, Darcy chiuse gli occhi sollevata. Sapendo quanto era stata stupida, non riusciva ad affrontare la perfezione di Sheena. La storia con Brian era assurda, ma lei ne era stata attratta fin dall'inizio.

Le sue sorelle pensavano che fosse impulsiva. Be', forse avevano ragione. Perché in quel momento avrebbe dato qualsiasi cosa per rimangiarsi quelle parole e ricominciare tutto da capo.

CAPITOLO 30
SHEENA

Sheena fissava il computer senza vedere i numeri sullo schermo. Invece, nella sua mente, rivedeva l'espressione soddisfatta sul volto di Tony quando Brian gli aveva chiesto aiuto. In quel momento aveva capito quanto Tony fosse vulnerabile all'idea che la sua attività di idraulico cominciasse a vacillare. Oh, i soldi li portava ancora, tutti avevano bisogno di un idraulico prima o poi. Ma l'assicurazione sanitaria obbligatoria per i suoi operai era solo una delle tante cose che stavano intaccando i loro profitti. Il semplice fatto era che per una piccola impresa era difficile avere successo quando altre aziende più grandi erano in grado di essere più concorrenziali.

Pur riconoscendo che le preoccupazioni di Tony contribuivano alla frustrazione per la sua assenza, Sheena si rendeva conto che, per molti versi, le difficoltà dell'attività di suo marito limitavano notevolmente le loro scelte. E una volta assaporata l'indipendenza, lei non poteva più tornare indietro. Aveva bisogno sia della sua famiglia che della sua libertà. Era questo uno dei motivi per cui Gavin aveva organizzato la sua sfida? Per aiutarla a scoprire se stessa?

Sheena era ancora persa nei suoi pensieri quando Darcy venne al piano di sotto.

«È meglio che cerchi di mangiare qualcosa. Dovevo incontrarmi con Chip» disse Darcy barcollando in cucina.

Qualche istante dopo, si sedette di fronte a Sheena con una tazza di tè e un pezzo di pane tostato. «Cos'è successo con Tony? È tornato a casa?»

Sheena spiegò che Tony stava aiutando Brian.

Darcy spalancò gli occhi. «Hai parlato con Brian stamattina? Ha detto qualcosa su di me?»

Sheena scosse la testa. «Non credo che lo farebbe. La questione degli "amici" è davvero una cosa tra voi due.»

Darcy si coprì il viso con le mani. «Non so se riuscirò mai a guardarlo di nuovo. Ha riso quando gliel'ho chiesto.»

«Sono sicura che sapeva che eri ubriaca. Non ci pensare» disse Sheena. «È un bravo ragazzo. Probabilmente farà finta che non sia mai successo.»

Sheena detestava l'idea dei trombamici. Toglieva valore a una ragazza. Sapeva da altre madri che due ragazze della classe di Meaghan avevano davvero un accordo del genere. Il pensiero le faceva rivoltare lo stomaco.

Pensando a sua figlia, Sheena non vedeva l'ora che Meaghan venisse in Florida. Sperava che fosse un momento di guarigione, di scoperta di sé. Aveva intenzione di farla lavorare con Regan. A Meaghan sua sorella più giovane era sempre piaciuta.

«Sheena?»

Distolta dai suoi pensieri, Sheena si concentrò su Darcy. Il pallore delle sue guance e l'espressione triste che aveva in viso la preoccuparono. «Stai bene?»

Darcy scosse la testa. «Sean una volta mi ha detto che mi sforzo troppo di far funzionare le relazioni. Cosa c'è che non va in me? Perché dovrei fare una cosa come chiedere a Brian di diventare trombamici?»

«Se è così che lo chiami, questo dice tutto.» Sheena non riuscì a nascondere il suo disgusto. «Sei una donna meravigliosa, Darcy. Solo che non ci credi. Forse perché io e Regan abbiamo sempre ricevuto più attenzioni di te.»

«Già, tipica figlia di mezzo, credo.» Darcy le lanciò un'occhiata cupa. «Vado al ristorante a vedere se hanno del ginger ale o qualcosa di simile che mi aiuti a calmare lo stomaco. Ci vediamo dopo.»

Dopo che Darcy se ne fu andata, Sheena pensò alle sue sorelle. Le aveva fatto male quando le avevano detto quanto fossero arrabbiate per il fatto che avesse lasciato la famiglia per metterne su una propria. Non capivano quanto fosse delusa dal fatto che la sua vita fosse cambiata così bruscamente? Non aveva mai conosciuto la loro libertà di provare cose diverse.

Accantonando questi pensieri, Sheena si concentrò sui dati finanziari e poi si cimentò nell'ideazione di alcuni testi pubblicitari. Si chiese se fosse possibile creare un logo per il loro hotel e decise di parlarne con Regan più tardi.

La mattinata volò mentre Sheena faceva ricerche sulle tariffe degli altri hotel sul suo telefono. Dovevano essere concorrenziali, ma abbastanza ragionevoli da attirare i clienti. Una volta che fossero stati in grado di generare entrate dalla vendita delle camere, avrebbero potuto continuare ad apportare miglioramenti. E poi, se avessero vinto la sfida, avrebbero avuto ancora più soldi per rendere l'hotel il posto meraviglioso che volevano. Dopo aver iniziato il progetto, Sheena sperava di poterlo portare avanti in modo permanente. Ma con la sua famiglia che la osteggiava, non vedeva come potesse accadere.

Sheena mangiò una semplice insalata per pranzo e si rimise al computer quando Tony entrò in casa.

«Ciao! Com'è andato il lavoro per Brian?» chiese lei, notando una nuova sicurezza nel passo di Tony.

«Benissimo. Brian e il suo socio hanno una buona attività qui in Florida, per quanto piccola. E lui è un tipo simpatico. A quanto pare, Darcy ha perso un po' la testa quando si è ubriacata, ma lui ha aiutato lei e Regan a tornare a casa.»

«Bene» disse Sheena. Non avrebbe detto altro

sull'imprudenza di Darcy. Sua sorella era già mortificata dal suo comportamento. «Hai pranzato?»

Tony sorrise. «Un panino alla cernia con i ragazzi. Era fantastico.»

Sheena si alzò e gli si avvicinò. «Sono contenta che tu abbia avuto la possibilità di conoscere un po' Brian. Lui e sua madre erano molto legati a Gavin e ha promesso a mio zio che ci avrebbe aiutato. Vuoi dare un'occhiata alla proprietà?»

«Più tardi. Adesso voglio fare buon uso del nostro pomeriggio. Da soli.»

Lo sguardo sexy che le rivolse la sorprese. Non riusciva a ricordare l'ultima volta che avevano fatto l'amore di pomeriggio. Al pensiero, il suo corpo reagì all'invito silenzioso di suo marito.

«Aspetta! Appendo un avviso alla porta.» Gli sorrise. «E poi la chiuderò a chiave.»

Si guardarono e risero. Il suono di quella risata riportava alla memoria i primi anni trascorsi insieme.

Al piano di sopra, sdraiata accanto a Tony, Sheena sospirò. Il modo in cui avevano fatto l'amore era stato più eccitante, più urgente di qualsiasi altra occasione degli ultimi anni. Come aveva detto a Tony, erano troppo giovani per comportarsi da vecchi noiosi. A quanto pare, anche Tony la pensava così.

Si girò su se stessa per averlo di fronte. Gli mise le mani sulle guance e lo fissò negli occhi. «Ti amo, Tony.»

«Anch'io. Ti amo, voglio dire. Detesto che tu non ci sia.»

«Ti manca la mia cucina, vero?» chiese trattenendo il respiro.

«Mi manchi tu» rispose lui. Un sorriso birichino gli apparve sul viso. «E la tua cucina.» La attirò a sé, sorprendendola con una rinnovata risposta virile alla sua vicinanza.

«Ehi! Immagino di sì, ragazzone!»

Lui rise. «Come hai detto tu, siamo troppo giovani per comportarci da vecchi. Vieni qui, donna!»

Mentre la accarezzava, il corpo di Sheena divenne liquido. Il vecchio tocco di Tony era tornato in un modo completamente nuovo.

Quando finalmente si alzarono dal letto, andarono insieme in bagno. Tony fissò il gabinetto, il lavandino e la vasca antiquati e scosse la testa per lo stupore.

«Tutto questo è ridicolo. Perché non lasci che vi installi qualcosa di nuovo? Sono sicuro di poter ottenere uno sconto o attraverso la mia attività al nord o con la società di Brian.»

«Io e te non possiamo permettercelo, Tony, e nemmeno il budget che abbiamo per l'hotel può permetterselo. Se le cose vanno bene, una volta terminato l'anno, possiamo rinnovare il bagno e la cucina. Probabilmente potremo fare molte cose.»

Tony scosse la testa. «Tutta questa storia è una follia. Lo sai, vero?»

Sheena gli mise una mano sulla spalla. «Non parliamone adesso. Mi piace ancora stare con te. Sei stato... be'... meraviglioso.»

Il suo sorriso felice era bello da vedere. «Mi dispiace, non ho le forze di fare altro in questo momento. Ma magari più tardi?»

Sheena rise. «Come sei avido.» Lo avvolse con le braccia e appoggiò la testa al suo petto muscoloso, ascoltando con soddisfazione il forte battito del suo cuore.

Subito dopo essersi lavata e vestita, Sheena si precipitò al piano di sotto per aprire la porta e togliere il biglietto.

Dopo aver aperto la porta, staccò il biglietto e fissò le parole che qualcuno vi aveva scarabocchiato sopra: *Spero che tu e Tony vi stiate divertendo!*

Rise, senza curarsi che altri sapessero cos'avevano fatto. Come aveva detto a Tony, era stato un meraviglioso sfogo a lungo atteso.

Sheena e Tony si avviarono verso l'aeroporto in silenzio. C'erano molte cose che Sheena avrebbe voluto dire, ma decise di lasciare che il bagliore residuo del loro pomeriggio parlasse per loro. Tra un paio di settimane lui e i ragazzi sarebbero tornati per le vacanze. A quel punto avrebbero avuto più occasioni per risolvere eventuali problemi tra loro.

Si fermò lungo il marciapiede dell'aeroporto internazionale di Tampa, rammaricandosi che lei e Tony non avrebbero avuto più tempo da trascorrere insieme. Si voltò verso di lui. «Saluta Meaghan e Michael da parte mia e fagli sapere quanto mi mancano. Continuerò a cercare di contattarli, ma vorrei che li incoraggiassi a rispondere alle mie chiamate. Potrebbero almeno mandarmi un messaggio.»

Tony annuì. «Va bene. Te lo devono.» Si chinò e la baciò, poi si affrettò a staccarsi. Ma lei aveva già visto la tristezza nei suoi occhi.

«Ci vediamo.» Tony scese dall'auto, si mise lo zaino in spalla e si allontanò senza voltarsi a guardarla.

Al suono del clacson di un'auto dietro di lei, Sheena premette sull'acceleratore e si allontanò, chiedendosi quante altre volte sarebbero stati divisi dalla sfida che non poteva rifiutare.

CAPITOLO 31

REGAN

Regan si controllò allo specchio. La nuova gonna corta di jeans era sexy ma non oltraggiosa. Con il suo background conservatore, oltraggioso non sarebbe mai stato possibile. La camicetta a stampe blu e gialle che aveva comprato aveva uno scollo rotondo e delle graziose maniche a sbuffo. Dopo aver lavorato sodo con gli uomini per pulire le stanze degli ospiti, era stato bello tornare a casa, fare un bel bagno caldo e lavarsi i capelli.

Chip aveva dato le indicazioni per raggiungere casa sua a Darcy. Si trovava in una zona a nord di Treasure Island, in un quartiere che si affacciava sulla baia di Boca Ciega. Regan era contenta di essere stata invitata alla festa. Era venuta in Florida con l'intenzione di divertirsi, ma finora era rimasta bloccata a farsi il culo con un gruppo di persone anziane.

«Sei pronta?» chiese Darcy, entrando nella camera da letto di Regan.

«Pronta come non mai» disse Regan, posando la spazzola. Aveva deciso di truccarsi poco. Il trucco in ogni caso non reggeva bene l'umidità.

Scesero al piano di sotto e salutarono Sheena, che stava guardando un film sul suo iPad. Avevano parlato di mettere insieme i soldi per comprare un televisore, ma non l'avevano fatto. Sheena non aveva fretta di comprarne uno, perché non voleva che fosse disponibile quando i figli fossero venuti a trovarla. Fino a quella sera, Regan era stata troppo stanca a fine giornata per interessarsi ai programmi televisivi. Ora era pronta a fare festa.

Lei e Darcy uscirono e salirono sul furgone. Darcy, naturalmente, insistette per guidare.

Darcy si fermò davanti a una piccola casa con le pareti bianche. L'ampia veranda era piena di persone che giravano, bevevano e parlavano. La musica rock risuonava sopra il rumore della folla.

«Chip aveva detto che il suo coinquilino aveva molti amici, ma questa è un'altra cosa» disse Darcy, poi sorrise a Regan. «Divertiamoci un po'!»

«Ricordati solo di fare attenzione a quanti drink bevi» la avvertì Regan. «Non voglio doverti letteralmente trascinare fuori di qui.»

Darcy la guardò accigliata. «Smettila! Stai parlando come Sheena.»

Regan rimase indietro mentre Darcy andava avanti diretta verso la veranda. A un'estremità era stato sistemato un fusto di birra. La gente entrava e usciva dalla casa in un flusso costante.

«Andiamo a cercare Chip» gridò Darcy all'orecchio di Regan. «Voglio vedere se hanno qualcosa di diverso dalla birra.»

Regan seguì Darcy tra la folla ed entrò in casa. Chip era in cucina sul retro della casa e parlava con due ragazzi. Quando le vide, sorrise e fece cenno di avvicinarsi.

«Ciao, voglio presentarti il mio compagno di stanza, Bill, e il suo amico...» fece una pausa.

«Kevin» disse il ragazzo, facendo a ciascuna di loro un ampio sorriso. Il suo sguardo si posò su Regan. «Be', ciao! Dove ti eri nascosta?»

Incapace di nascondere il suo disgusto, Regan fece un passo indietro.

Chip aggrottò la fronte. «Queste sono Regan Sullivan e sua

sorella Darcy. Sono le nuove proprietarie del Salty Key Inn.»

Bill diede una gomitata a Kevin. «Sono contento che siate potute venire. Chip mi ha detto che vi ha invitato lui alla festa.»

«Congratulazioni per il tuo nuovo lavoro» disse Regan. «Lavorare alla Disney sembra meraviglioso.»

«Ragazze, volete qualcosa da bere?» chiese Chip. «La birra è in veranda, e qui dietro abbiamo roba più forte. Ho appena preparato dei margarita.»

«Io ne prendo uno» disse Darcy.

Regan esitò. Dopo essersi ubriacata con Darcy e Brian, la tequila non faceva decisamente per lei. La nausea che ne era seguita non era qualcosa che voleva sperimentare di nuovo.

«Ho l'occorrente per un rum e coca» le disse Kevin. «Preferisci quello?»

Regan sorrise. «Mi sembra un'ottima idea. Grazie.»

Darcy accettò un drink da Chip e si rivolse a Regan. «Ti raggiungo più tardi. Vado a vedere chi c'è in veranda.»

Regan annuì e aspettò in cucina che Kevin le preparasse da bere.

«Possedete un hotel? Davvero?» chiese Kevin. «Com'è successo?»

«L'abbiamo ereditato» disse Regan. «O quello che c'è. Necessita di molti lavori. Chip ci sta aiutando con il sistema informatico.»

«Non male» disse Kevin. «Ecco. Goditi il drink. È una mia specialità. Ci aggiungo un po' di succo di lime.»

Regan accettò il bicchiere di carta che le porgeva e ne bevve un sorso. «Delizioso. Grazie.»

Si voltò per andarsene.

«Aspetta. Restiamo qui e facciamo conoscenza. Quando avrai finito, te ne preparerò un altro.»

«Grazie, magari più tardi. Ora devo trovare mia sorella»

ribatté Regan, e si allontanò. Il tipo ci stava provando troppo, e a lei la cosa non piaceva.

In veranda la gente se ne andava in giro parlando a voce alta o ridendo insieme. Regan pensò che ci fossero almeno trenta persone.

Si diresse verso Darcy. Darcy la guardò e continuò a parlare con il ragazzo che stava con lei. Non volendo interrompere, Regan non si fermò. Provò a sorridere a un paio di ragazze, ma dopo averla guardata, non fecero alcuno sforzo per parlarle.

Delusa, Regan tornò in cucina. Aveva bisogno di un altro drink.

Kevin la guardò e sorrise. «Com'era il drink?»

«Buono» disse Regan, rendendosi improvvisamente conto di quanto fosse stato potente quell'unico bicchiere. O forse era solo il nervosismo per l'incontro con altre persone che le faceva venire voglia di nascondersi in cucina. Sentendosi debole, si lasciò cadere su una sedia della cucina. Quando la stanza cominciò a girare, si aggrappò al bordo del tavolo.

«Ehi! Stai bene?» le chiese Kevin.

«Io... non lo so» rispose lei.

«Che ne dici di un po' d'aria fresca?» Kevin la aiutò ad alzarsi dalla sedia e la condusse fuori. «Possiamo sederci laggiù» disse, conducendola verso un'area erbosa sotto un albero. «Qui nessuno ci disturberà.»

Regan cercò di allontanarsi, ma lui aveva una presa salda sul suo braccio e lei era troppo debole per continuare a provare. Lui la aiutò ad abbassarsi a terra.

Tutti gli istinti le dicevano che questo scenario era pericoloso. Si sforzò di tenere gli occhi aperti.

«Ehi! Che succede?»

La voce di un altro ragazzo riportò Regan al presente.

«Aiutami!» gridò, sforzandosi di mettersi sulle ginocchia.

«Va tutto bene, amico. Sta solo male perché ha bevuto troppo» disse Kevin. «Ho la situazione sotto controllo.»

Con tutta la forza di cui disponeva, Regan guardò lo sconosciuto e disse: «Aiutami.»

Il ragazzo si inginocchiò accanto a lei. «Tu sei Regan Sullivan, vero?»

Lei annuì debolmente.

«Tua sorella mi ha mandato a cercarti. C'è una cosa di cui voleva che ti parlassi.»

«Credo di essere stata drogata» riuscì a dire Regan, lottando con una forza che non sapeva di avere.

Lo sconosciuto si alzò e guardò Kevin. «È meglio che tu non le abbia fatto del male o farò in modo che tu venga arrestato. Ora vattene prima che chiami la polizia.»

La vista di Regan si offuscò quando lo sconosciuto si chinò e la prese in braccio. «Non preoccuparti» sussurrò. «Non ti farò del male.»

Regan si svegliò nella sua camera da letto e si guardò intorno confusa. Iniziò ad alzarsi e ricadde sul cuscino, con la testa che girava, piena di domande senza risposta. *Perché era nella sua stanza? Lei e Darcy non erano state a una festa? Com'era finita lì? Era stata di nuovo male?* Si sentiva molto strana.

Facendo uno sforzo, Regan riuscì a mettersi in piedi. Si diresse verso il bagno e usò le pareti come guida.

Darcy uscì dalla sua camera da letto. «Sei sveglia?»

«Credo di sì, anche se mi sembra di essere in uno strano sogno. Pensavo che stessimo andando alla festa di Chip. Che cos'è successo?»

«Ci siamo andate a quella festa. Non ti ricordi?»

«Aspetta.» Regan chiuse la porta del bagno, fece quello che doveva fare e affrontò nuovamente Darcy. «Ricordo di essere andata a casa di Chip, di aver visto tutta la gente in veranda e di aver incontrato il ragazzo che mi ha preparato il drink. Da quel momento in poi non ricordo più nulla.»

Sheena salì di corsa le scale per raggiungerle. «Oh mio Dio! Sei sveglia.» Avvolse le braccia intorno a Regan e la strinse. Quando Sheena si staccò, Regan fu sorpresa di vedere le lacrime negli occhi della sorella. «Grazie a Dio Austin ti ha trovata in tempo.»

Regan si accigliò. «Di che cosa stai parlando?»

«Non ricorda nulla» disse Darcy a Sheena.

«Chi è Austin?» chiese Regan, sforzandosi di dare un senso a tutto.

«Austin Blakely, l'intagliatore. È lui che ti ha trovata sdraiata in giardino con quel verme di Kevin. Gli hai detto che eri stata drogata.»

Regan sentì le sopracciglia sollevarsi per la sorpresa. «Davvero?»

«Lascia che ti spieghi» disse Darcy. «Stavo parlando con Austin in veranda quando sei passata. Gli ho detto dell'altra insegna che volevamo fargli fare e l'ho mandato in cucina a parlare con te. È stato allora che ti ha vista fuori sul prato.»

Regan si strinse la testa tra le mani. «Non ricordo nulla di tutto questo. Ho sognato un uomo con i capelli castani e gli occhi azzurri. Indossava un costume da cowboy.»

Darcy scosse la testa. «Non so se abbia un costume da cowboy, ma Austin ha i capelli castano scuro e gli occhi azzurri.»

«Strano, eh?» disse Regan.

«Potrebbe significare che la tua mente lo ha considerato un eroe, venuto a salvarti» disse Sheena. «Ti sono sempre piaciuti i cowboy e le droghe possono fare cose strane al cervello. Cosa ricordi, Regan?»

«Darcy e io abbiamo incontrato Chip e altri ragazzi in

cucina. Uno di loro mi ha offerto un drink. L'ho preso e sono andata a cercare Darcy. Quando sono riuscita a raggiungerla tra la folla, mi sentivo già fuori di me. Sono tornata in cucina per prendere un altro drink e improvvisamente mi sono resa conto di aver bevuto troppo. Le cose hanno cominciato a girare. Dopodiché, non ricordo nulla. Non è successo niente di strano, vero? Non sono stata... aggredita, vero?» Il pensiero le fece venire un nodo allo stomaco.

«No, tesoro» disse Sheena, prendendole la mano. «Austin ti ha trovata prima che accadesse qualcosa del genere.»

«Come sono arrivata a casa?» chiese Regan.

«Ti ho accompagnata io» disse Darcy. «Austin mi ha seguita per assicurarsi che tu stessi bene. Sta studiando per diventare dentista e conosce gli effetti di alcune droghe.»

«È un ragazzo molto dolce» disse Sheena. «Senti, ti preparo una bella colazione calda e poi voglio che tu te la prenda comoda per il resto della giornata. Va bene?»

Regan annuì con la testa, cercando ancora di capacitarsi dell'idea di essere stata drogata. Di solito era attenta a evitare che succedessero cose del genere ogni volta che si trovava con gente nuova. A New York, dove la gente andava e veniva facilmente, era stata particolarmente cauta. Che accadesse nella soleggiata Florida le sembrava troppo bizzarro.

CAPITOLO 32
SHEENA

Quando quella sera Darcy e uno sconosciuto avevano praticamente trascinato Regan in casa, il cuore di Sheena si era fermato per poi ricominciare a battere a scatti. E poi, quando aveva capito che cosa era quasi successo, tutti i sentimenti materni che aveva sempre provato per le sue sorelle era venuti a galla in un impeto di orrore.

Anche adesso, mentre preparava la colazione per Regan, pensava a quanto la sorella fosse stata vicina a una violenza sessuale. Aveva intenzione di parlarne con Chip. Non era stato lui a drogare Regan, ma uno dei suoi amici.

Più tardi, quando Regan e Darcy si fossero calmate, avrebbe parlato con loro di eventuali azioni da intraprendere contro il ragazzo conosciuto solo come Kevin. Lui aveva apparentemente sostenuto di non aver fatto nulla di male, che doveva essere stato qualcun altro a far cadere un sedativo nel bicchiere di Regan mentre lei camminava tra la folla. Aveva ribadito di aver solo cercato di aiutarla.

Sheena non poteva fare a meno di pensare ai propri figli. La loro adolescenza era e sarebbe stata molto diversa dalla sua. L'esposizione sempre più massiccia a internet e alle varie app del telefono rendeva difficile tenere traccia delle informazioni che riempivano le loro menti. E le droghe erano sempre presenti.

Regan scese in cucina, con l'aria di non essere ancora sicura di dove si trovasse.

Sheena la aiutò a sedersi e le porse un piatto con uova

strapazzate e del pane tostato imburrato. «Tieni. Cerca di mangiare quello che puoi. Oggi manterremo una dieta semplice.»

Regan le rivolse un debole sorriso. «Grazie, mamma!»

Sheena sorrise al tentativo di battuta, certa che Regan non capisse quanto si fosse spaventata.

Dopo aver mangiato quello che voleva, Regan salì le scale per tornare a letto. Sheena la osservò andare via e poi tornò a occuparsi di un programma pubblicitario a cui stava lavorando. Aveva anche pensato alla piscina. Brian le aveva detto che bisognava svuotarla, pulirla e dipingerla. E, come al solito, conosceva qualcuno che poteva farglielo.

Stava facendo ricerche sul design di un logo quando le squillò il cellulare. Controllò chi chiamava. *Rosa.* Un'ondata di preoccupazione la travolse, facendole annodare lo stomaco. Prese su il telefono.

«Ciao! Va tutto bene?» chiese Sheena.

«Be', in realtà no. È Meaghan. È stata sospesa da scuola per alcuni giorni» disse Rosa. «Sembra che lei e due sue amiche siano state intercettate mentre facevano le bulle con un'altra ragazza della loro classe.»

«Cosa? Bullizzavano una compagna? Meaghan? Oh, mio Dio! Sa che non deve farlo.» Sheena sentì un attacco di nausea. Aveva parlato di bullismo con entrambi i suoi figli in molte occasioni. Che cos'era successo alla sua dolce figlia di un tempo?

Lo shock di Sheena si trasformò in rabbia. «Meaghan è lì con te?»

«Sì» disse Rosa. «È terribilmente turbata.»

«Passamela al telefono, per favore.» La voce di Sheena era ingannevolmente calma. Attese con impazienza di sentire la voce di sua figlia.

«Ci... ciao.»

«Cos'è successo Meaghan?»

«È tutta colpa di Lauren. Mi ha detto che non potevo essere sua amica se non postavo qualcosa su Marina Palo. Marina ha detto qualcosa di cattivo su Lauren.»

«Ok, quindi tu hai preso e l'hai fatto. Ora, di chi è la colpa? Abbiamo già parlato di bullismo, Meaghan. Pensavo che fossi una persona migliore.» Sheena non riuscì a nascondere la sua delusione. «Come hai potuto fare una cosa del genere?»

«Non lo farò più. Non è giusto che il preside mi abbia cacciato da scuola.»

«Quello che non è giusto è che tu faccia del male a qualcun altro» disse Sheena. «Chiamerò il preside e gli spiegherò che non tornerai a scuola fino a dopo le vacanze, che perderai cinque giorni in più. Cinque giorni in più per superare i quali dovrai lavorare molto duramente.»

«Cosa? Vuoi farmi stare qui con la nonna?»

«No-o-o» rispose Sheena. «Verrai in Florida per passare un po' di tempo con me. È meglio che cominci a fare le valigie. E non portare vestiti eleganti. Qui lavorerai sodo.»

«Tutto questo non sarebbe mai successo se tu non fossi andata via di casa» la provocò Meaghan.

«Non sarebbe mai dovuto accadere. Punto» ribatté Sheena, furiosa per il fatto che la figlia stesse cercando di attribuirle il suo cattivo comportamento. «Ora lasciami parlare con nonna Rosa.»

«Ciao, Sheena. Che succede? Meaghan sta piangendo.»

«Ho escogitato un piano.» Sheena spiegò cosa intendeva fare e poi, dopo essersi assicurata che non ci fossero altri problemi, riattaccò.

Mentre digitava il numero della scuola, Sheena si chiese se Meaghan avesse ragione. Se fosse rimasta a casa, le cose sarebbero sfuggite di mano fino a quel punto?

Scuotendo la testa, Sheena si disse di non cadere in quella

trappola.

Poco dopo, Sheena riattaccò la telefonata con il preside, piena di angoscia. Meaghan si era comportata male in classe ed era diventata aggressiva quando era stata chiamata in causa. Avevano mandato un'email a casa avvisandoli di una punizione. Perché, si chiese Sheena, Tony non ne aveva parlato? Non aveva tenuto sotto controllo la situazione?

Quando finalmente riuscì a parlare con Tony, lui si mise subito sulla difensiva. «Ho detto a Meaghan che avrebbe fatto meglio a comportarsi bene, ma quando ha iniziato a piangere, ho smesso di parlare. Pensavo che avesse recepito il mio messaggio. Non ho saputo più nulla dalla scuola.»

Sheena trattenne un sospiro. Tony stava facendo del suo meglio, ma quando si trattava di sua figlia, Meaghan non poteva sbagliare. «Le cose con Michael vanno bene? Nessun problema?»

«A parte il coprifuoco? No.»

«Bene. Sto organizzando il viaggio di Meaghan in Florida qualche giorno prima delle vacanze. Dovrà recuperare cinque giorni di scuola, ma io e il preside pensiamo che le farà bene allontanarsi dal gruppo di ragazze che frequenta.»

«Ok. Buona idea» disse Tony. «Sarà un bene per tutti. Anche la mamma sta passando un brutto periodo con Meaghan. Che casino.» Le diede i dettagli.

«Meno male che Meaghan sta venendo qui. Le darò le informazioni sul volo. Puoi fare in modo che arrivi all'aeroporto?»

«Sì» disse Tony. «Credimi, sarà un piacere. Grazie per esserti occupata di questa cosa, Sheena.»

«Certo. Sono sua madre.» Sheena fece del suo meglio per non mettersi sulla difensiva, ma il silenzio che seguì le ferì il cuore.

Tony irruppe nella quiete. «Io e Michael vi veniamo a

trovare tra due settimane. Buona fortuna!»

«Ti amo» disse Sheena, ma Tony aveva già riattaccato.

Sheena fissò le palme fuori dal finestrino. Sapeva che ci sarebbe voluto ben più di un cambio di scenario per far cambiare sua figlia. Ma costasse quel che costasse, non avrebbe permesso a Meaghan di essere da meno della persona che poteva essere.

Sheena attendeva l'arrivo di Meaghan nell'area ritiro bagagli dell'aeroporto. Si disse di godersi la presenza di sua figlia, di non insistere sui motivi per cui si trovava in Florida, di godersi semplicemente il tempo con lei.

Alzò lo sguardo e vide Meaghan che veniva verso di lei, con aria incerta.

Sheena si commosse. Corse verso sua figlia a braccia aperte. «Ciao, sono contenta che sei arrivata!»

Mentre la abbracciava, Sheena sentì un sospiro sfuggire dalle labbra della figlia.

«È bello tenerti tra le braccia» disse Sheena, dandole un'altra stretta. «Forza! Ho lasciato la macchina nel parcheggio. Andiamo all'hotel e avrai modo di metterti comoda. Hai pranzato?»

Meaghan scosse la testa. «No, ho fatto solo uno spuntino. Ero troppo nervosa per fare colazione.»

«Ok, allora affrettiamoci ad andare all'hotel e potrai assaggiare un po' della meravigliosa cucina di Gracie. In macchina ho dell'acqua e qualche snack.»

Meaghan la seguì fino al furgone e si sedette in silenzio sul sedile del passeggero mentre si dirigevano verso sud.

«La situazione all'hotel è difficile» disse Sheena. «Condividerai il letto con me o dormirai sul divano finché non riusciremo a liberarti un posto. Spero di riuscire a sistemare una delle suite per la nostra famiglia quando papà e Michael ci raggiungeranno.»

Meaghan annuì, ma rimase in silenzio.

Sheena si voltò verso di lei. «Darcy e Regan sanno perché sei venuta in Florida, ma il personale e gli altri sanno solo che è per motivi personali. Come e se dare spiegazioni dipenderà da te.»

Meaghan guardò fuori dal finestrino.

Quando si voltò, aveva gli occhi lucidi di lacrime. «Lauren e le sue amiche non mi parlano più. Dicono che è colpa mia se sono nei guai.»

«Forse è arrivato il momento di riflettere a lungo su quelle ragazze. Sono tipe che pensano che sia perfettamente normale spendere quattrocento dollari per un vestito per un ballo scolastico. I loro genitori non impongono orari di coprifuoco che io condivido. Hanno persino permesso che le feste a casa loro si svolgessero senza di loro.»

«Da chi l'hai sentito? Dal preside?»

Sheena scosse la testa. «Me l'ha detto papà. A quanto pare, la festa dopo il ballo di San Valentino non era supervisionata a dovere. Sei tornata a casa tardi e avevi l'alito che puzzava di alcol. Hai quattordici anni, Meaghan, non sei un'adulta. E anche in quel caso, devi stare attenta a chi scegli come compagnia, a quello che fai.»

Un'espressione di sfida attraversò il volto di Meaghan. «Perché dovrebbe importarmi? Non mi vuoi nemmeno abbastanza bene da restare a casa!»

«Oh, piccola» disse Sheena, «non hai idea di cosa sia l'amore. Ti voglio un bene dell'anima. Voglio bene a papà e a Michael, a nonna Rosa, a tutta la famiglia. Venendo in Florida, spero di fare qualcosa di meraviglioso per tutti. E tu mi aiuterai.»

«Davvero?»

«Oh, sì» disse Sheena. «Avrai molto da fare.»

Meaghan incrociò le braccia. «E se non volessi aiutare?»

Sheena le rivolse un sorriso beffardo. «Tesoro, essere qui è una di quelle occasioni che si chiamano lezioni di vita. E spero e credo davvero che sarai una persona migliore grazie a questo. Ora, eccoci qui.»

Quando si fermarono all'ingresso del Salty Key Inn, Sheena vide Meaghan spalancare gli occhi per la sorpresa. Nascose un sorriso. Anche con una mano di vernice fresca sull'edificio principale, c'era bisogno di altri lavori per dare un aspetto raffinato. Il giardino che Brian aveva realizzato era attraente, ma doveva ancora essere completato per dare l'aspetto di rigogliosità che desideravano.

Sheena procedette col furgone lungo il vialetto laterale fino alla casa.

«Rosa?» disse Meaghan. «Vivi in una casa rosa?»

«*Viviamo* in una casa rosa: Darcy, Regan e io, e ora tu. Attenzione! Arrivano le tue zie!»

Darcy e Regan attraversarono di corsa il parco dell'hotel e si diressero verso di loro.

«Ciao, Meggie!» gridò Darcy, raggiungendo Meaghan per prima. Le avvolse le braccia intorno e la strinse forte.

«Ciao, Meaghan» disse Regan, raggiungendole e mettendo un braccio intorno a sua nipote. «Sono felice che tu sia arrivata!»

Sheena osservò con affetto gli occhi di sua figlia che si illuminavano di piacere per la bella accoglienza. Sapeva che per Meaghan sarebbe stato un bene avere le zie intorno per mantenere le cose su un piano armonioso. Non aveva intenzione di criticarla continuamente. Se doveva essere una vera esperienza di apprendimento, Meaghan doveva essere libera di prendere decisioni da sola.

«Andiamo a pranzo da Gracie» disse Sheena. «Vuoi unirti a noi?»

«Certo» disse Darcy. «Stavo per fare una pausa.»

Regan scosse la testa. «Non io. Vi raggiungo più tardi. I ragazzi mi stanno aiutando a liberare le stanze e a spostare alcuni mobili. Vogliamo finire buona parte del lavoro prima di andare alla grande svendita di domani.»

«Buona idea» disse Sheena. Speravano che la ristrutturazione di uno degli hotel più grandi e lussuosi di Orlando sarebbe stata l'occasione per acquistare dei bei mobili usati. Anche se era Regan la responsabile, sarebbero andate tutte alla vendita. Avevano già fatto la loro offerta per alcuni dei mobili più belli.

«Mettiamo dentro la valigia» disse a Meaghan. «Poi andiamo al ristorante.»

Condusse Meaghan in soggiorno. «Puoi scegliere se dormire qui sul divano o, come ho detto prima, con me. Porta pure la tua valigia di sopra, in camera mia. Per il momento, dovremo arrangiarci così.»

Meaghan la seguì su per le scale pestando i piedi con aria di sfida, come se schiaffeggiasse il legno, ma Sheena decise di ignorare il suo comportamento. Sua figlia aveva molto da imparare, ma non sarebbe successo tutto in una volta.

Sheena mostrò a Meaghan la sua camera da letto, le altre due e poi aprì la porta del bagno. «Eccolo qui... l'unico per ora.»

«Stai scherzando!» gemette Meaghan. «Come farò a lavarmi i capelli con quella... quella cosa.»

«Ce la farai, come tutte noi.»

Meaghan batté il piede per terra. «Mamma! È una cosa seria.»

«Sì, lo è» disse Sheena. «Per questo stiamo lavorando sodo per portare l'hotel, non la casa, all'altezza degli standard per gli ospiti.» Mise una mano sulla spalla di Meaghan. «Forza! Mangiamo qualcosa e ti faccio vedere dove andrai a lavorare.»

Gli occhi di Meaghan si riempirono di lacrime. «Devo davvero andare a lavorare?»

Sheena annuì. «Avrai un po' di tempo per te, naturalmente, ma avrai anche uno o due lavori da fare. Fa parte dell'essere un membro della famiglia. Un membro prezioso.»

Meaghan tirò su col naso.

Darcy gridò verso di loro. «Siete pronte per il pranzo? Sto morendo di fame!»

Sheena seguì Meaghan giù per le scale e tutte e tre lasciarono la casa per andare al ristorante e verso un futuro incerto.

CAPITOLO 33
DARCY

Mentre si dirigevano da Gracie, Darcy passò un braccio intorno alla spalla di Meaghan. Sperava che la nipote fosse abbastanza intelligente da tenere la bocca chiusa e seguire le regole che sua madre le aveva imposto. Darcy non aveva mai visto Sheena più arrabbiata di quando aveva informato lei e Regan di quello che aveva fatto Meaghan e del motivo per cui stava venendo in Florida.

In verità, Darcy era rimasta delusa le due volte in cui aveva mandato un messaggio a Meaghan, solo per sapere come stava, e non aveva ricevuto risposta. Ricordava che lei e Meaghan avevano l'abitudine di comunicare con una certa regolarità e quanto questo avesse significato per lei.

«Meggie, spero che ti troverai bene qui. La piscina la stanno riverniciando, ma dovrebbe essere pronta per quando arriverà tuo fratello.»

Meaghan fece una smorfia. «Che meraviglia.»

«So come ti senti. Anche noi non abbiamo potuto usare la piscina. Ma stiamo sistemando le cose qui intorno il più velocemente possibile. Sto facendo pressione per far riparare il molo. Così forse potremo usare i kayak che ha comprato Regan.»

«Kayak?» Il volto di Meaghan si illuminò. «Fico.»

«Vedremo in quanto tempo si riuscirà a liberare l'area del lungomare. Molte altre cose vengono prima di questo» disse Darcy. «Nel frattempo, sai che puoi parlarmi di qualsiasi cosa. Giusto?»

Meaghan sorrise. «Sì.»

Mentre si avvicinavano al ristorante di Gracie, videro Clyde che aiutava Lynn a togliere i piatti da un paio di tavoli del patio.

Darcy salutò e condusse Meaghan alla porta d'ingresso.

«Ehi! Guarda il pirata» disse Meaghan, toccando con le dita l'alta statua di legno. «Fico.»

«Sediamoci fuori. Che temperatura c'era a Boston quando sei partita?» disse Sheena, tenendo loro la porta mentre parlava con Meaghan.

«C'erano dieci gradi e pioveva. Tipico.»

Sheena sorrise. «Ah, credo che ti piacerà il clima qui. Sono contenta che tu abbia messo una camicia leggera con i jeans. Ma per quanto sia bello qui, noi Sullivan dobbiamo stare attente al sole.»

«Io sono una Morelli» disse Meaghan con aria di sfida.

«Infatti» mormorò Sheena, esasperata con lei. All'interno, parlò con Maggie. «Va bene se ci sediamo fuori?»

Maggie sorrise e annuì. «Certo. C'è molto spazio per voi. La maggior parte della folla se n'è andata.» Si voltò verso Meaghan. «E questa chi è?»

Sheena le mise una mano sulla spalla. «Questa è mia figlia, Meaghan.»

«Oh, il nostro nuovo aiuto-cameriere. O forse dovrei dire la nostra aiuto-cameriera.»

Meaghan si accigliò.

«Di cosa stavate parlando?» sussurrò Meaghan mentre seguivano Maggie nel patio.

«Uno dei tuoi compiti sarà quello di aiutare Clyde nel ristorante. Ne parleremo più tardi.»

Meaghan strinse gli occhi focalizzandosi su Sheena e sembrò sul punto di parlare.

Darcy diede una gomitata a Meaghan. «Tua madre ha detto

più tardi. Non fare scenate qui.»

Maggie le condusse a un tavolo all'aperto e gli mise davanti i menu. «Torno subito a prendere le vostre ordinazioni.»

«Mamma...» iniziò Meaghan.

Sheena alzò una mano per fermarla. «Che cosa prendete? Dobbiamo ordinare perché è tardi e non voglio trattenere il personale più del necessario.»

Meaghan si accasciò sulla sedia, ma prese in mano un menu.

Ben presto Maggie tornò, prese le loro ordinazioni e si affrettò ad allontanarsi.

Darcy notò che Meaghan lanciava occhiate a Clyde mentre sparecchiava un tavolo vicino. «Clyde fa parte dello staff ed è una persona davvero gentile. È orgoglioso del lavoro che fa.»

Meaghan aggrottò la fronte preoccupata.

Prima che Darcy potesse rassicurarla, Gracie apparve al loro tavolo. «Ah, ecco la mia nuova assistente. Alzati e fatti vedere bene.»

Meaghan fece come le era stato chiesto, sorprendendo Darcy e tutti gli altri con un sorriso.

«Sì, andrai bene. Sono contenta di averti a bordo. Tua madre mi ha detto che sei una brava lavoratrice. Lo spero, perché siamo sempre più impegnati.»

Gracie le lasciò e poco dopo arrivò il cibo. Darcy divorò il suo hamburger con gusto. Aveva iniziato a correre lungo la spiaggia la mattina e all'ora di pranzo moriva dalla fame.

«Stai mangiando un hamburger?» chiese Meaghan, con tono incredulo. «Non hai paura di ingrassare?»

«No-o-o, vero?» rispose Darcy, studiando l'insalata verde che Meaghan aveva ordinato con il condimento a parte.

«Naturalmente. Lauren dice...» Meaghan smise di parlare quando Sheena si schiarì la gola e la guardò con fermezza.

«Cioè, *io* dico che non troveremo nessun fidanzato se

siamo grasse.»

Darcy scosse la testa. «Ehi, piccola, non esagerare in nessuna delle due direzioni. Mangia del buon cibo usando l'intelligenza. Tutto qui. Hai bisogno di proteine, zuccheri naturali e un po' di grassi buoni, oltre a verdure come queste.»

«Grazie» disse Sheena. «È da tempo che cerco di dirglielo. Tutto con moderazione.»

Darcy diede un altro morso al suo hamburger e guardò Meaghan che giocherellava con l'insalata nel piatto, senza mangiare affatto.

Mentre uscivano dal ristorante, Rocky entrò nel parcheggio, fermò il suo furgone e ne tirò fuori un grosso uccello che mise per terra vicino all'ingresso.

«Che cosa stai facendo?» chiese Darcy, diffidente come al solito con lui.

«Questo qui ha bisogno di una nuova casa. È stato preso di mira dagli altri membri del suo gruppo. L'ho chiamato Petey.»

«Un pavone? Santo cielo, che cosa ce ne facciamo?» disse Sheena.

«Lo lasceremo libero di girovagare e di mettersi a suo agio. Terrà lontano alcune delle piccole creature che danno fastidio da queste parti. E anche gli insetti.»

Come suo solito, Rocky ignorò le loro preoccupazioni, mise la retromarcia e girò intorno al fianco dell'edificio, lasciando Petey a pavoneggiarsi all'ombra degli alberi che costeggiavano la proprietà come se fosse già padrone del posto.

Darcy e Sheena si guardarono e sospirarono. Un pavone di nome Petey non sarebbe stato un problema, no?

CAPITOLO 34
SHEENA

Sheena mostrò a Meaghan alcune camere dell'edificio Airone, dove stava lavorando Regan.

Quando entrarono in una delle stanze, Regan le guardò e sorrise. «Conto sul tuo aiuto, Meaghan.»

Lei fece una smorfia. «Ho già un lavoro.»

«Solo al mattino» disse Regan. «Puoi farmi da aiutante nel pomeriggio.»

Alla fermezza della voce di Regan, Sheena sorrise. Aveva detto alle sorelle quanto fosse importante che la sostenessero, non solo tenendo Meaghan occupata, ma anche facendole capire quanto fosse importante che tutti in famiglia lavorassero insieme.

«Faccio fare a Meaghan un giro veloce, compresa una passeggiata sulla spiaggia, e poi torniamo ad aiutarti.»

«Mi sembra di essere in prigione» brontolò Meaghan mentre uscivano dalla stanza.

Sheena ignorò la sua osservazione. Per quanto la punizione potesse sembrare dura a Meaghan, Sheena era determinata a mantenerla. Avrebbe fatto di tutto per riavere la sua dolce figlia.

Dopo essersi messe un costume da bagno, Sheena indicò a Meaghan la strada per la spiaggia. Osservò con attenzione sua figlia ammirare per la prima volta la distesa di spiaggia bianca.

«Bello, eh?»

A Meaghan brillarono gli occhi. «Sì.»

«Facciamo una passeggiata. Voglio che tu veda alcune delle case e dei piccoli alberghi della zona.»

Meaghan si acciglò. «Perché?»

«Perché, mia cara figlia, in futuro potresti avere una quota del nostro hotel. Il fatto di farti dare una mano serve anche a capire se questo tipo di attività è qualcosa che ti interessa. Non è un gioco, Meaghan. Una volta deciso di affrontare la sfida, noi tre vogliamo far funzionare questo hotel. Un giorno potrebbe essere una grande opportunità per te e Michael.»

Meaghan abbassò lo sguardo e scalciò la sabbia con il piede nudo.

Sheena si avvicinò alla riva dell'acqua e mise un dito del piede nella miscela schiumosa. Meaghan la raggiunse.

«Guarda, vedo dei pesciolini!» gridò Meaghan con voce piena di meraviglia.

Sheena sorrise. «Guarda lassù!»

Un trio di pellicani, come aerei in uno spettacolo aereo, formarono un triangolo e sfiorarono insieme la superficie dell'acqua.

Meaghan si passò una mano sugli occhi e li studiò. «Accidenti» disse dolcemente.

Con grida rauche, dei gabbiani si alzarono in aria sopra di loro, con le ali spalancate.

Meaghan si voltò verso di lei con un sorriso. Sheena lo ricambiò e iniziò a camminare, lasciando che la magia di quel luogo si diffondesse dentro e intorno a loro. Aveva sempre trovato conforto nel suono rilassante delle onde che si infrangevano sulla sabbia, nelle grida degli uccelli, nel calore del sole.

Meaghan si affrettò a raggiungerla. «Dicevi sul serio, mamma? Un giorno io e Michael potremmo possedere una parte dell'hotel?»

«Devono succedere molte cose perché ciò avvenga, ma

credo di sì. Ma, Meaghan, finora è stata solo una valangata di lavoro. Niente di più.»

Meaghan rimase in silenzio, ma Sheena poteva quasi vedere le rotelle della mente di sua figlia girare. Si fermò e indicò la spiaggia. In lontananza, una struttura alta e rosa si ergeva come un fenicottero di stucco.

«È uno degli alberghi più grandi della zona. Un giorno ti ci porterò a pranzo.»

Meaghan fece un broncio familiare. «Devo proprio lavorare in cucina? È disordinata e dovrò lavorare con quel tipo che non sembra normale.»

«Quel tipo si chiama Clyde ed è uno degli uomini più dolci che io conosca. È un po' lento, ma fa un buon lavoro e lo fa volentieri. Mi aspetto altrettanto da te.»

«Non è giusto» brontolò Meaghan.

Sheena si disse di controllare la propria frustrazione. «La vita non è giusta, Meaghan, e la povera Marina lo sa.»

Meaghan distolse lo sguardo. «Le ho detto che mi dispiace. Che altro posso fare?»

«Prendiamo le cose un giorno alla volta e le risposte arriveranno» disse Sheena. «È meglio tornare all'hotel per aiutare Regan.»

A casa, Sheena porse a Meaghan un paio di pantaloncini e una maglietta. «È meglio che ti metti questi. Sono i tuoi vestiti per dipingere. Ti ho comprato una gonna e una camicetta da indossare per il lavoro al ristorante. Gracie ha ordinato delle magliette con il suo logo, ma non arriveranno prima di qualche giorno.»

Meaghan studiò l'etichetta. «Dove li hai presi?»

«Da Walmart» disse Sheena. «Non abbiamo bisogno di vestiti costosi qui. Non quando lavoriamo per mantenere l'hotel.»

«Se Lauren...» Vedendo il cipiglio di Sheena, Meaghan si fermò. «Lauren è la ragazza più popolare della mia classe e la mia migliore amica, mamma!»

«Ti ha chiamato o ti ha chiesto scusa per averti messo nei guai?»

Meaghan scosse la testa. «Sta dicendo a tutti che è tutta colpa mia.» Aveva gli occhi lucidi di lacrime.

«Bell'amica» disse Sheena. «Ci vediamo di sotto.»

L'espressione di dolore sul volto di Meaghan le aveva toccato il cuore, ma doveva essere risoluta nel far capire a sua figlia che aveva fatto delle scelte sbagliate. L'intero episodio con Marina era un punto di svolta cruciale nella giovane vita di Meaghan.

Quando Meaghan la raggiunse al piano di sotto, Sheena le mise un braccio intorno alle spalle. «Vediamo cosa sta facendo Regan. Se le cose vanno bene, possiamo far dipingere i mobili tra una o due settimane. E tu puoi aiutare a sistemare una delle suite in via temporanea. È lì che staremo quando papà e Michael ci raggiungeranno.»

Con Regan e Darcy avevano deciso di aprire le otto suite il prima possibile, in modo da poter far pagare di più le camere. Sheena e la sua famiglia avrebbero testato le strutture, elencando eventuali problemi e possibili soluzioni.

Trovarono Regan in quella che ora chiamavano la stanza della pittura. «Bene. Sono contenta che siate qui. Voglio mostrarvi una nuova tecnica di cui ho sentito parlare a un corso d'arte che ho frequentato. Si tratta di dipingere i mobili con la vernice di gesso, per dare loro un aspetto consumato. È facile da fare. E si adatta allo stile di arredamento che sto cercando.»

Sheena studiò la cassettiera indicata da Regan. Era di una bella tonalità di azzurro, con una superficie rovinata e accenti bianchi. Sembrava vecchia e preziosa, a differenza di com'era stata un tempo.

«Come hai fatto?» chiese Sheena, sorridendo felice.

«Come ho detto, è facile e non ci vuole molto tempo.»

Sheena si rivolse a Meaghan. «Cosa ne pensi?»

«Bello, ma sembra difficile da fare.»

Regan sorrise. «È questo il segreto. Non è così difficile. Si dipinge velocemente e in tutte le direzioni. La vernice si asciuga in circa venti minuti, poi si passa la cera per evidenziare la trama della superficie. Dopodiché si può aggiungere il secondo colore. Qualche mese fa ho fatto una cassettiera per il mio appartamento. È stato divertente!»

«Costa molto?» chiese Sheena.

Regan sorrise. «È più economico che comprare mobili nuovi. In ogni stanza possiamo dipingere le testiere avvitate alle pareti in questa tonalità di azzurro con accenti bianchi. E qui, nella stanza della pittura, possiamo dipingere i comò e i comodini. In questo modo risparmieremmo denaro e ne avremmo di più da spendere per lampade e complementi d'arredo belli, e persino per il televisore.»

Sheena le diede una pacca sulla spalla. «Come abbiamo fatto ad avere la fortuna di avere te a capo della decorazione degli interni?»

Regan arrossì compiaciuta. «Ho già trovato un fornitore qui nella zona di Tampa Bay per la vernice e i pennelli rotondi consigliati.»

«Facciamo venire qui Darcy per avere la sua approvazione. E, Regan, dobbiamo calcolare il costo delle venti camere di questo piano. E poi calcoleremo il costo delle suite. Forse possiamo fare un buon affare se compriamo in blocco.»

Regan chiamò Darcy e poi disse: «Magari dovremmo fare le suite in colori diversi? Potremmo fare un bel grigio tenue.»

Sheena annuì. «Mi piace quest'idea. Si presterebbe a colori allegri per i copriletti che dobbiamo prendere.»

Regan rivolse a Sheena uno sguardo supplichevole. «Puoi aiutarmi a disegnare quello che ci serve. Per ogni comò e tavolo posso dirti quanto ci serve di vernice, cera e quant'altro. E poi posso darti un'idea abbastanza precisa di quanta vernice servirà per le testate.»

«Brian ci ha fatto un buon prezzo per aiutarti a dipingere i mobili, ma potrebbe non gradire l'idea di dover lavorare intorno a quelle testate.» Sheena sorrise quando le venne in mente un'idea. «Dovrai convincerlo tu, Regan. Per te lo farà.»

Regan mise le mani sui fianchi. «Perché tutti dicono cose del genere. Sai che non mi piace.»

«Ma tu piaci a lui» ribatté Sheena.

«Chi è Brian?» chiese Meaghan, proprio mentre Brian entrava dalla porta con Darcy.

L'espressione di stupore sul volto di Meaghan fu adorabile quando si concentrò sui bei lineamenti del giovane e sul suo corpo teso e snello.

«Meaghan, vorrei presentarti Brian» disse Sheena. «Brian, questa è mia figlia Meaghan. È qui per dare una mano per un paio di settimane.»

Quando il suo sguardo si rivolse a lei, il sorriso di Brian provocò una vampata di colore rosa sulle guance di Meaghan.

«Ciao. Benvenuta» disse Brian. «Ci fa comodo tutto l'aiuto che puoi dare. Ho saputo che lavorerai da Gracie. Brava.»

Le guance di Meaghan diventarono ancora più rosse.

Brian si rivolse a Regan. «Ho pensato di dare un'occhiata a quello che stai facendo. Darcy ha detto che si tratta di dipingere i mobili in modo diverso.»

Darcy e Brian ascoltarono Regan che raccontava i progetti di pittura e poi dimostrava come aveva usato la vernice a gesso sul comò.

«Non ho mai visto niente di simile, ma mi piace» disse Darcy, passando la mano sul pezzo che Regan aveva completato. «È difficile da fare?»

Regan rispiegò i passaggi per lavorare con la vernice e la cera. Con sua grande soddisfazione, Sheena osservò un'espressione di orgoglio comparire sul volto di Regan. Aveva tutto il diritto di essere fiera di sé stessa.

«Facciamolo» disse Darcy. «Darà alle stanze un aspetto unico senza fingere di essere altro che artistiche. Ottimo lavoro, Regan.» Si voltò verso Meaghan. «Mentre pensano a come procedere, vuoi vedere il mio ufficio?»

«Certo» disse Meaghan. «Viene anche Brian?»

Brian e Sheena si scambiarono uno sguardo e cercarono di non fare vedere quanto fossero divertiti. Brian aveva fatto un'altra conquista.

Regan seguì Sheena in casa per esaminare le cifre.

Sheena creò un foglio excel che elencava il numero di mobili e poi, insieme a Regan, calcolò la quantità di vernice di ogni colore di cui avrebbero avuto bisogno, insieme alla cera, ai pennelli e a tutto il resto.

Sheena era eccitata. «Se riusciamo a farlo per meno di 3.000 dollari come pensi tu, Regan, per noi sarà un enorme vantaggio. Sei una ragazza molto intelligente.»

Regan sorrise. «Quando prenderemo dei begli specchi, quadri e lampade, insieme alle sedie in vendita, le cose andranno ancora meglio. E non dimenticate che in Florida ci sono diversi grossisti di forniture alberghiere che sarebbero ben felici di fare affari con noi.»

«Ok, procediamo a ordinare la vernice e quant'altro occorre, e poi dopo domani affronteremo il resto dei mobili e degli arredi. Gli accessori tessili verranno per ultimi: lenzuola, asciugamani, cuscini e copriletti. Forse non potremo fare molto per il resto finché non vedremo la nostra situazione finanziaria. Ma per la prima volta penso che potremo portare avanti questo progetto e farlo bene. Non mi preoccupa l'idea di non fare affari durante i mesi estivi, ma entro l'autunno vogliamo essere operativi e incassare denaro.»

Più tardi, quando Darcy e Meaghan le raggiunsero per cena, Sheena stappò una bottiglia di vino bianco ghiacciato da condividere con le sorelle e offrì a Meaghan una limonata.

«A Regan e al Salty Key Inn!»

Sheena sorrise quando Meaghan fece tintinnare il suo bicchiere contro gli altri.

CAPITOLO 35
REGAN

Dopo cena, Regan non resistette alla tentazione di tornare all'edificio Airone per fare un altro po' di lavoro. Era ansiosa di vedere come sarebbe risultata una delle testiere una volta dipinta. Aveva un'immagine in mente e voleva vedere se avrebbe funzionato davvero.

Quando entrò nella stanza della pittura, fu sorpresa di trovare una striscia di nastro adesivo blu che copriva la parete lungo i bordi della testata del letto. Sorrise. Brian doveva aver incaricato uno dei suoi uomini di farlo. Proteggere le pareti in questo modo avrebbe reso le cose molto più facili per lei e per il resto della sua squadra.

Regan portò con sé una vecchia lampada a stelo appannata e si mise al lavoro. Aveva appena finito di dare la prima mano di vernice quando sentì un rumore alle spalle. Si girò di scatto.

«Che cosa ci fai qui?» chiese.

Brian sorrise. «Ho visto la luce accesa nella stanza e ho pensato che fossi qui. Volevo solo farti sapere che incontrerò te e le tue sorelle domani mattina alle sei in punto. Con il traffico dell'ora di punta a Tampa, potrebbero volerci fino a tre ore per arrivare all'asta dell'hotel. Non vogliamo arrivare tardi. Ho parlato con il responsabile della vendita e mi ha avvertito che ci sarà molta gente.»

«Ok, grazie. E grazie per aver messo il nastro adesivo intorno alle testate. Sarà di grande aiuto» disse Regan, desiderosa di tornare al lavoro. Fece per tornare a dipingere e si fermò.

Sorridendo, Brian le si avvicinò.

Lei si bloccò. «Che c'è?»

«Hai una striscia di vernice blu sul naso.» Con un movimento attento, la tolse con un dito.

I loro sguardi si incrociarono.

Le batté forte il cuore quando Brian la attirò a sé. E quando le sue labbra si posarono sulle sue, lei non poté fare a meno di ricambiare il bacio. Le sue labbra erano morbide e avevano un buon sapore. Persa in un turbine di sensazioni, le ci vollero alcuni istanti per rendersi conto che quello era l'uomo di cui aveva giurato di non innamorarsi.

Si allontanò di scatto da lui. «No!»

«Ehi! Che succede?» Brian le rivolse un'occhiata perplessa.

Lei si mise le mani sui fianchi e fece un respiro profondo per calmarsi. «Che succede? Niente. Assolutamente niente con te. Non posso farlo. Stai solo giocando.»

Lui strinse gli occhi e la fissò. «È questo che pensi?»

Ormai sicura di sé, annuì. «Tutte si innamorano di te e tu lo incoraggi.» Fece un passo indietro. «Ora, o te ne vai tu o lo faccio io.»

Brian scosse la testa. «Non posso credere che... oh, lascia perdere.» Si girò e uscì dalla stanza, lasciandola con una sensazione di... vuoto.

La mattina dopo, Regan si ritrovò nel parcheggio con le sue sorelle, in attesa dell'arrivo di Brian. Sentì un forte starnazzare. Quando alzò lo sguardo, vide Petey appollaiato su un ramo di uno degli alberi. Il suo corpo blu pavone sembrava fuori posto lassù, ma era lì che passava la maggior parte delle notti.

Brian si fermò nel parcheggio con il suo camion e scese per parlare con loro.

Regan fece del suo meglio per ignorare gli sguardi adirati

che Brian le rivolse. A prescindere da quello che lui pensava del loro bacio, lei sapeva che era meglio ignorare i sentimenti di passione che aveva faticato a scrollarsi di dosso durante una notte inquieta. Lo aveva visto in azione un sacco di volte quando attirava a sé le donne senza sforzo. Persino Meaghan rimaneva quasi senza fiato ogni volta che gli parlava.

«Qualcuno vuole fare il viaggio con me nel mio camion?» chiese Brian, guardandola.

«Io» disse Darcy, rivolgendogli un ampio sorriso.

«Io e Regan vi seguiamo» disse Sheena. «Devo solo fare un salto da Gracie per assicurarmi che Meaghan stia bene.»

Dopo essere andata e tornata dal ristorante, Sheena si mise al volante del furgone. Regan si mise sul sedile del passeggero.

Il camion di Brian uscì dal parcheggio.

Sheena lo seguì.

Intravedendo Darcy sul camion di Brian, Regan strinse le labbra. *Darcy era proprio una sciocca,* pensò Regan, irritata dal fatto che sua sorella non vedesse che razza di playboy fosse.

Avevano fatto un po' di strada prima che Sheena dicesse qualcosa rompendo il silenzio. «C'è qualcosa di cui vuoi parlare?»

Regan scosse la testa. Non aveva intenzione di parlare dei suoi sentimenti nei confronti di Brian né con Sheena né con nessun altro. «Non proprio. Abbiamo già esaminato l'elenco delle cose che stiamo cercando. Qualsiasi cosa con sgarze e aironi sarebbe perfetta per le decorazioni. A parte questo, si tratta di cose abbastanza standard.»

Sheena scrollò le spalle. «Ok, mi sembra una buona idea.»

L'hotel fuori Orlando era un edificio grande e tentacolare che trasudava classe. Furono fatti passare ai cancelli e gli fu detto di parcheggiare lungo il bordo di una strada che conduceva dietro l'edificio. Vi erano parcheggiati diversi altri veicoli.

«Oh no!» disse Regan. «C'è già un sacco di gente. Spero che riusciremo a ottenere quello che vogliamo. È meglio che ci separiamo nella folla, così possiamo vedere bene le cose che verranno messe all'asta.»

Si diressero tutti e quattro verso il retro dell'hotel, dove erano state montate due enormi tende bianche. In una erano esposti oggetti più piccoli: quadri, specchi, lampade, persino vecchi posacenere e oggetti da bagno. Nell'altra tenda erano esposti mobili.

«Io prendo questa tenda» disse Regan, indicando quella che conteneva gli oggetti più piccoli.

«Ti aiuto» disse Sheena. «Brian e Darcy possono dare un'occhiata ai mobili.»

Brian annuì, prese Darcy per il braccio e partirono.

Regan li osservò allontanarsi, con le emozioni in subbuglio.

Sheena le diede una gomitata. «Andiamo. È meglio che ci sbrighiamo. Non abbiamo molto tempo prima dell'inizio dell'asta.»

Con la sensazione di essere a una caccia al tesoro, Regan entrò nella tenda impaziente di trovare oggetti decorativi. Passò rapidamente davanti ad alcuni oggetti che, secondo lei, erano semplici cianfrusaglie. Ma si fermò di botto davanti a una pila di quadri. Erano esposti quattro disegni diversi. Le si mozzò il fiato alla vista di una stampa di aironi che sguazzano nell'acqua. Altri due quadri raffiguravano fiori. L'ultima raffigurava dei piovanelli che spiccavano il volo sulla sabbia.

Regan fece cenno a Sheena di avvicinarsi. «Guarda! Questi sono perfetti.»

«Ma non ci sono immagini di sgarze» disse Sheena.

«Nessun problema» ribatté Regan sorridendo. «Chiederemo a Austin di farci un'insegna con un piovanello e di spostare quello della sgarza a casa nostra.»

Gli occhi di Sheena si illuminarono. «Va bene. Hai già capito come fare. Vediamo se riusciamo a vincere l'asta per questi, anche se non credo che qualcuno sarà ansioso di comprarli. Guarda le cornici. Sono tutte rovinate in qualche modo.»

«Un look consumato che si abbina ai mobili» disse Regan soddisfatta. «Queste stampe sono belle. Riconosco il nome dell'artista.»

«Bene» disse Sheena. «Ora vieni a vedere le lampade che mi piacciono.»

Un uomo attraversò la tenda suonando un campanello. «L'asta inizia tra dieci minuti. Prendete posto.»

Regan e Sheena diedero una rapida occhiata alle lampade e poi si affrettarono verso l'hotel.

La sala da ballo dell'hotel era in fermento quando Regan e Sheena entrarono. Darcy si alzò in piedi tra le poltrone e le salutò con la mano.

Regan seguì Sheena dove erano seduti Darcy e Brian.

Sheena fece cenno a Regan di precederla. Regan sospirò e si spostò attraverso la fila di persone verso i posti che Darcy aveva riservato a loro due. Brian guardò dritto davanti a sé mentre Regan si abbassava sulla sedia accanto a lui.

«Avete avuto fortuna?» gli chiese Sheena.

«Darcy ha trovato alcuni tavoli per le suite, ma nient'altro. Molte cose sembrano molto costose e formali.»

Darcy alzò la paletta che le era stata data. «Fammi sapere quando usarla.»

Sheena sorrise. «Noi abbiamo trovato della roba buona.»

Il banditore aprì l'asta e Regan fu presto assorbita dalla velocità delle azioni, con le palette agitate in aria e abbassate in un gioco di numeri difficile da seguire. Quando vennero messi all'asta i tavoli che Darcy voleva per le suite, Darcy alzò la paletta e la sua offerta fu subito superata. Alzò di nuovo la paletta. Quando il prezzo fu alzato ancora una volta, lanciò a Sheena uno sguardo incerto.

«Venduto al signore a sinistra» annunciò il banditore, e Darcy si appoggiò allo schienale della sedia con un sospiro carico di delusione.

Dopo aver venduto tutti i grandi mobili, il banditore passò in rassegna i pezzi più piccoli. L'entusiasmo si affievolì. Alcune persone lasciarono addirittura la sala.

Le lampade che voleva Sheena furono messe all'asta insieme ad alcune lampade a stelo. Sheena prese la paletta di Darcy e, in una feroce guerra di offerte a piccoli incrementi, alla fine se le aggiudicò tutte e cento.

Regan attese con ansia che fossero messe all'asta le stampe incorniciate. Quando furono finalmente tirate fuori, la maggior parte della folla si era dispersa. Guardandole ora, Regan capiva perché. Come aveva sottolineato Sheena, le cornici bianche erano sbeccate o graffiate in alcuni punti.

Il banditore aprì con un'offerta bassa che Regan confermò subito. Alcune altre persone risposero, ma Regan continuò ad agitare la sua paletta.

«Venduto alla bella signora dai capelli scuri» annunciò infine il banditore.

Regan alzò il pugno trionfante. Il legno di quelle cornici, messo in risalto con colori diversi, sarebbe stato perfetto per le stanze degli ospiti. E visto che l'artista era una persona di cui aveva sentito parlare, per lei avevano un valore.

Brian e Sheena si accordarono per ritirare le lampade in un secondo momento e fecero cenno a Regan e Darcy di andare avanti.

«Andremo a prendere il camion e il furgone per caricare quello che possiamo. Sheena e io torneremo per il resto» disse Brian.

Darcy affrontò Sheena. «Posso andare io al tuo posto. Non ho bisogno di stare in ufficio oggi.»

Sheena scrollò le spalle. «Ok, voglio tenere d'occhio Meaghan durante il suo primo giorno di lavoro.»

Darcy lanciò a Regan uno sguardo trionfante e disse: «Guiderò io il furgone.»

Andò a prendere i veicoli insieme a Brian, lasciando Sheena e Regan con i loro oggetti.

«Spero che Darcy sappia cosa sta facendo» disse Regan, scuotendo la testa. «Brian è un playboy.»

Sheena le mise una mano sulla spalla. «È una cosa che dovrà capire lei. Non noi.»

Regan scosse la testa sgomenta. Stava solo cercando di proteggere sua sorella, no?

CAPITOLO 36
SHEENA

Il giorno dopo, Sheena decise di pranzare da Gracie. Meaghan avrebbe potuto accusarla di spionaggio, ma a Sheena non importava. Voleva che Meaghan partisse col piede giusto.

Regan la raggiunse, dichiarando di aver bisogno di una pausa dalla pittura,

Anche se era tardi, quando entrarono nel ristorante c'erano diversi clienti. Meaghan non le vide. Era impegnata a togliere i piatti sporchi da un tavolo nel patio.

Sheena si fermò e notò le guance arrossate di Meaghan. Sentì una fitta di rammarico che poi scomparve rapidamente. Il lavoro duro faceva bene a sua figlia.

Vide Clyde avvicinarsi a Meaghan e apparentemente farle una domanda. Lei gli rispose, ma dopo che lui se ne fu andato, scosse la testa evidentemente disgustata. In quel momento notò che Sheena la stava fissando. Si rabbuiò in viso.

Sheena fece del suo meglio per nascondere l'irritazione per il comportamento di Meaghan e seguì Regan a un tavolo nell'angolo del ristorante.

Lynn si precipitò da loro. «Sono felice di vedervi! Cosa prendete?»

«Credo sia meglio che dia un'occhiata al menu» disse Regan, accettandone uno da Lynn.

«Io so che voglio l'insalata di verdure di primavera con pollo croccante» disse Sheena. L'aveva già mangiata una volta e non vedeva l'ora di assaggiarla di nuovo.

Mentre Regan guardava il menu, Lynn sorrise a Sheena. «Meaghan sta andando molto bene. Clyde la sta aiutando.»

«Grazie per avermelo detto. Per me è importante che faccia un buon lavoro.»

«Sono pronta» disse Regan, interrompendole.

Regan fece la sua ordinazione e Lynn si allontanò subito.

Sheena si guardò bene dal fissare la figlia mentre svolgeva i suoi compiti. Sembrava molto diversa dalla ragazza che viveva a Boston. Quella ragazza si truccava e andava in giro con amici facoltosi come se il mondo le dovesse ciò che voleva. Questa ragazza non si era presa il tempo di truccarsi, indossava abiti economici ed era troppo occupata per notare la ciocca di capelli che le era sfuggita dalla coda di cavallo. In altre parole, era adorabile.

«Sembra che Meaghan stia facendo un buon lavoro» disse Regan.

Sheena annuì. «Tra poco staccherà e poi, dopo una pausa, potrà aiutarti a dipingere. Domani farà solo il turno del pranzo, ma Gracie e io abbiamo pensato che prima avrebbe dovuto familiarizzare con i doppi turni.»

Regan si avvicinò e le strinse la mano. «Meaghan ha fatto un errore che fanno molte ragazze.»

«Sì, lo so. Ma, come madre, voglio che sia il suo unico atto di bullismo. È disgustoso quanto possano essere cattive l'una con l'altra le adolescenti. Tu sei mai stata vittima di bullismo?»

«Non sono stata bullizzata, solo trattata in modo meschino da alcune ragazze.» Regan scosse la testa. «È terribile quando succede. E poi con i problemi di apprendimento che avevo, anche gli insegnanti facevano capire che avevo qualcosa che non andava.»

«Mi dispiace, Regan. Per quanto ne so, Meaghan è sfuggita a tutte queste cose. Per questo voglio che capisca quanto possano essere profonde quelle ferite per gli altri.»

Regan sospirò. «So che a volte io e Darcy ti prendiamo in giro per il fatto di essere la sorella maggiore, ma sono felice che tu sia la *mia* sorella maggiore.»

Sheena sentì le lacrime pungerle gli occhi. Non era facile essere una disciplinatrice, ma che scelta aveva? Era il suo ruolo di genitore. E come molte madri, il compito spettava a lei, non a Tony.

Sheena aveva appena mangiato l'ultimo boccone della sua insalata quando Meaghan si avvicinò al loro tavolo e si sedette.

«Gracie ha detto che posso andare.» Si lasciò sfuggire un lungo sospiro. «Sono esausta. È un lavoro duro.»

«Sì, lo so» disse Sheena. «Lynn si è complimentata per il tuo lavoro e questo mi rende orgogliosa.»

«Davvero? Sono molto più veloce di Clyde. È un vero ritardato.»

Sheena aprì la bocca per dire qualcosa, ma Regan la precedette.

«Che cosa terribile da dire, Meaghan. Accidenti... Sai che ha dei problemi. Perché lo prendi in giro?»

Nella voce di Regan c'era una sfumatura che Sheena capì essere dovuta all'esperienza passata.

Un'espressione di sgomento incupì il volto di Meaghan. «Perché ce l'hai con me?» chiese a Regan con un forte mugolio.

«Io non...» iniziò Regan, ma Meaghan era già saltata su dal tavolo e stava correndo via.

Regan fece una smorfia. «Mi dispiace» disse a Sheena.

«A me no. Sono molto felice che tu l'abbia detto. Meaghan ha bisogno di sentirselo dire da altri, non solo da me.»

Lasciarono il ristorante. Regan tornò all'edificio Airone per continuare a dipingere, mentre Sheena si diresse verso casa per lavorare a una revisione del budget. Ci era quasi arrivata quando squillò il cellulare. *Tony*. Rispose alla chiamata.

«Ciao, tesoro! Come stai? Cosa c'è?»

«Potrei chiedere la stessa cosa a te» disse Tony con una voce tesa che allarmò Sheena. «Che cosa sta succedendo? Meaghan ha chiamato in lacrime per dirmi che ha lavorato per sei ore di fila e che tu e Regan vi state comportando male con lei e ora volete che aiuti Regan a dipingere dei mobili. Che diavolo significa? Non eravamo d'accordo che l'avresti fatta morire di lavoro.»

Sheena si allontanò dalla casa per evitare che Meaghan la sentisse. Mentre camminava verso la baia, formò i suoi pensieri. Non voleva litigare con Tony, ma era arrabbiatissima perché Meaghan era andata a piangere da lui.

«Meaghan ha fatto il doppio turno da Gracie per imparare la routine. Domani lavorerà solo a pranzo per poter dormire la mattina. E sì, Meaghan, come tutti noi, sarà impegnata a verniciare i mobili ogni volta che avrà del tempo libero. Regan le ha parlato prima di me quando ha dato del ritardato a Clyde. Non permetterò a nostra figlia di usare questo tipo di linguaggio. Capito?»

«Ehi! Non devi arrabbiarti con me. Io non parlo così.»

«Nemmeno io. Per questo dovremo tutti piombarle addosso quando lo farà.»

«Ok, ok. Ho capito. Hai tutto sotto controllo. Come sta andando il resto?»

La rabbia di Sheena si dissolse. «Le cose si stanno sistemando. Ieri abbiamo ottenuto buoni risultati all'asta dell'hotel, abbiamo preso delle lampade e dei quadri. I programmi per il computer sono quasi pronti e stiamo cercando di portare la connessione internet all'edificio della suite familiare.»

«Sono contento di sentirlo. Senti, devo andare. Ho un paio

di riunioni importanti.»

«C'è qualcosa che dovrei sapere?»

«No» disse Tony con un'enfasi che incuriosì Sheena.

Riattaccarono e Sheena tornò a casa per occuparsi della figlia.

CAPITOLO 37
REGAN

Regan controllò che gli uomini togliessero quello che era rimasto della moquette dalle camere degli ospiti e poi andò nella stanza della pittura. Mentre si metteva al lavoro per mescolare la vernice e poi spennellarla sul comodino, si chiese se fosse stata troppo schietta con Meaghan. Ma l'osservazione meschina e sprezzante di sua nipote le aveva riportato alla mente ricordi spiacevoli.

Lavorare all'hotel aveva fatto credere a Regan di avere molto da dare. Sheena, in particolare, sembrava riconoscente per i suoi consigli sull'arredamento delle camere degli ospiti.

Regan aveva quasi finito con il comodino quando arrivarono Sheena e Meaghan.

«Ok, siamo qui per aiutare» disse Sheena. Si guardò intorno. «Quando verrà consegnato il resto della vernice?»

«Domani mattina. Sarà la prima consegna. Ho appena controllato» disse Regan. «Nel frattempo, possiamo lavorare sulla testiera qui e passare alla stanza successiva.» Fece un respiro profondo e si rivolse alla nipote. «Scusa se ti ho sgridato, Meaghan, ma per me è importante che tu tratti gli altri con rispetto. Ti voglio bene e te ne vorrò sempre.»

Meaghan arrossì e le rivolse un'occhiataccia. «Ho capito. Io e la mamma ne abbiamo già parlato. Non ho bisogno di un'altra ramanzina.»

Regan scambiò un'occhiata dispiaciuta con Sheena. «Va bene. D'ora in poi è un argomento chiuso.» Si avvicinò a Meaghan per un rapido abbraccio, ma Meaghan si allontanò.

Mentre Sheena e Meaghan dipingevano la testata del letto, Regan parlò dei quadri che avevano comprato all'asta.

«Ti va bene se chiamo Austin Blakely e gli chiedo l'insegna intagliata di un piovanello?» chiese a Sheena.

«Sì, è una buona idea e non dovrebbe costare molto. Inoltre, credo che dovresti ringraziarlo per averti salvata.»

«Salvata? Che cos'è successo?» chiese Meaghan.

Sheena le raccontò della droga. «Hai mai sentito dire che sia successo a qualcuno della tua scuola?»

Meaghan scosse la testa. «No, ma so delle droghe dello stupro. Una ragazza del liceo sostiene che le sono state date durante uno dei grossi party.»

«Roba da far paura. Un altro motivo per cui le feste dovrebbero essere vigilate.»

Meaghan sgranò gli occhi.

Stavano ripulendo i materiali per la pittura, quando arrivò Darcy. «Grazie, Regan! Hai appena rovinato la mia ultima possibilità con Brian!»

Regan posò il pennello. «Che cosa vuoi dire? Non ho alcun interesse per Brian. Gliel'ho detto.»

«Sì, so che a te non interessa, ma a me sì. Quando ho cercato di scusarmi con lui, ha detto che non voleva più avere niente a che fare con le sorelle Sullivan.»

Sheena guardò Darcy dritto in faccia. «Avrebbe potuto avere un'ottima ragione per respingerti. Ricordi?»

Un sospiro carico di delusione uscì dalle labbra di Darcy. «L'unico ragazzo che ha mostrato interesse per me è Austin Blakely, e io non ho alcun interesse per lui.»

«Perché?» disse Regan. «Devo chiamarlo per parlare di un'altra insegna scolpita.»

«Oh, è abbastanza carino, ma non è eccitante come Brian.»

Sheena si rivolse a Meaghan. «Spero che tu non mi dirai mai una cosa del genere.»

«Maledizione, Sheena» disse Darcy. «Non trasformarlo in un momento da sorella maggiore o da buona madre. Brian ha ferito i miei sentimenti.»

«Pensa a come deve sentirsi lui. Tu ti ci stai buttando addosso e Regan lo sta respingendo. Non è facile per i ragazzi. Lo so da quello che mi racconta Michael.»

«Davvero? Michael è un vero idiota quando si tratta di ragazze» commentò Meaghan.

Sheena lanciò un silenzioso avvertimento a Meagan e andò da Darcy. «Forza, tutte quante! Abbraccio di gruppo.»

Darcy rise quando Regan e le altre la circondarono. «Va bene... Va bene. Ora mi sento meglio.»

«Andate pure a casa. Finisco io di pulire» disse Regan. Aveva mille pensieri in testa. Forse era stata troppo dura con Brian. Anche se non voleva comunque uscire con lui, avrebbe potuto dirlo in modo più gentile.

Quando arrivò a casa, la musica era a tutto volume e Darcy e Meaghan stavano ballando in salotto. La salutarono quando le superò per andare in cucina.

Sheena alzò lo sguardo dal sugo degli spaghetti che stava mescolando. «Fatto tutto?»

Regan annuì. «Mi chiedevo dove avessi messo il biglietto da visita di Austin Blakely. Volevo chiamarlo.»

Sheena posò il cucchiaio, si avvicinò ai suoi documenti e le consegnò il biglietto. «Cerca di ottenere il miglior prezzo possibile.»

Regan fece un finto saluto militare a Sheena e salì in camera sua. Aveva bisogno di privacy per ringraziare la persona che l'aveva salvata da una situazione terribile.

Chiuse la porta della sua stanza e si sedette sul letto. Digitando il suo numero, si chiese esattamente cosa dire. *Grazie per aver salvato la mia verginità? No, no. Lui avrebbe pensato che stesse mentendo.*

«Pronto?» La voce che rispose era quasi melodiosa con il suo tono da tenore.

«Parlo con Austin Blakely?»

«Sì, e io con chi parlo?»

«Regan Sullivan. Prima di tutto, voglio ringraziarti molto per il tuo aiuto dell'altra sera. Ho saputo che sei stato tu a salvarmi.»

«Di nulla, ma devo ammettere che mi hai fatto preoccupare. Non potevo essere sicuro di cosa fosse, ma sono abbastanza certo che sei stata drogata. Sai chi è stato? È stato quel ragazzo con te?»

«Non lo so. Lui dice di no. Dice che potrebbe essere successo quando ho portato il mio drink tra la folla. Credo che non lo sapremo mai. Sono solo felice che tu fossi lì ad aiutarmi.»

«Anch'io.»

«L'altro motivo per cui ho chiamato è per chiederti se ci puoi fare un'altra insegna in legno intagliato. Un piovanello questa volta. Ho trovato alcune stampe che li ritraggono e vorrei usarlo come tema per uno degli edifici per gli ospiti qui all'hotel.»

«Mi sembra una buona idea. Questo fine settimana andrò di nuovo a trovare i miei nonni. Mia nonna è malata e devo andare da loro per i miei genitori. Potrei passare da te, dare un'occhiata alle stampe e cercare di fare un design simile.»

«Davvero? Sarebbe meraviglioso» rispose Regan entusiasta.

«Potrei anche riuscire a realizzare l'airone per quando ci incontreremo» disse Austin.

«Ottimo. Perché non ti organizzi per pranzare in albergo così poi puoi vedere cosa stiamo facendo?»

«Mi piacerebbe molto. Trovo intrigante l'idea di ristrutturare un posto come quello.»

«Bene. Chiamami sabato e ci vediamo.» Regan riattaccò il telefono e corse al piano di sotto per avvisare le altre.

I giorni successivi sembrarono correre e trascinarsi a fasi alterne. Verniciare mobili e testate era un processo noioso, anche con una squadra di persone. Sheena, Darcy e Meaghan passavano tutte le ore che potevano ad aiutarla. Anche la gente di Gavin dava il proprio contributo. La capacità di supervisione di Regan fu messa a dura prova mentre li guidava nel processo, ma lasciando gli ultimi ritocchi a Sheena e a lei, riuscirono a portare a termine gran parte del lavoro in modo ordinato. Fu divertente, e poi fastidioso, quando alcuni misero in discussione la tecnica di far apparire qualcosa di vecchio invece che di nuovo e luccicante.

Quando arrivò sabato, Regan era pronta a prendersi una pausa. La prospettiva di parlare con un ragazzo come Austin delle sue idee di arredamento era allettante. Era un artista che avrebbe capito quello che lei stava cercando di fare a poco a poco.

Per la prima volta dopo giorni, si lavò i capelli e li asciugò, lasciando che le lunghe ciocche scure le ricadessero intorno alle spalle invece di essere tirate su in una coda di cavallo. Indossò la gonna di jeans e la camicetta e si mise solo un tocco di trucco.

Quando Austin chiamò per dirle che stava arrivando, Regan decise di incontrarlo fuori dal ristorante. In questo modo sembrava più impersonale.

Attraversando il parco dell'hotel, si fermò a guardare la piscina. Le riparazioni meccaniche e della recinzione e la verniciatura della superficie della piscina erano state effettuate e ora gli uomini di Brian la stavano riempiendo d'acqua. La pompa di calore, grazie a Dio, era stata sostituita prima da Gavin.

Regan si fermò un attimo e si guardò intorno. Per risparmiare, Brian aveva suggerito l'idropulizia degli edifici delle camere degli ospiti. Ora avevano un aspetto fresco e pulito. Il giardino era stato tagliato e diserbato, ma non potevano permettersi di mettere molte piante. Più avanti, quando avrebbero affittato le camere e guadagnato un po' di soldi, il gruppo di Brian avrebbe piantato altri cespugli. Comunque, era molto migliorato.

Proseguì per la sua strada. Avrebbe voluto che potessero permettersi di fare tutto ciò che volevano per sistemare le cose. Ma, come Sheena continuava a ricordare, dovevano attenersi alle loro priorità. E nel mondo di oggi era più importante avere l'accesso a Internet che dei bei fiori. E se la ristrutturazione delle stanze doveva avvenire in tre fasi, era quello che avrebbero fatto. E poi, una volta vinta la sfida, avrebbero avuto i soldi per fare le cose speciali che volevano fare tutte.

Avvicinandosi al ristorante, notò un uomo che andava avanti e indietro davanti all'entrata. Lo studiò. Le spalle larghe e il corpo robusto le diedero un'impressione di forza... e sicurezza.

«Austin?»

Lui si voltò verso di lei e sorrise. «Ciao, Regan. Ci incontriamo di nuovo.»

Lei si avvicinò e gli tese la mano. «Sono felice di conoscerti finalmente.» La mano di Austin intorno alla sua le diede una sensazione di calore e competenza. Si ricordò che il ragazzo stava studiando per diventare dentista e sorrise.

Austin si tolse gli occhiali da sole. Mentre la guardava, i suoi occhi azzurri sprizzarono intelligenza e gentilezza. Notò che aveva i capelli di un ricco color cioccolato. Era di bell'aspetto, con lineamenti regolari, ma non era un tipo da surfista come Brian. Tra la corporatura, la stazza e la cordialità, Regan lo associò a un orsacchiotto.

«Vieni a provare la cucina di Gracie. È favolosa» disse Regan, accompagnandolo verso la porta.

Entrarono e trovarono un tavolo vuoto nel patio, all'ombra di un ombrellone.

Austin la aiutò a sedersi e si sedette di fronte a lei. «Arredamento da vecchia Florida. Ho notato il pannello di perline all'interno. Adoro queste cose.»

«Hai sempre lavorato con il legno? Hai frequentato corsi d'arte? Come sei finito a studiare odontoiatria?»

Austin rise. «Ok, una cosa alla volta. Sì, ho frequentato corsi d'arte e volevo davvero diventare un artista. Ma i miei genitori mi hanno convinto che dovevo essere pratico, pensare a crescere una famiglia ed essere in grado di prendermene cura. Con l'odontoiatria, bisogna essere abili a lavorare con le mani. Posso avere il meglio dei due mondi diventando dentista e utilizzando il tempo libero per lavorare ai miei progetti artistici.»

Regan sorrise. «Sembra meraviglioso, ben ragionato. M'interessa molto la decorazione. Mi piace lavorare con i colori e le texture.»

Maggie si avvicinò con dei bicchieri d'acqua e i menu. «Ciao, Regan. Sono felice di vederti.»

Regan presentò Austin. «È il ragazzo di talento che sta realizzando le insegne per gli edifici.»

«Oh, che bello! Qualcos'altro da bere mentre guardate il menu?»

Austin scosse la testa. «Per me l'acqua va bene.»

«Anche per me» disse Regan. Notò che Austin guardava Maggie allontanarsi da loro e disse: «Maggie è una delle persone che abbiamo ereditato con l'hotel. Lei e gli altri sette sono persone singolari che conoscevano mio zio.»

«Interessante» commentò Austin.

Dopo aver ordinato, Regan chiese a Austin dei suoi nonni.

Un tocco di tristezza gli riempì il volto. «È difficile vederli invecchiare. Sono stati una parte molto importante della mia vita, perché i miei genitori sono spesso via. Attraverso la loro agenzia di viaggi, organizzano tour in Europa e in Asia. In molte occasioni mi hanno lasciato a casa con i miei nonni.»

«Sei mai andato in viaggio con loro? Sarebbe bello. Io non ho mai viaggiato.»

«Visto che ami l'arte, ti piacerebbe vedere alcune delle cose che ho. Spero che un giorno tu possa andare a Firenze, Parigi, Londra e in molti altri posti. Viaggiare in città come queste mi ha permesso di compensare tutto il tempo in cui sono stato lasciato solo. Anche adesso i miei genitori sono in Cina con un gruppo.»

«Nessun fratello o sorella?» chiese Regan.

Austin scosse la testa. «Credo che sia stato abbastanza duro mettermi al mondo, tanto che non ci hanno nemmeno riprovato.»

Regan rise con lui, ma si chiese come sarebbe stato essere figlia unica. C'erano stati alcuni momenti in cui aveva desiderato di esserlo. Soprattutto quando Darcy era arrabbiata con lei.

Meaghan portò il cibo con orgoglio. Regan le presentò Austin e poi si tuffò nella sua insalata. Austin mangiò il suo panino con la cernia fritta con un tale gusto da strapparle un sorriso divertito. Era il ragazzo più naturale e disinvolto che avesse mai conosciuto.

Continuarono a chiacchierare mentre uscivano dal ristorante. Lei scoprì che la nonna di Austin stava morendo di cancro.

«Ha lottato per un po', ma ora sta perdendo la battaglia» spiegò Austin. «Mio nonno è fuori di sé dalla preoccupazione. Odia l'idea di essere lasciato solo. Gli ho detto che avrei aperto il mio studio da qualche parte in zona, ma non accadrà ancora per un po'.»

«Sono sicura che è molto grato che ti interessi così tanto a loro.» Non riusciva a immaginare nessuno dei nipoti di suo padre così unito al nonno. Forse perché era un uomo molto difficile da accontentare. L'aveva fatta piangere un sacco di volte, non capendo quali fossero i suoi problemi di apprendimento.

Quando raggiunsero l'edificio Airone, Regan mostrò a Austin dove avrebbero collocato la sua targa di legno. «La targa del piovanello andrà sull'edificio delle suite dall'altra parte della strada, mentre la targa della sgarza andrà sulla nostra casa, che si trova dietro quegli alberi.»

«Molto bene. Farò del mio meglio» disse Austin con dolce sincerità.

«E ora diamo un'occhiata ai mobili. Sto usando una tecnica completamente nuova per dipingerli. E poi voglio mostrarti la stampa del piovanello. Se vuoi, puoi prendertene una.»

«Ottimo.»

Regan lo condusse nella stanza della pittura e gli mostrò come usava la vernice a gesso. Poi lo portò in una stanza per gli ospiti al secondo piano, dove erano conservate le stampe, le lampade e altri oggetti decorativi.

Gli mostrò le stampe dei piovanelli. «Assomiglia un po' a una stampa di Audubon, vero? È molto formale e dettagliata. Mi è sembrata un po' vecchio stile, ed è per questo che mi piace molto abbinata al look vissuto dei mobili.»

«Sì, piace anche a me. E si abbina alla stampa dell'airone. L'hai presa all'asta di un hotel?»

Regan lo guardò raggiante. «È stato un vero affare.»

Lui fece una risata. «Ottimo lavoro, Regan.»

Le parole e il sorriso di Austin le scorsero addosso come ondate di benvenuto.

CAPITOLO 38
SHEENA

Sheena si muoveva a passi spediti lungo la spiaggia cercando di sgranchirsi i muscoli indolenziti. Giorni e giorni di verniciatura dei mobili le avevano fatto venire male ai muscoli che non usava da tempo. Michael e Tony sarebbero arrivati il giorno dopo e lei voleva essere in grado di salutarli senza gemere.

Mentre camminava, ripensò a quando lei e Tony avevano dipinto una camera da letto in previsione della nascita di Michael. Non sembrava che fossero passati quasi diciassette anni. Erano stati dei bambini, lei e Tony, pieni di speranza, ottimismo e allegria. Sperava che il periodo trascorso in Florida con lui avrebbe contribuito a riportare alla luce alcuni di quei sentimenti.

Era bello sentire il sole sul corpo. Il clima più caldo rendeva più confortevoli le passeggiate mattutine. Con indosso solo il costume da bagno, quello che le sue sorelle ritenevano noioso, sollevò le braccia e corse lungo la riva, sentendosi momentaneamente spensierata.

Rallentò e pensò agli ultimi due mesi. Tre donne che vivevano con un solo bagno era una cosa sufficiente a mettere a dura prova la pazienza di chiunque. Anche se tutte cercavano di comportarsi in maniera civile al riguardo, i litigi erano inevitabili. E la tensione tra Darcy e Regan continuava a divampare per il disinteresse di Brian Harwood. Sheena pensava che la posizione di Darcy fosse sciocca, ma si riprometteva di rimanere fuori dai loro litigi. Darcy era una di quelle persone che dovevano imparare le cose sbattendoci il muso e, come un bulldog che si attacca a un osso tra le fauci, non rinunciava a un'idea.

Quando Sheena si voltò per tornare all'hotel, vide in lontananza una piccola figura che si dirigeva verso di lei. Capì che si trattava di Meaghan e si affrettò a raggiungerla.

Meaghan le si avvicinò di corsa. «Ciao! Questo è il giorno in cui andiamo a fare shopping, vero?»

«Questo è il giorno in cui ti procureremo un'altra gonna e un altro top da indossare da Gracie. Non lo si può chiamare esattamente shopping.»

«Mentre siamo fuori, non possiamo dare un'occhiata ai negozi più belli?»

«Non credo sia una buona idea» disse Sheena. «Sarebbe solo frustrante perché non ti comprerò nient'altro. Qui siamo in piena economia reale.»

«Mamma! Non posso tornare a scuola senza vestiti nuovi» piagnucolò Meghan.

«Alla fine del tuo soggiorno, potrai scegliere un paio di pantaloni e un top. Con tutto quello che hai a casa, sarà tutto quello che ti servirà fino a quando non tornerai quaggiù.»

Meaghan mise le mani sui fianchi e le lanciò uno sguardo di sfida. «E se non volessi tornare?»

Sheena agitò una mano per fermarla. «Non intendo cominciare a litigare, quindi non sprecare il fiato.»

Meaghan la guardò in cagnesco.

Sheena iniziò a camminare. Ogni volta che Meaghan faceva qualcosa di veramente meraviglioso, come fare il doppio turno al ristorante perché Clyde non si sentiva bene, rovinava subito tutto ricominciando a essere lamentosa. *Pazienza!* si disse Sheena.

Meaghan la raggiunse. «Forse oggi potremmo cercare quei pantaloni e quella camicetta?»

«No, ho promesso a Regan e Darcy che le avrei aiutate a sistemare una stanza provvisoria nell'edificio delle suite. Hanno insistito che volevano andarsene da casa, così potremo stare insieme come famiglia. Non è carino?»

Meaghan scrollò le spalle. «Immagino di sì.»

Sheena era entusiasta di essere di nuovo una famiglia. Per quanto le piacesse la sua indipendenza, era una mamma e lo sarebbe sempre stata. E questo significava che, da brava mamma chioccia, voleva i suoi pulcini vicini.

Quando Sheena e Meaghan tornarono a casa, Regan era già in piedi e in cucina, a sorseggiare caffè.

«Caffè. Ho bisogno di un caffè» disse Darcy, entrando a tentoni nella stanza. «Sono rimasta sveglia fino a tardi a leggere.»

«Un buon libro?» disse Sheena.

«Il migliore. Ho riso. Ho pianto.» Darcy sospirò. «Mi piacerebbe essere in grado di scriverne uno altrettanto bello, un giorno.»

«Quel giorno arriverà» disse Sheena. «Non appena saremo operativi e avremo un programma d'azione migliore, avrai un po' di tempo per te. Penso che questa posizione tranquilla in riva al mare sia perfetta per scrivere.»

«Che Dio ti ascolti» disse Darcy, citando un famoso detto.

Alla fine del pomeriggio, Sheena non sapeva chi fosse più esausto. Darcy, Regan o lei. Avevano passato la giornata a pulire una delle suite, a cambiare i mobili e a rifornire l'angolo cottura. Erano stati consegnati nuovi materassi per i letti. Asciugamani, lenzuola, cuscini e copriletti acquistati da un grossista di forniture alberghiere erano sui letti e nei bagni. Tutto era stato acquistato con l'idea di provarlo per l'hotel.

«Finalmente! Ho un bagno tutto mio» disse Regan. «Non voglio più tornare a casa.»

«Neanche io. Ho spazio per distendermi» disse Darcy.

«Prima o poi dovrete trasferirvi quando rinnoveremo le stanze qui» ricordò Sheena. Avevano fatto del loro meglio per rendere la suite vivibile, ma non era all'altezza dei suoi standard di pulizia e freschezza.

«Posso venire a stare qui?» chiese Meaghan.

Sheena scosse la testa. «Staremo insieme come una famiglia per la settimana in cui saremo tutti qui.»

Meaghan fece il broncio.

«Puoi fare la doccia qui» disse Darcy. «Giusto?»

Sheena annuì. «Per me va bene.»

In realtà, anche a lei non sarebbe dispiaciuto farsi una vera doccia.

La mattina dopo, mentre Sheena e Meaghan andavano a Tampa per andare a prendere Tony e Michael all'aeroporto, il morale di Sheena migliorò. Era entusiasta di vederli. E anche nel breve tempo trascorso dalla visita di Tony, erano stati fatti molti lavori all'hotel. Sperava che lui fosse contento.

Sheena entrò nel parcheggio per soste brevi e, dopo aver girato in tondo, trovò finalmente un posto.

«Sbrigati» disse Meaghan, «il loro aereo dovrebbe arrivare presto.»

Sheena sorrise del suo entusiasmo. Anche se Meaghan probabilmente non lo avrebbe ammesso, era ansiosa di vedere suo fratello. Anche se potevano litigare e prendersi in giro, si volevano davvero bene.

Si affrettarono a entrare nell'edificio e a scendere al piano dell'area del ritiro bagagli. Il display degli arrivi e delle partenze indicava che l'aereo di Tony e Michael era atterrato da pochi minuti. Meaghan corse verso la scala mobile per osservare le persone che scendevano e poi tornò di corsa da Sheena.

«Quando arriveranno?» Gli occhi di Meaghan brillavano di eccitazione, ricordando a Sheena le volte in cui Meaghan non vedeva l'ora che arrivassero gli amici per una festa di compleanno.

«Dovrebbero essere qui da un momento all'altro» disse Sheena e quando alzò lo sguardo vide Tony e Michael… e Rosa e Paul che gli venivano incontro.

Sheena si precipitò verso di loro. «Oh, cielo! Rosa e Paul, che sorpresa!» Li abbracciò entrambi e poi si rivolse a Michael. «Sei cresciuto da quando ti ho visto? Sembri molto più alto.»

«Oh, mamma. Non è passato così tanto tempo» borbottò lui, ma ricambiò l'abbraccio con una forza sorprendente.

Sheena si avvicinò a Tony e gli avvolse le braccia intorno. «Sono terribilmente felice che siate qui. Che sorpresa vedervi tutti.»

Lui la guardò raggiante. «Sì, mamma e papà volevano vedere di cosa stavamo parlando. Gli ho detto che li avrei sistemati in un albergo vicino, che il tuo non era pronto per gli ospiti.»

Sheena si rivolse ai suoceri. «Potete condividere una delle nostre suite familiari con Regan e Darcy. A meno che non preferiate stare da soli.»

Rosa rivolse a Paul un timido sorriso. «Grazie, ma vorremmo stare un po' per conto nostro.» Arrossì leggermente. «Una sorta di luna di miele speciale, con molti anni di ritardo.»

I ragazzi gemettero quando Rosa gli fece l'occhiolino. Sheena e Tony si scambiarono un sorriso. *I miracoli non finiscono mai*, pensò Sheena. *Pensa, una luna di miele alla loro età.*

Caricarono tutti i bagagli sul retro del furgone e poi Sheena prese l'autostrada per andare all'hotel. Decise di non chiamare le sorelle prima del tempo. Voleva che Rosa e Paul vedessero quanto si stavano impegnando.

«L'hotel è ancora in fase di costruzione» spiegò Sheena. Fece la strada litoranea per permettere a tutti di dare una bella occhiata all'area circostante.

«Il ristorante di Gracie è un ottimo ristorante» disse Meaghan. «Lo so per certo. Ci lavoro.»

Attraverso lo specchietto retrovisore, Sheena lanciò un'occhiata alla suocera, dandole un suggerimento silenzioso.

«È meraviglioso, tesoro. Sono orgogliosa di te» disse Rosa con entusiasmo.

«Non vedo l'ora di stendermi sulla spiaggia» disse Michael. «Ne ho parlato con i ragazzi.»

Sheena trasse un respiro e disse con fermezza: «Il tempo che passerai in spiaggia sarà limitato dalla quantità di lavoro che riuscirai a svolgere ogni giorno.»

«Che cosaaaa! Non è possibile!» Lo sguardo incredulo di Michael sarebbe stato divertente se non fosse stato così pietoso. Era viziato come Meaghan.

«Tutta la nostra famiglia sta lavorando insieme per far sì che questa impresa abbia successo a beneficio di tutti» disse Sheena. «Anche tuo, Michael. Lavorerai con Brian su una serie di progetti o sotto la direzione di Regan. Per prima cosa, abbiamo bisogno di aiuto per spostare diversa roba. Ma ci sono molti altri progetti per te.»

«Non è giusto» brontolò Michael.

Sheena lo ignorò.

«Sei fin troppo felice di guidare la macchina, fare sport e quant'altro» disse Tony. «Ora, Michael, è il tuo turno di dare una mano.»

Sheena rivolse a Tony un rapido sorriso di ringraziamento per il suo sostegno.

«Ti piace vivere qui?» le chiese Paul dal sedile posteriore

del furgone.

«Sì» rispose Sheena. «Non è ancora estate calda, ma mi piace potermi alzare al mattino e fare una passeggiata lungo la spiaggia. È molto rilassante.»

«Sembra una bella spiaggia» disse Rosa, poi sospirò. «Sono stanca degli inverni del nord. Sarà l'età che avanza, ma giuro che fa sempre più freddo.»

«Tesoro, stai benissimo» disse Paul.

Sheena e Tony si scambiarono uno sguardo divertito. Forse questo viaggio sarebbe stato la luna di miele che i suoi genitori volevano.

Prima di arrivare all'hotel, Sheena rallentò l'auto. «Solo un avvertimento. Il Salty Key Inn è in stile vecchia Florida. Non è di lusso. Ma ci sta venendo a piacere molto.»

Mentre Sheena svoltava nel parcheggio del ristorante, ricordò quanto lei e le sue sorelle fossero rimaste scioccate quando avevano visto il posto per la prima volta. Ora, con una mano di vernice fresca, nuove piante intorno all'edificio e una migliore comprensione dello stile, pensava che fosse fantastico.

«Non di lusso? Puoi dirlo forte» disse Michael. «Accidenti, mamma.»

Sheena girò a destra, superò l'edificio delle suite e arrivò a casa.

«Qui è dove alloggeremo» disse Sheena a Tony. «Tutti e quattro. Una vera famiglia.»

Tony sorrise. «A me va bene.»

«Una casa rosa? Stai scherzando?» disse Michael.

«Molto diversa» commentò diplomaticamente Rosa.

Dopo aver sistemato i bagagli e dopo che gli altri furono entrati in casa, Sheena sorrise alla suocera. «Dove vi ha messo Tony?»

«In un bell'albergo non lontano da qui. Si chiama Don

CeSar.»

Sheena sbatte le palpebre per la sorpresa.

Rosa le mise una mano sul braccio e le rivolse un sorriso. «Non è lui a pagare. Lo facciamo noi. Sono anni che io e Paul non facciamo un viaggio, e ho detto a Paul che era lì che volevo stare. Aspetta di vedere i vestiti nuovi che ho comprato.»

Sheena diede un rapido abbraccio alla suocera. «Oh, Rosa. Sono contenta per te. Penso che ti piacerà molto.»

«Prima di andare, voglio dare un'occhiata al vostro hotel. È stato un bene per tutti noi avere questo cambiamento. A Tony non piacerà averti lontano, ma è diventato un padre migliore. E, francamente, ha aperto gli occhi ai ragazzi. Come sta Meaghan?»

«Penso che averla qui con le mie sorelle le abbia fatto bene. Non è solo la mamma a parlarle. Anche se Regan e Darcy le vogliono bene, non hanno problemi a dirle le cose che non gli piacciono.»

«Questo è un bene. Tua madre approverebbe che ti aiutassero, non credi?»

Sheena sorrise. «Sono sicura di sì.» Prese Rosa per il braccio. «Vivere insieme in questa casa è stata tutta un'altra cosa: tre donne, un bagno antiquato e una cucina anni Cinquanta. Ma ora che le mie sorelle si sono trasferite in una delle suite, avranno un bagno tutto loro. Meaghan ha già scelto di fare la doccia da loro.»

«Bagno antiquato? Ma è paradossale, con Tony che si occupa di idraulica. Non può sistemartelo?»

Sheena annuì. «Probabilmente sì. Ma devo aspettare di vedere se vinciamo la sfida prima di parlarne.»

Prima dell'ora di pranzo, Sheena condusse Rosa e Paul nella baia per mostrargli quello che un giorno sarebbe stato un molo utilizzabile e un'area per gli sport acquatici. Tony e i ragazzi andarono insieme a loro.

Attraversando il prato che portava all'edificio Airone, passarono davanti alla piscina la cui acqua limpida scintillava al sole.

«Possiamo nuotare in piscina?» chiese Michael.

«Certo» disse Sheena. «Perché non aspetti fino a dopo la visita e il pranzo, e poi potrai avere il pomeriggio libero. Domani inizierai a lavorare.»

Michael fece una smorfia.

All'improvviso una macchia blu li attaccò, starnazzando forte.

«In nome di Dio, cos'è quello?» chiese Paul, guardando con aria interrogativa il grosso uccello.

«Quello è Petey, il pavone che Rocky ha salvato» disse Sheena. «La maggior parte delle volte è una seccatura. Ma è solo piume svolazzanti, non è un vero pericolo per nessuno.»

«È piuttosto carino, una volta che ti ci abitui» disse Meaghan. «Gli piaccio.»

Proseguirono. Vicino all'ingresso dell'edificio Airone c'era un cassonetto mezzo pieno di resti di moquette. «Stiamo smontando le camere degli ospiti in questo edificio» spiegò Sheena. «Speriamo che le venti camere del primo piano siano pronte per essere affittate quando i ragazzi arriveranno per l'estate.»

«Nel frattempo, stiamo dipingendo i mobili» disse Meaghan con orgoglio. «Io aiuto Regan. Siamo noi che dirigiamo.»

«Non sarai tu a dirigere me» disse Michael, lanciandole un'occhiata di avvertimento.

«No-o-o» disse Sheena. «Sarà Regan.»

«E Darcy? Lei cosa fa?» chiese Rosa, cambiando argomento.

«Lavora con il ragazzo che sta installando un sistema wifi

in tutto l'hotel. Oggi pomeriggio installeranno un nuovo registratore di cassa in grado di tracciare l'inventario. È una cosa importante perché il ristorante di Gracie ha molto successo. Dopo aver assaggiato il cibo, capirete perché.»

«Sbrighiamoci a fare il giro. Voglio mangiare e poi andare in piscina» disse Michael.

«A tempo debito, figliolo. A tempo debito» ammonì Tony.

Regan stava lavorando a una testata del letto in una delle camere degli ospiti quando la trovarono. Sorrise e gli andò incontro. «Vi abbraccerei, ma come potete vedere sono un disastro.»

«Mi piace quello che stai facendo con i mobili. È meraviglioso» commentò Rosa. «Da quello che ho visto, sarà molto bello. Sembra che tutte voi ragazze abbiate lavorato sodo per arrivare così in fretta a questo punto.»

Regan e Sheena si scambiarono un sorriso complice. «È vero» dissero insieme e risero. Erano stati due mesi difficili quelli in cui avevano vissuto insieme nella casa e poi avevano lavorato insieme al progetto.

Sheena controllò l'orologio. «Dopo pranzo vi mostrerò le altre stanze. Ora andiamo a vedere il ristorante.»

Quando ci arrivarono, lo trovarono pieno di attività. Darcy e Chip stavano lavorando al registratore di cassa, Lynn, Sally e Maggie erano indaffarate. Tutti i tavoli, tranne uno, erano occupati.

Maggie li notò e si precipitò da Sheena. «Il tavolo che abbiamo riservato per voi è quasi pronto. Stiamo aspettando che la coppia accanto paghi, così possiamo mettere insieme i tavoli.»

«Ok, nessun problema.» Sheena era felicissima di poter dimostrare ai genitori di Tony quanto successo avesse il ristorante.

Uscirono fuori ad aspettare.

«Avete ancora più gente di quando sono stato qui» disse Tony, facendole un sorriso incoraggiante.

Le labbra di Sheena si incurvarono. «Gracie è diventata famosa per la sua buona cucina.»

Da lontano, Brian li chiamò e li salutò.

«Torno subito» disse Tony. «Voglio chiedergli del lavoro che ho fatto.»

Sheena guardò suo marito correre verso il punto in cui si trovava Brian. Le sembrava diverso, ma non riusciva a capire cosa fosse.

Rosa si accorse che lo stava fissando. «Ti è stato difficile stare lontano dalla tua famiglia?»

Sheena esitò. Doveva essere sincera. «È stata un'esperienza che ha aperto gli occhi a tutti noi. Ma gli aspetti positivi superano le difficoltà.»

«Stai trovando te stessa?»

Sheena fece un mezzo sorriso divertita. «Diciamo che sto emergendo.»

Rosa ridacchiò. «Be', allora è andata bene.»

Grata che la suocera avesse capito, Sheena le diede un rapido abbraccio.

«Ok» disse Michael. «La cameriera ci sta facendo cenno di entrare.» Tenne aperta la porta mentre una coppia usciva e poi Sheena e gli altri entrarono.

Appena seduti, Gracie uscì dalla cucina per salutarli. «Benvenuti. Buon appetito a tutti.»

Sheena fece le presentazioni e, dopo lo scambio di saluti, Gracie tornò al suo lavoro.

Lynn si precipitò da loro con i menu. «È un piacere vederti, Sheena. Questa è la tua famiglia?»

Sheena annuì e fece di nuovo le presentazioni.

Poi, scrutando i menu, la conversazione si incentrò su cosa scegliere da mangiare.

Tony entrò nel ristorante e prese posto accanto a Sheena.

Parlando a bassa voce, disse: «Brian vuole che lavori a un altro progetto e abbiamo deciso di mettere Michael al lavoro, aiuterà a ripulire l'area vicino al molo.»

«Sembra una buona idea» disse Sheena. Era sorpresa dalla disponibilità di Tony a lavorare con Brian. Ma in fondo era meglio che aspettare che tutti gli altri finissero il loro lavoro.

Dopo il pranzo, durante il quale Paul dichiarò che era il miglior panino al pesce che avesse mai mangiato, il gruppo si preparò per andare all'edificio delle suite.

Clyde li salutò dal patio dove stava servendo i tavoli. «Ciao! Ciao! Ciao! Sono io! Clyde!»

«Ciao, Clyde! È bello vederti impegnato» disse Sheena.

«Sì, sono impegnato» disse Clyde con orgoglio.

Rosa le rivolse uno sguardo interrogativo.

«È uno della gente di Gavin. Un ragazzo dolce e un gran lavoratore.»

Rosa annuì. «Un gruppo interessante.»

«Sì» concordò Sheena. «Non so ancora molto di loro, ma spero che con il passare del tempo si apriranno di più. Sono stati tutti salvati da Gavin.»

CAPITOLO 39
SHEENA

Mentre attraversavano il prato, Petey gli sfilò davanti come un capo tamburino.

«Buffo uccello» osservò Paul, tenendosi a debita distanza.

Fuori dall'edificio delle suite, Sheena fermò il gruppo. Sapendo che i genitori di Tony avrebbero alloggiato al "Don", Sheena provava un po' di imbarazzo a mostrargli l'unica suite che avevano provvisoriamente ripulito. Era tutt'altro che pronta per gli ospiti.

«Quando vedrete la suite di Regan e Darcy, potrete farvi un'idea di quello che stiamo cercando di fare. Dopo che se ne saranno andate, la moquette sarà tirata su e saranno installati nuovi mobili, infissi e tutto il resto.»

Li condusse all'interno e diede un'occhiata critica alle stanze. L'ossatura dell'edificio e il design delle stanze erano buoni. L'intero edificio, però, aveva bisogno di molte cure.

«Mi piace la disposizione dello spazio.» Il volto di Rosa si illuminò di eccitazione. «Farete affitti a lungo termine?»

«Lo spero» disse Sheena. «A quanto pare, in molti posti della zona ci sono ospiti che scendono per diversi mesi alla volta.»

Rosa le fece l'occhiolino. «Potremmo essere uno dei tuoi primi clienti. Dobbiamo aspettare di vedere se a Paul piace questo posto.»

Paul guardò Rosa e le mise un braccio intorno alle spalle.

Sheena nascose un sorriso. Non li aveva mai visti così affettuosi.

«Non è ancora il momento di andare in albergo» disse Tony a suo padre. «Che cosa ti piacerebbe fare?»

Paul si stiracchiò e sbadigliò. «In realtà, vorrei fare un pisolino. Stanotte ho dormito pochissimo.»

«Ok, non è un problema» disse Tony, poi si rivolse a Sheena e Rosa. «Se non vi dispiace, vorrei vedermi con Brian.»

Michael disse: «Io vado in piscina.»

«Anch'io» disse Meaghan. «Andiamo, Michael!»

Tony se ne andò a cercare Brian e i ragazzi si avviarono verso casa.

Sheena, Rosa e Paul seguirono i ragazzi a passo più lento. Con la coda dell'occhio, Sheena studiò i suoceri. Sulla sessantina, si muovevano con facilità. Paul aveva avuto un problema di pressione alta un paio di anni prima, ma le medicine e una dieta sana sembravano aver risolto il problema. Rosa era ovviamente una cuoca che amava la buona cucina, ma anche lei godeva di buona salute. Sheena si chiese perché la sua dolce madre avesse sofferto per gran parte della sua vita e si rese conto che la sua morte era stata un fattore determinante nella scelta di venire in Florida. La vita era troppo breve per non correre qualche rischio.

Prima che Sheena e i suoceri raggiungessero la casa, Michael e Meaghan emersero in costume da bagno, portando con sé gli asciugamani.

«Divertitevi» gli gridò Sheena mentre correvano attraverso la radura verso la piscina.

A casa, Sheena si assicurò che le cose di Michael fossero sistemate nella vecchia stanza di Darcy e portò di sotto una coperta e un cuscino per Paul, che si stava stendendo sul divano.

Si voltò verso la suocera. «Vuoi una tazza di caffè o di tè freddo o altro?»

Rosa sorrise. «Della semplice acqua ghiacciata non sarebbe male.»

«Mi sembra una buona idea. Ne prenderò un bicchiere anche per me.»

Rosa seguì Sheena in cucina e si fermò. «Oh, cielo! Erano anni che non vedevo una cucina così. Perché Gavin l'ha lasciata in questo stato?»

Sheena scrollò le spalle. «Mi chiedo se fosse uno dei suoi folli test: mettere tre donne in una casa piccola con un solo bagno e una cucina antiquata. Sarebbe sufficiente a far impazzire la maggior parte delle donne».

Rosa rise. «Da quello che mi hai detto di lui, sembra possibile.»

Sheena guardò la suocera. «In un biglietto che mi ha lasciato, Gavin ha detto che sono molto più simile a lui di quanto pensassi. Pensi che sia vero, Rosa?»

Rosa scosse la testa. «Non nella personalità. Ma sei intelligente e determinata, come doveva essere lui. E, Sheena, l'attività di Tony non avrebbe mai funzionato così bene se tu non avessi gestito gran parte degli affari.»

«Come va l'azienda? Tony non me ne ha parlato e io non gli ho fatto pressione.»

Rosa accettò un bicchiere d'acqua dalla nuora. «Andiamo fuori, dove possiamo parlare in privato.»

Sheena condusse Rosa in veranda.

Grata per l'ombra che le riparava dal sole e per la luce, Sheena prese posto su una sedia accanto a Rosa. Una brezza giocosa faceva agitare l'aria intorno a loro.

Sheena bevve un lungo sorso di acqua fredda e si rivolse a Rosa. «Mi sono mancate le nostre chiacchierate. Parlare al telefono non è la stessa cosa.»

Rosa si avvicinò e le strinse la mano. «Anche tu mi sei mancata. Ma credo che tu stia facendo la cosa giusta cercando di far funzionare le cose.»

«Grazie. Come vanno le cose a casa... davvero?»

Gli occhi di Rosa si riempirono di tristezza. «Anna e Dave hanno avuto delle delusioni. Dave è stato licenziato dal suo lavoro. Le vendite sono in calo ovunque. Anche nel settore degli occhiali.»

La sorella di Tony era più giovane di otto anni e non aveva la personalità estroversa del fratello, ma a Sheena era sempre piaciuta. Dave compensava più che bene la tranquillità di Anna ed erano una coppia ben assortita.

«Che cosa sta facendo Dave adesso? Con un bambino in arrivo, ha bisogno di un lavoro.»

Rosa inarcò le sopracciglia. «Tony non te l'ha detto?»

«Detto cosa?» Sheena si agitò sulla sedia a disagio. Ultimamente, Tony aveva smesso di rimproverarle le sue responsabilità nei confronti della famiglia, ma aveva mantenuto le conversazioni brevi, soprattutto quando lei gli chiedeva degli affari. Le aveva dato fastidio, ma con tutti gli altri problemi che c'erano tra loro, Sheena non aveva indagato oltre.

«Dave ora lavora per Tony. Sta preparando il materiale pubblicitario per aumentare le possibilità di ottenere nuove offerte. Sta anche iniziando il suo apprendistato con Tony e John Larson.»

Sheena nascose la sua sorpresa. «Sono contenta che John abbia deciso di restare con Tony. A un certo punto, stava pensando di andarsene.»

Rosa annuì pensierosa. «Sembra una brava persona, ambiziosa, ma un buon collaboratore per Tony.»

«E come se la cava Anna con tutto questo?»

«Bene, anche se so che è una preoccupazione per lei. Il bambino nascerà tra due mesi e si stanno ancora ambientando nella nuova casa.» Rosa sospirò. «Sembra che per loro non vada mai tutto liscio. Prima la difficoltà di rimanere incinta e ora questa incertezza.»

«Sono sicura che andrà tutto bene. Dave è un ragazzo pieno di risorse.»

«È bello andare via.» A Rosa luccicarono gli occhi. «Credo che Paul avrà qualche sorpresa mentre siamo qui. Mi sono fatta coraggio e sono andata in una nuova boutique, simile a Victoria's Secret. Si sente giù per il fatto di essere in pensione e ho intenzione di convincerlo che non siamo così vecchi.»

Sheena ridacchiò e diede il cinque alla suocera. «Buon per te.»

Rosa appoggiò la testa contro lo schienale della sedia e chiuse gli occhi. «Quest'aria calda è una bella sensazione.»

Sheena diede un'occhiata dall'altra parte del prato per controllare Meaghan e Michael e li vide allontanarsi dalla piscina e dirigersi verso la strada.

«Dove state andando?» chiese ad alta voce.

«In spiaggia!» rispose Meaghan, e si affrettò a raggiungere il fratello.

Sheena salutò con la mano e si sistemò contro lo schienale, emettendo un sospiro soddisfatto. Era bello avere i suoi figli in Florida con lei. Sperava che si sarebbe rivelato un periodo di guarigione per tutti loro.

Sheena aprì gli occhi di scatto. Accanto a lei, Rosa sonnecchiava, con la bocca aperta che lasciava trapelare un russare sommesso.

Avvertendo un movimento, Sheena diede un'occhiata al prato. Una bambina, una bambina molto piccola, stava aprendo il cancello della piscina.

Sheena controllò la zona, ma la piccola era sola.

Prima ancora di essere completamente sveglia, Sheena si alzò in piedi e si mise a correre. Raggiunse la recinzione della piscina nello stesso momento in cui la bambina cadde nella vasca.

«Resisti! Sto arrivando!» gridò, irrompendo attraverso il cancello aperto e inciampando davanti alle tre sedie a sdraio che Regan aveva preso a una svendita.

Proprio mentre stava per tuffarsi nella piscina, notò una creatura nera e strisciante che nuotava nell'acqua.

Un serpente! Un serpente! urlò la sua mente.

La bambina galleggiava impotente nell'acqua di fronte a lei.

Ansimando per il terrore, Sheena si tuffò in piscina.

Come in un sogno, o più che altro un incubo straziante, Sheena afferrò la bambina per un braccio e agitò il braccio libero schizzando acqua all'impazzata per tenere lontano il serpente.

Singhiozzando per la paura, guardò il serpente nuotare agitato in cerchi e poi scivolare fuori dall'acqua finendo sul ponte della piscina di fronte al cancello.

Sheena tirò la bambina sui gradini nella parte bassa della piscina e se la strinse al petto. «Va tutto bene, tesoro» disse, tenendo d'occhio il serpente.

La bambina cominciò a piangere. E quando vide una donna che correva verso di loro, le grida della bambina si trasformarono in urla. «Mamma! Mamma!»

Sheena rimase in piedi con i vestiti bagnati, tenendo ancora in braccio la bimba che ora scalciava per scendere.

«Attenta! C'è un serpente vicino al cancello» disse Sheena alla madre della bambina.

«Porta qui Lily» disse la madre. «Ho paura dei serpenti.»

Anch'io! La paura la avvolgeva come il serpente stesso.

Sheena ansimò e si diresse verso il cancello. Brividi che non avevano nulla a che fare con l'acqua sulla pelle le scuotevano il corpo.

Muoviti! Muoviti! ordinò silenziosamente al serpente, incapace di avvicinarsi ulteriormente.

Sheena e il serpente si fronteggiarono. Con il suo sguardo freddo e fisso, il serpente sembrava sfidare Sheena a muoversi. Poi scivolò attraverso un buco nella recinzione a maglie strette e scomparve nell'erba.

Sheena voleva singhiozzare per il sollievo. Si fece avanti e consegnò tremante la bambina alla madre. «Mi dispiace che sia successo, e qui nella nostra proprietà.»

La madre avvolse le braccia intorno alla bambina e le baciò la guancia. Poi si rivolse a Sheena. «Avrebbe potuto annegare. E sarebbe stata tutta colpa *vostra*. Come ha fatto Lily a entrare in piscina? Il cancello non avrebbe dovuto essere aperto.»

Sheena si riprese. Ricordava di aver visto il cancello chiuso dopo che Michael e Meaghan avevano lasciato la piscina. «Controlleremo che non ci siano difetti nel cancello, ma era chiuso. Come ha fatto sua figlia a uscire da sola? Non c'era nessuno in vista.»

«Non provi a incolpare me» disse la madre. «Ero al ristorante ad aspettare che arrivasse il conto. È stato allora che ho notato che Lily non c'era più. Se il servizio fosse stato migliore, questo problema non si sarebbe verificato.»

La mente di Sheena si riempì di tutte le cose che avrebbe voluto gridare a quella donna, ma riuscì a trattenere la rabbia. «L'importante è che sua figlia sia al sicuro. Vero, Lily?»

Lily sorrise quando Sheena le scompigliò i capelli.

La madre sospirò. «È al sicuro, grazie a Dio. Ma la avverto che se le fosse successo qualcosa, avrei fatto causa al vostro albergo e vi avrei preso fino all'ultimo centesimo. Ora voglio solo andarmene.»

«Lasci che l'aiuti a raggiungere la sua auto. È parcheggiata vicino al ristorante?» Sheena parlò con la massima calma possibile, ma non vedeva l'ora di far uscire quella donna dalla proprietà.

«Grazie. Ce la faccio da sola» disse la donna con un tono altezzoso che la irritò ancora di più.

Sheena rimase in disparte mentre la donna si allontanava e poi, con le gambe che le tremavano ancora per l'esperienza, la seguì a distanza. Solo dopo che la donna ebbe allacciato Lily al seggiolino, si fu sistemata al volante dell'auto e se ne fu andata, Sheena poté tirare un sospiro di sollievo.

«Che cosa ti è successo?» chiese Darcy, uscendo dal ristorante e fissandola.

Sheena guardò la sorella e scoppiò a piangere. «Una bambina, un serpente, la piscina...»

Darcy le mise un braccio intorno alle spalle. «Calma. Fai un respiro profondo e poi raccontami cos'è successo.»

Sheena si ricompose e fu finalmente in grado di fornire a Darcy i dettagli.

«È meglio controllare il cancello» disse Darcy, prendendo Sheena per il braccio.

«Michael e Meaghan hanno usato la piscina prima di andare in spiaggia. Dovremo assicurarci che capiscano quanto sia importante chiuderla bene a chiave.»

«Inoltre, abbiamo bisogno di un cancello diverso, pesante, con un passepartout speciale, che si chiuda rapidamente e in modo sicuro. Li ho visti in altri hotel.»

«Hai ragione» concordò Sheena. «Questo dovrebbe risolvere il problema.» Le vennero le lacrime agli occhi mentre ricordava il suo spaventoso incontro. Le tremò la voce: «Ma cosa mi dici dei serpenti?»

Ridacchiando dolcemente, Darcy le diede una pacca sulla schiena. «Questo è un problema completamente diverso. Forse è qui che entra in gioco Petey.»

Neanche a farlo apposta, il pavone le venne incontro attraversando il prato, emettendo il suo terribile verso.

Darcy prese Sheena per il braccio e, ignorando Petey, si diressero verso la casa rosa attraversando il prato.

Rosa le incontrò a metà strada e avvolse le braccia intorno a Sheena. «Mamma mia! Hai salvato quel bambino!»

«Dio! Ho avuto paura» disse Sheena. «Sto ancora tremando.» Fece un sorriso a Darcy. «Grazie al cielo, è arrivata Darcy.»

Rosa la guardò raggiante. «Grazie, Darcy, cara. Vuoi unirti a noi? Paul e io portiamo la famiglia a cena fuori.»

«No, grazie. Apprezzo l'offerta, Rosa, davvero. Ma ho un appuntamento.»

«Davvero?» disse Sheena.

«Chip mi ha chiesto di uscire e io ho detto di sì» disse Darcy con orgoglio.

«Pensavo che avesse una fidanzata» disse Sheena, rivolgendole uno sguardo fisso.

«È venuto fuori che la ragazza di cui parla è il suo cane, un golden retriever femmina di nome Lucy. Carino, eh?»

Sheena sorrise. «Sembra il tipo di concorrenza che tutte le ragazze vorrebbero.»

Darcy rise, ma Sheena sapeva quanto la sorella fosse insicura.

Più tardi, cambiata e riposata, Sheena controllò l'orologio. Dov'erano i suoi figli? Erano stati in spiaggia per molto tempo, abbastanza da prendersi delle brutte scottature.

«Vado a vedere come stanno i ragazzi» assicurò Sheena alla suocera. Paul e Rosa volevano fermarsi in albergo prima di portare la famiglia a cena in un ristorante di pesce di cui avevano letto.

Mentre attraversava il parco dell'hotel, vide Tony che le veniva incontro e corse da lui.

«Dove stai andando?» le chiese Tony.

Lei spiegò la situazione e disse: «Vuoi venire con me?»

«Certo. Volevo comunque parlarti da sola, per assicurarmi che la visita a sorpresa dei miei genitori per te non fosse un problema.»

«Nessun problema. Voglio bene ai tuoi genitori.» Gli fece un sorriso malizioso. «A detta di tua madre, si godranno un momento di relax e divertimento. E se lo meritano. Ha persino comprato della lingerie.»

Lui si mise a ridere. «Davvero? Non mi stupisce che non mi abbiano lasciato pagare l'albergo. Ci ho provato.»

Attraversarono la strada e si incamminarono lungo la passerella più in sintonia di quanto non fossero da tempo.

Mettendo piede sulla sabbia bianca, Sheena si portò una mano sugli occhi e scrutò la spiaggia. Non vide né Michael né Meaghan, ma una piccola folla si era radunata più avanti sulla spiaggia.

Tony la seguì mentre si dirigeva verso di loro, camminando veloce. Quando vide una ragazzina dai capelli rossicci che si dibatteva nell'acqua, Sheena si mise al trotto, con l'istinto materno in massima allerta.

Michael si staccò dalla folla e si precipitò da loro. «Mamma! Papà! È Meaghan! È rimasta intrappolata in una corrente. Ho cercato di aiutarla, ma non ci sono riuscito. Era troppo forte. Ora un uomo sta cercando di aiutarla.»

«Oh mio Dio!» Sheena strinse le mani in una preghiera silenziosa.

«Deve farla nuotare parallela alla riva per poterne uscire» disse Tony, e si precipitò sulla riva per seguire i loro progressi.

Sheena e Michael lo raggiunsero. Sheena pregò che Meaghan, testarda com'era, ascoltasse le indicazioni che l'uomo stava cercando di darle. L'istinto naturale di chiunque sarebbe stato quello di cercare di arrivare direttamente a riva.

Meaghan era una brava nuotatrice, ma Sheena si chiedeva

quanto potesse durare la sua energia. La sua mente, come un proiettore cinematografico, trasmise i ricordi di Meaghan, dalla bambina minuscola e gracchiante che era stata all'adolescente che cercava di trovare la sua strada.

«Ti prego, Dio, ti prego, non lasciarla annegare» sussurrò Sheena, combattendo l'impulso di correre lei stessa in acqua per raggiungere la figlia.

Michael le mise un braccio intorno alle spalle. «Andrà tutto bene, mamma. Quell'uomo la sta aiutando. Si sta avvicinando alla riva.»

«Chi è? Lo sai?» chiese Sheena. Era stata così concentrata su Meaghan che non lo aveva studiato a fondo.

«È un certo Sam. Uno che lavora all'hotel.»

«Oh mio Dio! Sam Patterson? È uno della gente di Gavin.» Che cosa orribile sarebbe stata se fosse annegato nel tentativo di salvare sua figlia. Si voltò verso il marito, ma Tony stava correndo in acqua completamente vestito.

E vide che Sam aveva afferrato Meaghan e la stava tirando verso il padre.

Incurante dei propri indumenti, Sheena si tuffò in acqua per accoglierli. Tony arrivò per primo e si strinse la figlia al petto. Lacrime calde rigavano le guance di Meaghan che aspirava aria con forti rantoli, cercando di riprendere fiato.

Sheena si girò verso Sam e gli avvolse le braccia intorno al corpo sottile, consapevole del suo petto ansante. «Grazie! Grazie!» disse, e scoppiò in singhiozzi che le venivano dal profondo.

Guardò Tony che sollevava Meaghan tra le braccia e incespicava con lei verso la riva.

Michael lo raggiunse e insieme misero Meaghan a terra sui suoi piedi. Sheena si affrettò a raggiungerli e si abbracciarono l'uno all'altro.

Sheena cercò Sam e gli fece cenno di avvicinarsi.

«Tony, questo è Sam Patterson. Lavora all'hotel.»

«Grazie per aver salvato nostra figlia» disse Tony, stringendo forte la mano di Sam mentre tratteneva le lacrime. Si rivolse alla folla intorno a loro. «Basta così, gente. Abbiamo bisogno di stare un po' da soli.»

La piccola folla si disperse, lasciandoli tutti e cinque da soli.

Meaghan alzò lo sguardo verso Sam. «Pensavo di annegare, ma tu mi hai salvato.»

Sam mosse la sabbia con i piedi e, quando sollevò il viso, aveva gli occhi pieni di lacrime. «Pensavo di perderti. Quelle correnti possono essere insidiose.»

Arrivò un cameraman di una stazione televisiva. «Cos'abbiamo qui? Un salvataggio?»

Sheena annuì e si voltò verso Sam. Ma Sam stava correndo lungo la spiaggia lontano da loro.

«È una questione privata» disse con fermezza, chiedendosi perché Sam fosse scappato.

Rosa li accolse fuori dalla casa. «Santo cielo! Che cos'è successo? Sheena, è la seconda volta che hai i vestiti fradici oggi. Hai salvato qualcun altro?»

Tony le rivolse uno sguardo interrogativo.

«Te lo racconto dopo» disse Sheena, pensando che era stato uno dei giorni peggiori della sua vita. «Adesso devo mettere Meaghan nella vasca da bagno. Sta tremando.»

Un pensiero inquietante le si affacciò alla mente mentre si dava una ripulita e si cambiava d'abito. Non c'era due senza tre. Quale altra cosa orribile stava per succederle?

CAPITOLO 40
DARCY

Darcy entrò nella suite. Era bello condividere uno spazio più ampio con solo un'altra persona. Mentre entrava nella sua spaziosa camera da letto e chiudeva la porta, si chiese perché lei e Regan non si fossero allontanate dalla casa prima. Avevano sofferto entrambe sotto la costante supervisione di Sheena.

Sentì Regan entrare nella suite e andò ad accoglierla in soggiorno.

Vedendola, Regan sobbalzò per la sorpresa. «Pensavo che fossi con Sheena. Tra poco andranno fuori a cena.»

«Anch'io.» Darcy sorrise. «Con Chip.»

«Oh.» L'espressione stupita di Regan era eloquente.

«Io mi vedo con Austin. Ha finito di scolpire le insegne e vuole mostrarmele.» Regan si avviò verso la sua stanza, si fermò e si voltò. «Ti va di fare un'uscita a quattro?»

Darcy scosse la testa. «Decisamente no.» Non poteva competere con Regan, e lo sapeva.

Dopo che Regan se ne fu andata per vedersi con Austin, Darcy si mise a camminare avanti e indietro nella sua camera da letto e a sbirciare il parcheggio dietro l'edificio, aspettando con ansia che apparisse la jeep blu di Chip. Aveva fatto del suo meglio per avere un look casual, ma sexy. Aveva notato che le ragazze alla festa a casa di Chip sembravano tutte prediligere gonne molto corte e top scollati o vestitini che le coprivano a malapena.

Andò in bagno a riguardarsi. I riccioli rossi e ribelli le fluttuavano intorno al viso, accentuando il colorito rosato delle guance. Le lentiggini, quei puntini che odiava, le coprivano il naso e le cadevano qua e là sulle guance, come fastidiose formichine. Ma era la sua figura che studiava. Non alta come Sheena, aveva un seno pieno che mancava a entrambe le sue sorelle. I fiori colorati del prendisole che aveva trovato da Walmart contrastavano in modo intrigante con il colore dei suoi capelli. Tirò un sospiro di sollievo. Non aveva un look appariscente come quello di Regan, ma andava bene lo stesso.

Dalla finestra della camera da letto intravide la jeep di Chip e uscì per andargli incontro. Lui scese dall'auto per salutarla.

«Ehi, Darcy! Stai benissimo!»

Lei sorrise. «Grazie. Dove andiamo?»

«C'è un posto fantastico lungo la spiaggia. Hanno della buona birra, hamburger e un sacco di ottimo cibo. Alle nove arrivano le band. Ci vanno tutti.»

«Sembra fantastico» disse lei, contenta di avere il suo primo vero appuntamento da quando era arrivata in Florida.

Il Pink Dolphin si rivelò essere un bar molto divertente proprio sulla spiaggia. Un piccolo edificio in blocchi di cemento, dipinto di un rosa appropriato, ospitava la cucina, un bar e diversi sgabelli alti allineati a tre lunghi tavoli che potevano ospitare otto posti a sedere su entrambi i lati. All'esterno, su una serie di piattaforme di legno che circondavano l'edificio, erano sistemati dei tavoli più piccoli. Alcuni di essi erano coperti da tettoie, altri erano all'aperto. Al di là della terrazza, sulla spiaggia, si trovava un campo da pallavolo, al momento al buio, inutilizzato.

Chip salutò alcune persone mentre accompagnava Darcy a un tavolo vuoto vicino alla spiaggia. Gli alti lampadari del patio posti tra i tavoli offrivano calore e luce fioca. L'effetto era accogliente, intimo.

Non avevano ancora preso posto quando due ragazze si avvicinarono al loro tavolo.

«Dov'è Mel?» chiese una di loro. «Pensavo che voi due aveste fatto pace.»

Chip scosse la testa. «Tra noi è finita.»

«Non è quello che pensa lei.» Una ragazza alta con i capelli corti e scuri ondeggiò e lanciò un'occhiata a Darcy. «Non so chi tu sia, ma sembri la bambola Raggedy Ann con quei riccioli e quel vestito orribile.»

Darcy inspirò bruscamente e fissò gli occhi lucidi della ragazza.

La ragazza bassa che era con lei strattonò il braccio dell'amica. «Andiamo, Tricia. Sei ubriaca.»

Mentre conduceva via Tricia, la ragazza si voltò indietro e disse a Chip «Scusa.»

«Chi è questa Tricia?» disse Darcy. La sua rabbia era alimentata dall'umiliazione. «E forse è meglio che mi parli di Mel.»

«Melody Sweeney è la mia ex. Ci siamo lasciati subito dopo la festa del mio compagno di appartamento. Tricia è una sua amica.»

«Perché hai rotto con Mel?» Darcy fissò Chip negli occhi. Immaginava che qualsiasi ragazza sarebbe stata turbata dalla perdita di un ragazzo bello e laborioso come Chip.

«È stato per molte ragioni personali. Non voglio parlarne ora.»

«Ok, dimentichiamo che sia successo.» Ma decise che, appena arrivata a casa, avrebbe bruciato il vestito.

Stavano sorseggiando birra e condividendo ali di pollo e patatine, quando Darcy sentì una voce familiare. «Ehi, Chip! Cosa ci fate qui tu e Darcy?»

Alzò lo sguardo e si bloccò, anche se si sentì avvampare in corpo. Brian Harwood si avvicinò al tavolo.

«Ehi, amico! Siediti» disse Chip. «La band sta per iniziare a suonare.»

Brian le rivolse uno sguardo interrogativo.

Darcy gli fece cenno di avvicinarsi a una sedia vuota al loro tavolo.

Lui si sedette e al suo segnale si avvicinò una cameriera. «Cosa prendi, bello?»

«Una IPA per me, e porta un altro bicchiere di quello che stanno bevendo questi due.»

La cameriera se ne andò, lasciando Darcy di fronte a Brian senza niente da dire. Non si era ancora scusata del tutto per essersi resa così ridicola con lui. Per fortuna, Chip iniziò a parlare con Brian della squadra di baseball dei Tampa Bay Rays, il che le permise di mettersi comoda sulla sedia e stare ad ascoltare.

Era una situazione assurda. L'unico che le interessava veramente era Brian, che aveva detto di non volerne più sapere delle sorelle Sullivan.

Lei era contenta di essere con Chip, ma sapeva che era Regan quella che moriva dalla voglia di uscire con lui. Al momento ci mancava solo che arrivassero Regan e Austin.

CAPITOLO 41
REGAN

Austin aiutò Regan a scendere dall'auto e la prese per il gomito. «Bella serata per un po' di musica da spiaggia.»

Regan sorrise. «La sento già da qui e sembra bella.»

Attraversarono la folla accalcata al Pink Dolphin e si diressero verso il ponte più vicino alla spiaggia. A Regan piaceva stare con Austin. Sembrava già un amico meraviglioso.

Regan si voltò al suono di una voce che li chiamava: «Ehi, Austin!»

Austin la prese per il braccio e la trascinò con sé. «Ci sono Chip e Darcy.»

Regan lanciò un'occhiata a Darcy, che sembrava infelice nel vederli avvicinarsi al loro tavolo.

«Ehi, amico! Non sapevo che fossi in città. Prendi una sedia e resta con noi. Abbiamo dei posti fantastici» disse Chip ad Austin.

Mentre Chip e Regan si mettevano a sedere, una figura si avvicinò al tavolo.

«Ehi, Austin, conosci Brian Harwood? Sta lavorando molto al Salty Key Inn con queste ragazze.»

Austin e Brian si strinsero la mano e si misero a sedere insieme.

Mentre una cameriera prendeva le loro ordinazioni, Regan scambiò uno sguardo con la sorella. Anche lei era a disagio per l'incontro casuale, esattamente come Darcy. Per fortuna i ragazzi erano impegnati a parlare e non se n'erano accorti.

Regan si voltò a guardare la spiaggia. La luce fioca proveniente dai moli irrompeva nell'ombra, mettendo a nudo la sabbia bianca. Più in là, la luce della luna toccava le creste delle onde con accenti dorati, dando alla scena un aspetto surreale. Alcune persone ballavano sulla sabbia nel buio, i loro corpi erano poco più che masse nere che si muovevano al ritmo della musica.

Chip saltò in piedi. «Dai, Darcy! Balliamo!»

Condusse Darcy sulla sabbia, lasciando Regan a gestire gli sguardi sospettosi che Austin e Brian si stavano scambiando.

«Vuoi ballare?» le chiese Austin.

Lei scosse la testa. «Forse più tardi.» Sapeva però che se Brian glielo avesse chiesto, lei avrebbe detto di sì, e si detestava anche solo per averlo pensato.

Austin si scusò per andare a parlare con un amico che lo stava chiamando.

Sola con Brian, Regan sorseggiò la sua birra in silenzio.

«Sono rimasto sorpreso di trovarti qui» disse Brian, interrompendo il loro imbarazzo. «Pensavo che non fossi interessata a uscire con me o con qualcun altro. O è solo me che non vuoi vedere?»

Regan deglutì a fatica. A vederlo lì, bello come sempre con una maglietta da golf e dei pantaloncini che accentuavano la sua corporatura snella, sembrava davvero delizioso. «Sono stata troppo occupata per pensare a fare vita sociale.»

«Mmmh» disse lui, fissandola in viso e leggendo i sentimenti che lei cercava di nascondere. «Per tua informazione, non sono un playboy. Credevo che fossi più brava a giudicare il carattere delle persone.»

Regan non sapeva cosa dire. Sapeva di averlo trattato male.

Quando Austin tornò al tavolo, lanciò uno sguardo da Regan a Brian e viceversa.

«Ehi! Va tutto bene?»

Regan sospirò. «Se non ti dispiace, non mi sento bene. Credo di essere solo stanca, ma vorrei andare a casa.»

«Va bene.» La delusione di Austin era evidente, ma aiutò Regan ad alzarsi in piedi. «So quanto ti sei impegnata a dipingere quei mobili.»

Quando Regan si voltò per andarsene, vide Brian che la guardava scuotendo la testa.

CAPITOLO 42
SHEENA

Durante la cena, Sheena continuò a toccare la figlia: una pacca sulla spalla, una carezza sulla schiena. Avendo pensato di perderla, aveva bisogno di essere rassicurata che Meaghan fosse al sicuro al suo fianco.

Tony se ne accorse e le rivolse uno sguardo d'intesa. Era stato scosso quanto lei dall'incidente in cui era quasi annegata. Anche Michael era gentile nel parlare con la sorella. Sebbene si fossero tutti spaventati a morte, il pensiero di perdere Meaghan li aveva uniti in un modo che prima non sembrava possibile.

La sensazione persistette anche dopo aver accompagnato Rosa e Paul in albergo. Sheena era felice che le sue sorelle si fossero trasferite temporaneamente fuori casa. Dava alla sua famiglia più possibilità di continuare questa vicinanza.

Tony accostò il furgone alla casa e lo parcheggiò. «Ok, siamo a casa. È ora di sistemarsi per la serata. Domani sarà una giornata impegnativa per tutti noi.»

«Cosa c'è in TV?» chiese Michael.

«Niente. Non abbiamo un televisore» disse Sheena. «Ma abbiamo il wifi. L'ha fatto installare Darcy.»

«Vado in camera mia» annunciò Michael.

«Anch'io» disse Meaghan.

«Ok, verremo a darvi la buonanotte tra un po'» disse Sheena, riconoscendo che erano emotivamente esausti quanto lei.

«Sediamoci fuori per un po'» disse Tony. «Mi piace questo

clima caldo.»

In veranda Sheena si accasciò su una delle sedie e si lasciò sfuggire un sospiro tremolante. «Che giornata!»

«Lo so» disse Tony. «Abbiamo rischiato di perdere Meaghan. Dovremo assicurarci che entrambi i bambini siano consapevoli delle maree e degli altri pericoli che si possono incontrare a nuotare nel Golfo.»

«Sono d'accordo» disse Sheena. «Sono felice che Sam sia stato lì ad aiutarla.»

«Come mai è scappato?» chiese Tony. «Pensi che ci sia un motivo per cui non vuole farsi conoscere? E poi cosa sai della gente di Gavin?»

«Non molto» ammise Sheena. «Sto cercando di scoprire qualcosa su di loro senza indagare troppo. Non credo che Gavin li avrebbe tenuti in albergo se fossero pericolosi.»

Tony scosse la testa. «Questa storia di te e delle tue sorelle che ereditate un hotel con sfide come questa è una delle cose più folli che abbia mai sentito. Hai intenzione di continuare?»

«Sì» disse Sheena a bassa voce. «Vuoi dirmi cosa sta succedendo con la tua azienda? Tua madre mi ha accennato che Dave ti stava aiutando col marketing.»

«Ha detto che ci avrebbe aiutato se lo avessimo formato. Ha perso il lavoro all'improvviso e ha paura di tornare a occuparsi di vendite. Con le vendite via Internet che dominano ogni campo, la vendita per strada è diventata imprevedibile.»

«Che cosa ne pensi dell'ingresso di tuo cognato nell'azienda? A volte hai avuto dei contrasti con lui in passato.»

«Mi piace. Lui e John vanno d'accordo e questo mi toglie molto peso.» Tony le rivolse uno sguardo dispiaciuto. «Tutti questi anni che volevi che lasciassi perdere alcuni di quei fine settimana? Avevi ragione. È una bella sensazione.»

Sheena gli strinse la mano. «Ora più che mai voglio che la nostra famiglia sia unita. Tra poche settimane i ragazzi verranno a stare qui per l'estate. Cercherai di passare qui tutto il tempo che puoi?»

Tony annuì. «E forse posso dare una mano. Brian mi ha anche offerto un lavoro, ma gli ho detto che non potevo abbandonare la mia attività a Boston. Non sarebbe giusto per te o per i ragazzi andarmene così. Lui lo ha capito.»

Anche se Sheena rimase in silenzio, la sua mente era piena di idee.

Tony le strinse la mano. «È la mia creazione, come questo hotel può essere la tua. Non posso e non voglio abbandonarla.»

L'eccitazione che l'aveva catturata al pensiero che Tony potesse vivere e lavorare lì evaporò. Come poteva chiedere a Tony di rinunciare all'idea di possedere un'azienda quando sapeva che lei stessa non l'avrebbe fatto?

Tony continuò a tenerle la mano mentre fissavano la notte, ascoltando il gracidare delle rane persi nei loro pensieri.

Quando lei e Tony entrarono in casa, Sheena salì in punta di piedi per vedere come stavano i ragazzi.

Aprì la porta della stanza di Meaghan e sbirciò all'interno. Meaghan era rannicchiata in posizione fetale, profondamente addormentata. Il cuore di Sheena sentì una fitta al cuore. Era stato un pomeriggio spaventoso per tutti, ma Meaghan aveva davvero creduto di dover morire.

Sheena le si avvicinò in punta di piedi e la osservò. Meaghan aveva intorno al collo la collana d'oro che le aveva regalato lei. Una mano stringeva la conchiglia. Piena di gratitudine, Sheena alzò gli occhi al soffitto e sussurrò: «Grazie.» Nessun figlio dovrebbe morire prima di un genitore. Aveva conosciuto una donna che aveva perso un figlio a causa del cancro. L'aveva distrutta.

Sheena si chinò e baciò la guancia di sua figlia. «Ti voglio bene» sussurrò, sentendo il bruciore delle lacrime.

Uscì dalla stanza senza fare rumore e aprì la porta della camera da letto di Michael. Era disteso sul letto in posizione obliqua e sembrava riempirne ogni centimetro. Guardandolo, si rese conto di quanto fosse vicino a diventare un uomo. Sperava che rimanere a lavorare in Florida lo avrebbe aiutato a diventare la persona migliore che poteva essere.

Sperando di non disturbarlo, Sheena gli mandò un bacio e uscì dalla stanza.

Al piano di sotto, trovò Tony seduto sul divano. Quando gli si avvicinò, lui la guardò con un sorriso diabolico. «I ragazzi si sono sistemati per la notte?»

Lei sorrise e annuì. «Dopo la giornata che hanno avuto, dormono entrambi profondamente.»

«Bene.» Indicò il cuscino accanto a sé. «Vieni qui.»

Sheena si sentì accelerare il polso dal piacere. Si mise a sedere accanto a Tony e si appoggiò al suo petto robusto. Mentre le sue forti braccia la avvolgevano, lei inspirò il profumo del dopobarba speziato che lui portava ed espirò un lungo respiro di profonda soddisfazione.

«Mi sei mancata, Sheena» le sussurrò all'orecchio.

Lei alzò il viso e lo guardò.

Le labbra di Tony catturarono le sue, leggere, come se la stesse sondando.

Lei si aprì alla sua bocca e la sensazione della lingua di Tony che spingeva contro la sua le provocò un brivido di eccitazione. Si abbandonò alle richieste del suo corpo, permettendogli di dimostrarle esattamente quanto gli fosse mancata.

Più tardi, sdraiata accanto a lui, guardò il sorriso soddisfatto sul suo volto e ridacchiò dolcemente tra sé e sé. Si sentiva di nuovo diciottenne. Avevano fatto l'amore con lo stesso intenso abbandono che avevano provato all'inizio della loro relazione. E Dio! Era stato fantastico!

La sveglia del cellulare richiamò Sheena da un sonno languido. Gemette dolcemente e si girò, andando a sbattere contro Tony. I suoi occhi si aprirono di scatto. Vedendola, sorrise.

«È ora di una sveltina?»

Sheena allungò le braccia e lo strinse a sé prima di staccarsi. «Aspetta qua! Meaghan mi sta chiamando.»

Tony gemette e si scostò per permetterle di alzarsi dal letto. «Immagino che farei meglio a pianificare un viaggio o due senza i ragazzi, eh?»

Lei rise. «Sarebbe più facile.»

Meaghan apparve sulla soglia della loro camera da letto. «La scottatura sulla schiena mi fa male. Puoi metterci un po' di lozione?»

«Certo, tesoro. Ce la fai ad andare al lavoro oggi?»

Meaghan annuì. «Sì, contano su di me.»

Sheena sorrise. «Sono davvero orgogliosa di tutto il lavoro che stai facendo, Meaghan. Significa molto per tutti noi.»

Un timido sorriso, che a Sheena ricordava quelli che sua figlia faceva qualche anno prima, si insinuò sul viso rosato di Meaghan. Per un attimo Sheena rimase senza fiato davanti alla sua bellezza.

CAPITOLO 43
DARCY

Darcy si svegliò e andò in punta di piedi nella cucina della suite per farsi una tazza di caffè. Era ancora frustrata dagli eventi della sera prima. L'appuntamento con Chip era passato da *buono* a *brutto* a *assolutamente orribile*. Sperava che il caffè le avrebbe migliorato l'umore.

Preparò una tazza nella nuova macchina che avevano comprato per la suite e si lasciò cadere su una sedia del tavolo. Volse lo sguardo alla distesa di prato di fronte alla stanza con occhi assonnati e bevve diversi sorsi del liquido caldo, cercando di ricomporsi. Quando era arrivata al Pink Dolphin, l'apparizione di Regan le aveva fatto perdere la possibilità di parlare in privato con Brian.

«Ti sei alzata presto!» disse una voce allegra alle sue spalle.

Darcy si voltò e trovò Regan vestita per la giornata di lavoro con i suoi abiti da pittura. «Sei terribilmente felice» disse, avvertendosi di andarci piano. Non era colpa di Regan se Brian era innamorato di lei. E non era colpa di Regan se Chip l'aveva più o meno scaricata per parlare con la sua vecchia ragazza.

Regan si avvicinò al tavolo e prese posto di fronte a Darcy. «Mi dispiace di non essere potuta rimanere ieri sera. La band è stata brava. Avete ballato molto?»

Darcy scosse la testa. «È arrivata la vecchia ragazza di Chip. A quanto pare non è una ex, dopo tutto. Sono tornati insieme ieri sera.»

«Oh no! E allora con chi sei rimasta? Con Brian?»

«No, Brian se n'è andato subito dopo di te. Mi ha lasciato con un tipo viscido che non voglio rivedere mai più.»

Regan si alzò e le diede un rapido abbraccio. «Oh, Darcy, mi dispiace. Non abbiamo avuto molta fortuna con i nostri appuntamenti, vero?»

«No. Com'è andata tra te e Austin?»

«Austin Blakely è uno dei ragazzi più simpatici che abbia mai conosciuto» disse Regan. «Ma lo considero solo un amico.»

«Non è nemmeno il mio tipo» disse Darcy. «Voglio qualcuno un po' più eccitante, sai?»

Durante il momento di silenzio che seguì, arrivò Sheena. «Posso prendere una tazza di caffè? Devo raccontarvi quello che è successo ieri sera.»

Sheena si preparò una tazza di caffè e prese posto al tavolo. «Si tratta di Meaghan.»

«Che succede?» chiese Darcy, allarmata dal modo in cui gli occhi della sorella si erano riempiti di lacrime.

Sheena fece un respiro profondo e raccontò della corrente e di come Meaghan era stata salvata da Sam. «Pensavo che l'avremmo persa, ma Sam è rimasto accanto a lei, costringendola a nuotare nella direzione giusta. E poi, quando è arrivato un cameraman, è scappato.»

«Oh mio Dio! Sono così felice che fosse lì» disse Darcy, sentendosi male al pensiero di quello che sarebbe potuto accadere. «Sam non mi sembra un tipo eroico. È magro e molto silenzioso. E ci vuole molta forza per fare quello che ha fatto per Meaghan. Mi chiedo quale sia la sua storia.»

«Grazie a Dio è riuscito a salvarla» disse Regan. «Sheena, devi essere stata molto agitata mentre assistevi alla scena.»

«Sì, lo sono stata. Non voglio mai più stare così. Sam è stato un vero eroe. Intendo scoprire di più su di lui, vedere se c'è qualcosa che possiamo fare per lui» disse Sheena. «Voi due potete aiutarmi. La gente di Gavin è molto riservata, ma forse riusciremo a mettere insieme i pezzetti che riusciamo a scoprire su di loro.»

«Buona idea» disse Darcy. «Ma non voglio avere niente a che fare con Rocky. Mi fa venire i brividi.»

«Grace dice che è innocuo e io le credo» disse Sheena. «Soprattutto dopo aver conosciuto suo fratello e aver capito quanto Gavin si fidasse di entrambi.»

«Meaghan è andata a lavorare stamattina?» chiese Regan, con un'espressione preoccupata.

Sheena annuì. «Sia lei che Michael hanno delle scottature, ma Meaghan ha insistito per andare al lavoro. Sono molto orgogliosa di lei per questo.»

A Darcy sfuggì un sospiro. «A volte mi chiedo se siamo pazze a portare avanti questo progetto. Niente è come pensavo che sarebbe stato. Guardateci. Viviamo qui in questa suite o in quella minuscola casa, ci facciamo il mazzo e non abbiamo un vero reddito. Per me è una follia con la F maiuscola.»

«E in quanto a ragazzi lo scenario è desolante» disse Regan.

«Sì, un fiasco completo» aggiunse Darcy.

«Volete mollare?» chiese Sheena, con l'angoscia scritta in volto.

Darcy e Regan si guardarono e scossero la testa.

«Ok» disse Sheena. «È ora di parlare a cuore aperto. Prima di tutto, sapevamo che questa era una situazione rischiosa. Naturalmente non sapevamo quanto fosse brutta la situazione che avremmo trovato una volta arrivate qui. Ma entrambe avete lavorato sodo, facendo cose meravigliose per far funzionare le cose in questa sfida. Non possiamo arrenderci, non ora che ci stiamo avvicinando al momento in cui potremmo essere pronti per ospiti paganti.»

Sheena studiò Regan e poi rivolse tutta la forza del suo

sguardo su Darcy. «È ora di far vedere che sei grande e di farti valere. Andiamo avanti, signore.»

Darcy si accasciò contro lo schienale della sedia, sentendosi come se fosse stata scossa fisicamente. Con sua grande sorpresa, non si sentiva offesa dalla tattica da sorella maggiore di Sheena. Sentire quelle parole era quello che ci voleva.

Piena di nuova energia, si raddrizzò. «Hai ragione, Sheena. È stato un periodo deludente, ma credo sia meglio andare avanti.»

Sheena si alzò e le abbracciò entrambe. «Parleremo più tardi, dopo che la mia famiglia se ne sarà andata. Fino ad allora, continuate a resistere.»

Dopo che Sheena se ne fu andata, sul cellulare di Darcy arrivò la notifica di un messaggio. Darcy lo lesse e sussultò. «Oh no! Alex e Nicole vogliono prenotare delle stanze qui la prossima settimana. Che cosa gli dico? Sai quanto è snob Alex.»

«Di' che siamo in fase di ristrutturazione e che se desiderano venire in autunno gli faremo un trattamento speciale» disse Regan.

«Credo sia meglio che vada a vestirmi e a darmi da fare» disse Darcy. «Non le voglio assolutamente qui giù. Non ancora.»

Darcy sentì le risate di Regan alle sue spalle, ma continuò a correre verso la sua stanza.

CAPITOLO 44
SHEENA

Sheena lasciò Darcy e Regan con una nuova determinazione a portare a termine la sfida che Gavin gli aveva scaricato addosso. Non biasimava le sorelle per la loro delusione, ma non poteva permettergli di rallentare. Erano troppo vicine alla vittoria. A parte l'incidente di Meaghan, le cose stavano andando abbastanza bene.

Si affrettò ad andare da Gracie. Tony e Michael erano andati al ristorante prima e lei sperava di raggiungerli. Michael avrebbe dovuto aiutare a ripulire l'area sul retro della baia, ma con le sue scottature sperava di poter lavorare per Regan.

Il ristorante era affollato quando entrò Sheena. Salutò Lynn e Maggie e si unì a Tony e Michael a un tavolino.

«Michael lavorerà con Regan oggi. Brian gli darà una mano domani» disse Tony.

Michael fece una smorfia. «Per quanto tempo dovrò lavorare per lei? È una cosa da femminucce.»

«Resta con lei finché non dice che non ha più bisogno di te. Lei e una squadra di uomini hanno lavorato sodo per finire di verniciare tutti i mobili. Ora alcuni di loro stanno iniziando a dipingere le pareti e a preparare i pavimenti per la nuova moquette. Ci vorranno un paio di settimane.»

«Un po' di vacanza» si lamentò Michael.

Maggie si avvicinò al tavolo. «Che cosa posso portarti, Sheena?»

«I pancake erano ottimi» rispose Michael.

Sheena sorrise e si rivolse a Maggie. «Penso che prenderò il mio solito: due uova strapazzate, pane tostato e miele.»

«Arriva subito.» Maggie le versò una tazza di caffè e si allontanò.

«Brian verrà a prendermi tra qualche minuto» disse Tony, alzandosi in piedi. Si chinò e le diede un bacio. «Ci vediamo dopo.»

Regan entrò nel ristorante e si avvicinò al loro tavolo. «Vi dispiace se mi siedo?»

«Niente affatto. Ho appena ordinato e Michael sta aspettando di lavorare con te.»

Regan gli sorrise. «Ci sono molte cose da fare. Sei pronto?»

Michael scrollò le spalle. «Immagino di sì.»

Quando Maggie tornò con l'ordinazione di Sheena, Regan rifiutò di ordinare. «Ho fatto una colazione leggera prima.» Fece cenno a Michael di alzarsi. «Ci vediamo dopo.»

Osservandoli andare via, Sheena notò come Michael sovrastasse la sorella. Sebbene avesse l'aspetto di un adulto, era ancora un bambino che aveva ancora molto da imparare su molte cose.

Il suo pensiero andò allo zio Gavin. Aveva voluto che questa sfida fosse una lezione di vita per lei e le sue sorelle. Aveva la sensazione che sarebbe stato contento che vi partecipasse anche la sua famiglia. Quanto alle lezioni di vita, lei ne stava imparando un bel po'. L'indipendenza le dava una libertà che non aveva mai conosciuto. E lavorare insieme alle sue sorelle stava dando a tutte loro l'opportunità di risolvere vecchi rancori e di lavorare sulle loro insicurezze.

Meaghan si avvicinò per sparecchiare.

Vedendola, Sheena deglutì a fatica al pensiero di quello che sarebbe potuto succedere. «Tutto bene?»

Meaghan annuì. «Il mio turno è quasi finito. Poi andrò a riposare.»

«Ok, ci vediamo dopo.» Sheena si alzò e andò in cucina a cercare Sam.

Gracie salutò e le andò incontro. «Ho sentito dire che Sam è una specie di eroe.»

«Sì!» disse Sheena. «Ha salvato la vita di Meaghan.»

«Sì, è quello che ha detto tua figlia.» Gracie le posò una mano sulla spalla e le rivolse uno sguardo fisso. «Sam è davvero un bravo ragazzo.»

«Che mi dici di lui? È scappato quando è arrivato un cameraman.»

«Non spetta a me parlartene» disse Gracie. «Sam è di sopra, nella sua stanza. Puoi chiederglielo tu stessa.»

Sheena lasciò la cucina e salì le scale che portavano al secondo piano. Le otto camere degli ospiti al piano superiore erano allineate al corridoio, quattro per lato. Tutte le porte, tranne una, erano ben chiuse. Sheena si avvicinò a quella parzialmente aperta e bussò piano.

«Sì?»

«Sam, sono io. Sheena. Voglio ringraziarti ancora per tutto quello che hai fatto per noi.»

Lui aprì la porta.

Sheena si trovò davanti l'uomo che un tempo aveva paragonato a Ichabod Crane e lo fissò nei suoi occhi castani e gentili. «Tony e io ti saremo sempre grati per aver salvato Meaghan. Dopo, ho notato la tua reazione al cameraman. Non so perché sei scappato, ma voglio assicurarti che se Tony e io possiamo fare qualcosa per te, qualsiasi cosa, lo faremo.»

«Entra pure» disse Sam. Aprì la porta, attraversò la stanza e si sedette sul bordo del letto. «Accomodati.» Indicò la poltrona che si trovava nell'angolo della stanza. Su un tavolo vicino c'era una Bibbia era aperta.

«Tanto vale che tu lo sappia. Ho scontato un paio d'anni in prigione per un omicidio che non ho commesso. È stata un'esperienza orribile, come si può immaginare. I poliziotti mi ritenevano colpevole senza nemmeno seguire le piste. Gavin pagò un avvocato per scagionarmi. Nuovi test del DNA e nuovi testimoni dimostrarono che non potevo essere stato io, ma avevo già pagato un prezzo orribile perdendo la mia libertà. Non l'ho mai superato del tutto. Non voglio avere niente a che fare con pubblicità di nessun tipo. Ho bisogno di vivere il resto della mia vita in pace. Capito? C'è ancora qualcuno che non crede ai risultati di un nuovo processo.»

Sheena si sentì come se avesse fatto una doccia fredda. «È terribile! Mi dispiace davvero che ti sia successo. E, Sam, come ho detto, se possiamo aiutarti in qualche modo lo faremo. Per me sei un eroe. Non solo per aver salvato la vita di Meaghan, ma anche per il tipo di uomo che sei. Gavin lo sapeva e ora lo so anch'io.»

Sheena sentì le lacrime minacciare di cadere, ma le respinse. Sapeva istintivamente che a Sam non sarebbero piaciute.

Alzandosi in piedi, Sheena gli diede un rapido abbraccio e uscì dalla stanza senza voltarsi. Una vera e propria lezione di vita, pensò. Sam aveva dimostrato una forza tranquilla che lei non avrebbe mai potuto emulare.

Tornata a casa, Sheena si sedette al tavolo della cucina e si mise a lavorare sui preventivi per la moquette. La settimana successiva lei e Regan avrebbero visionato dei campioni presso uno dei grossisti di forniture alberghiere. La metratura per le venti camere e le otto suite sembrava enorme. Ma aveva già calcolato i metri quadrati aggiuntivi per le venti camere al secondo piano. Sperava che potessero trovare un accordo per farsi mettere da parte quella moquette.

Numeri, numeri. Si sommavano in fretta gli uni agli altri.

Meaghan entrò in cucina e si sedette sulla sedia di fronte a

Sheena.

«Ciao, che succede?» Sheena si accorse dell'espressione cupa della figlia.

«Ho appena ricevuto un messaggio da Lauren. Mi ha tolto l'amicizia su tutti i siti.»

«Immagino che la cosa ti turbi, eh?» disse Sheena, affermando tranquillamente l'ovvio. Aspettò che Meaghan parlasse.

Gli occhi di Meaghan si riempirono di lacrime. «È cattiva. Dice a tutti che tu e papà state divorziando e che lui sta fallendo.»

«Davvero? Mi chiedo da dove abbia preso queste idee» disse Sheena con calma, anche se le pulsava dentro la rabbia. La madre di Lauren era una regina del pettegolezzo. Senza dubbio sua figlia Lauren stava seguendo le sue orme.

Meaghan scrollò le spalle. «Non lo so. Forse le ho detto che ero preoccupata che stavate divorziando.»

«Sai che io e papà non stiamo divorziando. Vero?»

Meaghan annuì.

«E l'azienda di papà?»

«Non ho mai detto una parola sui suoi affari. Lo giuro.»

Sheena si alzò e le mise un braccio intorno alle spalle. «Sai, quando mi sono trasferita qui, speravo che tutti noi avremmo imparato qualcosa, qualcosa che ci sarebbe stato utile. Tu che cos'hai imparato da questa esperienza?»

Meaghan si morse il labbro. «Ho imparato che fa male quando le persone sono cattive. Non voglio essere amica di Lauren. È cattiva. E ora so che racconta bugie.»

«Penso che tu abbia preso una buona decisione. Ci sono molte persone buone al mondo. E, Meaghan, ci sono altre ragazze nella tua classe che sono amiche migliori di Lauren. Mi dispiace se ha ferito i tuoi sentimenti. Davvero.»

Meaghan alzò gli occhi su di lei. «L'attività di papà sta

fallendo?»

Sheena trasse un profondo respiro, cercando le parole giuste. «Sta attraversando un momento difficile, ma ne abbiamo passati di peggiori e siamo sopravvissuti. Non devi preoccuparti, tesoro.»

«Bene. Dirò a Lauren che non m'importa se mi toglierà l'amicizia perché la odio!»

«Ehi!» disse Sheena. «Non diventare cattiva anche tu. Ricorda perché sei venuta in Florida. Sei una persona molto migliore per questo, una persona che mi piace e che rispetto.»

«Mamma?» Meaghan le gettò le braccia al collo. «Ti voglio bene.»

«E io voglio bene a te, Meaghan Eileen Morelli» disse Sheena, sforzandosi di far uscire le parole nonostante il groppo in gola per l'emozione.

In tarda mattinata, Tony la chiamò al cellulare. «Ti va di pranzare insieme? Brian deve incontrare un tipo per un'offerta su un progetto e io sono libero.»

«Fantastico! Ci vediamo da Gracie?»

«No, voglio uscire dall'hotel e vedere qualche altro posto.»

«Ok, incontriamoci a casa e poi partiamo. Avverto gli altri.» Meaghan era uscita per andare a cercare Regan e suo fratello.

Sheena telefonò alle sorelle e poi corse felice al piano di sopra a rinfrescarsi. Dopo aver fatto l'amore, l'idea di un vero appuntamento con Tony era eccitante. Inoltre, voleva parlargli della sua azienda.

Tony arrivò. Rendendosi conto che erano soli, sorrise. «Vuoi saltare il pranzo?»

Lei rise. «Mi dispiace ma non so mai quando arriva qualcuno. E poi sto morendo di fame.»

«Anch'io» disse lui, ridendo con lei.

Salirono sul furgone e partirono, con Tony alla guida. «Volevo dare un'occhiata alla zona» disse. «Brian mi ha detto che in fondo alla strada c'è un bel bar che si chiama Jimmy's. Ne hai sentito parlare?»

Sheena scosse la testa. «Esco raramente dalla proprietà. Per questo Blackie Gatto voleva che vedessi il ristorante in cui mi ha portato.»

Tony le lanciò un'occhiata con un sorriso imbarazzato. «Mi dispiace aver un po' perso il controllo con lui. Non siete più usciti insieme, vero?»

«No» lo provocò Sheena, inarcando il sopracciglio. «Non me l'ha chiesto.»

«Ma...»

«Ma se lo facesse e fosse importante, potrei incontrarlo... per un caffè» concluse Sheena. Non poteva fare a meno di sentirsi lusingata dal fatto che Tony fosse geloso dell'interesse che le mostrava un altro uomo. Così sapeva quanto la amava, quanto gli era mancata.

Jimmy era più grande di quanto Sheena avesse immaginato ed era più simile a un normale ristorante che a un bar. Ma sembrava avere una buona selezione di vini e birre, oltre a una normale selezione di liquori.

Furono accompagnati a un tavolo vicino a una finestra.

Sfogliando il menu, Sheena controllò se qualcuno degli articoli della lista potesse essere utilizzato da Gracie o da un altro ristorante in futuro. Avevano parlato anche di allestire un bar a bordo piscina un giorno.

Dopo aver preso in considerazione una serie di scelte, decise di prendere un'insalata di gamberi perché le ricordava i suoi involtini di aragosta preferiti nel Maine.

Sheena lanciò un'occhiata fuori dalla finestra. Le fronde di una palma ondeggiavano nella brezza marina come se facessero un saluto amichevole e le bouganville rallegravano il paesaggio con i loro fiori rossi e rosa. Non riuscì a nascondere il suo piacere; aveva imparato ad amare l'atmosfera e lo scenario tropicale.

Tony le sorrise. «Bello, eh?»

«Sì. Ed è bello che possiamo stare insieme così.» Il suo sorriso svanì. «Meaghan era sconvolta stamattina quando ha ricevuto un messaggio di Lauren che le toglieva l'amicizia. A quanto pare, Lauren ha detto a tutti che stiamo divorziando e che tu stai fallendo.»

«Lauren? Quella mocciosa» ringhiò Tony. «Che cos'hai detto a Meaghan?»

«Sa che non stiamo divorziando e le ho detto che abbiamo già attraversato momenti difficili negli affari e che succederà di nuovo. Ma, Tony, quanto vanno male le cose con la tua azienda?»

La cameriera si presentò con il cibo, rendendogli impossibile rispondere.

Si presero un momento per godersi il cibo. I gamberi di Sheena erano conditi con una maionese al limone, pezzetti di sedano e, con sua grande sorpresa, capperi.

Tony aveva ordinato un panino con salsiccia e cipolla e una birra alla spina. Diede un paio di morsi al panino e sorseggiò la birra. Poi si pulì la bocca e la guardò in faccia.

Lei vide la sua espressione preoccupata e posò la forchetta. «Cosa c'è, Tony?»

«Gli affari non stanno andando bene. Per questo ho coinvolto Dave. John vuole comprare l'azienda. Pensa che tra lui e Dave possano farcela. Ma io non ne sono sicuro.»

Sheena sentì la mascella allentarsi. «E avevi intenzione di parlarmene? Anch'io sono tua partner. Ricordi?»

Tony fece uno sbuffo beffardo. «*Eri* mia partner. Ci hai rinunciato quando hai deciso di avere una tua attività da gestire. Dio solo sa che nessuno di noi aveva idea di quale fosse la reale situazione qui, ma è tua.»

Per darsi il tempo di pensare, Sheena mandò giù un sorso d'acqua e represse l'impulso di piangere. «Tony, non puoi pensare di prendere una decisione così importante senza discuterne con me. Forse il nostro matrimonio non è così solido come pensavo.»

«Senti, non litighiamo» disse Tony, posando il boccale di birra che aveva appena sollevato. «È tutto campato in aria. Non sono sicuro di cosa fare. Devo parlarne con un esperto di finanza.»

«Vuoi parlare con Blackie Gatto? È davvero bravo.»

Tony strinse le labbra. «No, Sheena, non voglio. È il tipo che ti ha quasi baciato l'ultima volta che ci siamo visti.»

«Va tutto bene qui?» chiese la cameriera. «Altra acqua per lei, signorina? Altra birra?»

Tony le fece cenno di andare via. «Siamo a posto, grazie.»

Sheena lo fissò. Non era affatto sicura che fossero a posto.

CAPITOLO 45
REGAN

Regan rimase a guardare mentre uno degli uomini di Brian mostrava a Michael come maneggiare il raschietto per pavimenti a manico lungo che gli era stato dato. I pavimenti in cemento delle stanze dovevano essere puliti da tutti i resti di moquette che erano rimasti.

«Nessun problema» disse Michael. «Sarà facile.»

«Ricorda, non si deve scheggiare il cemento» avvertì l'uomo che faceva la dimostrazione. «Inizia da qui e ti raggiungerò più tardi.»

Salutò Regan con un cenno del capo e uscì dalla stanza.

«Ok, Michael, sai dove trovarmi alla fine del corridoio. Ci vediamo dopo.» Regan lo salutò con la mano e se ne andò.

Mentre tornava nella stanza della pittura, pensò a quanto Michael fosse cambiato. Una volta era un bambino così dolce. Ora era diventato un chiacchierone. Ma poi ricordò quanto fossero stati difficili per lei gli anni dell'adolescenza e decise che era solo tipico dei ragazzi di quell'età.

Regan era immersa nel suo dipinto quando apparve Meaghan. «Ciao, tesoro! Sei qui per guardare o per aiutare?»

«Ti aiuterò per un po'. Volevo qualcuno con cui parlare. Lauren, che finora era la mia migliore amica, mi ha appena scaricato.»

Regan abbracciò sua nipote. «Mi dispiace, tesoro. Mi ricordo di giorni così.»

«Davvero? Pensavo fossi la ragazza più popolare della tua classe.»

Regan scosse la testa. «No, affatto. Prendi un pennello e ti racconterò tutto di tua zia che era la scema della classe.»

Regan trovò divertente vedere con quanta velocità Meaghan trovò un pennello e iniziò a dipingere.

«Che cosa ti è successo?» chiese Meaghan.

Mentre Regan raccontava parte della sua storia, sentiva che un po' del vecchio dolore scivolava via. Venire in Florida si stava rivelando una cosa meravigliosa per lei dal punto di vista emotivo. Lo zio Gavin aveva voluto che ognuna di loro sperimentasse delle lezioni di vita e lei stava imparando molto, non solo su se stessa ma anche sulle sue sorelle. È buffo come si possa far parte della stessa famiglia e non conoscerla nemmeno. Non aveva idea che Sheena non avesse voluto sposarsi così presto, né che Darcy si fosse sempre sentita abbandonata da Sheena quando se n'era andata.

Più tardi, Regan andò a vedere se Michael era pronto per una pausa. Percorse il corridoio passando davanti a ogni stanza e si preoccupò sempre di più. Nessuna delle stanze era stata toccata. Entrò nella camera dove Michael si era messo al lavoro per la prima volta e si fermò sorpresa.

Michael era seduto sul pavimento e stava giocando con il suo telefono.

«Che cosa stai facendo?» chiese.

Michael la guardò con un'espressione stupita.

«Perché non hai fatto le altre stanze?» chiese Regan.

«Ho finito questa stanza e aspettavo che mi dicessi cosa fare dopo» rispose lui con un sorriso.

L'ira di Regan esplose. «Sapevi che dovevi passare alla stanza successiva, Michael. Mi sono assicurata che lo avessi capito.»

«Sì? Be', mamma mi ha mentito. Questa doveva essere una vacanza.»

«Capisco» disse Regan, mettendo le mani sui fianchi.

«Non mi ha mentito quando ha detto che devi capire quanto gli altri lavorino sodo per assicurarsi che tu abbia le cose di cui hai bisogno, le cose che vuoi. Ora, devi metterti al lavoro nella stanza accanto.»

«Cavolo! Non t'arrabbiare» borbottò Michael.

Regan si allontanò prima che diventasse una battaglia verbale che nessuno dei due poteva vincere. Ma giurò che non avrebbe mai avuto figli suoi. I graziosi pargoletti alla fine diventavano adolescenti.

CAPITOLO 46
SHEENA

«Finiamo di pranzare e andiamo via» disse Tony. «Ho promesso a mia madre che oggi saremmo passati dal loro albergo per vedere come stanno.»

«Va bene.» Sheena decise di non rovinare il tempo che potevano passare insieme discutendo dei suoi affari. Di lì a pochi giorni la sua famiglia sarebbe partita per tornare a Boston.

Dopo che ebbero finito di mangiare, in attesa del conto Tony chiamò sua madre. «Come stai? Io e Sheena abbiamo pensato di passare.»

Lui ascoltò la risposta e poi scoppiò a ridere. «Ecco, racconta a Sheena quello che mi hai appena detto.» Tony le passò il telefono.

Incuriosita, Sheena disse: «Ciao, Rosa. Cosa c'è?»

«Non so cosa ci sia da ridere. Ho appena detto a Tony che aveva interrotto il nostro "interludio", ma che stavamo bene.»

«Interludio? Davvero?» Sheena si morse l'interno delle guance per non scoppiare a ridere.

«Sai, il nostro pisolino di mezzogiorno prima di uscire» disse Rosa.

«Oh, sì» riuscì a dire Sheena senza ridere. «Be', se vuoi possiamo passare più tardi.»

«Perché non venite domani, cara» disse Rosa. «Abbiamo dei programmi per questo pomeriggio e questa sera.»

Sheena chiuse la chiamata e scoppiò a ridere. «L'interludio di cui parla tua madre è un pisolino. E no, non vogliono che ci fermiamo. A quanto pare sono impegnati questo pomeriggio e questa sera.»

«Va bene» disse Tony. Sembrava deluso.

«Sai, forse gli piace allontanarsi da noi per un po'» disse Sheena.

Tony annuì pensieroso. «Scommetto che hai ragione. Siamo stati vicini di casa per tutti questi anni. Per loro non può essere stato più facile di quanto lo sia stato per noi, anche se a noi è andata piuttosto bene.»

«Sì, sono stati molto buoni con noi» disse Sheena. «A dire il vero, ho trovato fantastico stare via. Sono sicura che anche loro si sentono come me.»

«Credo di sì» disse Tony. «La mamma non vuole vederci. Questa è la prima volta.»

«Be', torniamo alla nostra famiglia. Voglio assicurarmi che Meaghan stia bene e dobbiamo vedere come sta Michael. Non sa quanto sia fortunato ad avere una famiglia come la nostra.» Scosse la testa. «E questa idea di non lavorare? Da dove viene? Entrambi abbiamo lavorato sodo per tutta la vita.»

«Come se non bastasse, sta con amici che hanno molti più soldi. Pensa di dover avere quello che hanno loro.»

«Nel bene e nel male, siamo noi ciò che ha» disse Sheena. Studiò Tony, senza riuscire a nascondere il suo disagio. «Ce la faremo, vero?»

Tony si limitò a stringerle la mano.

Il pomeriggio successivo, sola in casa, Sheena prese su il telefono per chiamare Rosa. Prima che potesse digitare il numero di telefono, squillò il cellulare. Guardò chi era. *Rosa.*

«Ehi, ciao! Stavo per chiamarti. Cosa c'è?»

«Volevo solo sentire come stavi. È stata una visita così piacevole, ma siamo stati impegnati. Non ho avuto tempo di fare due chiacchiere.»

«Che cosa'avete fatto?» chiese Sheena. La voce di Rosa sprizzava eccitazione da tutti i pori.

«Stiamo valutando posti da acquistare. Paul ha un vecchio compagno di scuola che vive in zona, in un'ottima comunità di qualche anno fa. Dopo aver giocato una partita a golf con lui, Paul vuole prendere in considerazione l'idea. Non potrei esserne più felice.»

«Bello» disse Sheena, anche se era come se le avessero tolto il fiato. Paul e Rosa erano i proprietari della casa che Sheena e Tony avevano avuto in affitto da anni.

«A questo punto è solo un pensiero» disse Rosa, rassicurandola. «Ma un pensiero felice.»

Sheena era contenta per i suoceri, ma era preoccupata per il futuro. Sembrava tutto molto incerto.

Su questa nota, l'ultima sera della visita della sua famiglia, Sheena insistette per preparare la cena. Aveva solo poche ore, non giorni, con loro e voleva, no, aveva bisogno dell'illusione che la famiglia sarebbe rimasta forte anche dopo che fossero tornati a Boston, lasciandola lì.

Piuttosto che fare i tradizionali piatti italiani su cui aveva fatto affidamento a casa, aveva scelto di fare qualcosa con pesce e frutta fresca e altri richiami all'ambiente della Florida.

Il tavolo della cucina era apparecchiato per quattro, perché Regan e Darcy avevano rinunciato a mangiare. Anche se il piccolo tavolo era affollato, era adatto al piano di Sheena di fare una riunione intima. A ogni posto aveva lasciato un regalo, come aveva fatto quando aveva lasciato Boston per la Florida. Questa volta, i doni erano quattro diverse, semplici conchiglie: ricordi della spiaggia e del tempo passato insieme.

Mentre la sua famiglia si abbuffava di cibo, Sheena li studiò. La pelle più chiara di Meaghan aveva ancora una leggera patina rosa sull'abbronzatura chiara. L'abbronzatura di Michael accentuava il colore dei suoi occhi castani, conferendo allo sguardo una profondità intrigante. E Tony? Era ancora più bello ora che il sole e la vacanza dal lavoro quotidiano gli avevano reso la pelle più liscia, facendolo sembrare più giovane dei suoi anni.

Lui la sorprese a studiarlo e sorrise. Negli ultimi due giorni aveva voluto dimostrarle che in qualche modo sarebbero riusciti a superare le prove che li attendevano, sia nel loro matrimonio che nella loro attività.

«Mi mancherete tutti» sospirò Sheena e poi si sforzò di fare un sorriso. «Ma tra poche settimane voi ragazzi tornerete qui per le vacanze estive.»

«Sì, e a quel punto Brian ha detto che posso aiutarlo a sistemare il molo, sia qui all'hotel che dietro al bar. Sta pensando di aprire un'attività di noleggio barche e vuole che sia io a gestirla» disse Michael. Nella sua voce c'era un nuovo orgoglio che a Sheena piaceva. Dopo essersi assicurato che Michael facesse la sua parte per Regan, Brian aveva assunto Michael, mostrandogli le cose che poteva fare all'hotel. Tra loro si era rapidamente creato un legame maschile che aveva addolcito l'atteggiamento di Michael.

«Brian è impegnato in così tante attività che non riesco a tenere il conto» disse Sheena. «Ma è bravo in qualsiasi cosa faccia. Sono felice che tu sia intervenuto e abbia fatto un buon lavoro per lui, Michael.»

Si rivolse poi a Meaghan. «Quest'estate lavorerai da Gracie?»

«Sì!» Meaghan aveva indosso un nuovo paio di pantaloni e un top di cotone che Sheena le aveva promesso. Si alzò e fece una piroetta. «Voglio poter risparmiare per i vestiti della scuola. È proprio vero che il prossimo autunno potrò andare a scuola qui?»

Sheena e Tony si scambiarono uno sguardo.

«Ci stiamo ancora ragionando» disse Tony. Anche se era stata proprio Meaghan a chiederglielo, non era contento dell'idea.

«Siete tutti pronti per il dolce?» chiese Sheena.

Sorrise quando tutte e tre le teste annuirono con entusiasmo.

«Ok, Meaghan, puoi sparecchiare.»

Mentre Meaghan portava i piatti al lavandino, Sheena tagliò a fette la torta all'ananas e le servì.

«Sei davvero una brava cuoca» disse Tony. «Ci è mancata la tua cucina. Vero, ragazzi?»

«E?» Sheena attese una risposta.

«E anche tu, naturalmente» disse Tony.

«Davvero, mamma, anche tu» disse Michael.

«Abbastanza da rispondere al telefono quando chiamo?» Sheena non voleva passare altri due mesi senza avere notizie dei suoi figli o parlare con loro regolarmente.

«Okaaay» disse Meaghan. «Lo prometto.»

«Bene. Dopo il dessert, qualcuno vuole fare una passeggiata sulla spiaggia? Fuori si sta bene.»

Michael scosse la testa. «Non io. Vado in camera mia ad ascoltare un po' di musica.»

«Io vado a provare di nuovo i miei vestiti nuovi» disse Meaghan.

Sheena scrollò le spalle. «Va bene. E tu, Tony?»

«Ci sto. Ho sentito dire che c'è un'altra ondata di freddo a Boston. Sarà bello fare un'ultima passeggiata al caldo qui.»

Tony e Sheena uscirono di casa e si diressero verso la spiaggia.

CAPITOLO 47
SHEENA

Mentre Sheena e Tony si dirigevano verso la spiaggia, il cielo si stava colorando in preparazione di un bel tramonto. Le nuvole fluttuavano sopra di loro come panetti di panna montata. Sheena sapeva per esperienza che presto il sole al tramonto le avrebbe tinte di rosso e arancione.

Sheena tenne la mano di Tony mentre scendevano lungo la passerella verso la sabbia. Le sarebbe mancato più di quanto potesse dire.

Si tolsero i sandali e si fermarono sulla sabbia bianca.

Fu travolta da un senso di pace. Il suono delle onde che abbracciavano la riva e si allontanavano timidamente con un ritmo costante era rilassante. E con Tony accanto a lei, chiuse gli occhi, godendosi il momento magico della zona tranquilla che li circondava mentre il suo cuore si riempiva d'amore.

«In qualche modo, faremo funzionare le cose» disse Tony con dolcezza.

Lei aprì gli occhi e si voltò verso di lui.

Tony la prese tra le braccia e abbassò le labbra sulle sue.

Lei ricambiò il bacio, senza curarsi di chi vedeva. Era il suo uomo e, nel bene e nel male, lo amava.

Quando si separarono, lei gli prese la mano. «Facciamo una passeggiata sulla spiaggia?»

Passeggiarono mano nella mano, osservando il sole che iniziava a scendere sotto l'orizzonte.

«Fermati» disse a Tony. «Restiamo qui e cerchiamo il lampo verde.»

«Lampo verde. Di che cosa stai parlando?» chiese Tony.

Sheena spiegò che le era stato detto che nel momento stesso in cui il sole scendeva dietro l'orizzonte, a volte si poteva vedere un lampo verde. «Cercarlo è diventato una specie di gioco per le persone sulla costa.»

Osservarono in piacevole silenzio il sole che scivolava sempre più in basso, una sfera arancione in un cielo sempre più scuro.

Quando finalmente se ne andò, lasciando uno spazio vuoto dietro di sé, Sheena e Tony tornarono in albergo.

Avevano appena raggiunto la passerella e infilato i sandali quando sentirono una forte esplosione. E poi una palla di fuoco scoppiò sopra l'hotel come un fuoco d'artificio fuori posto.

«Oh mio Dio!» gridò Sheena. «Che cos'è?»

Tony le prese la mano e corsero insieme verso l'hotel.

La gente di Gavin era fuori dal ristorante di Gracie. Poi, in gruppo, iniziarono a correre verso il retro del locale.

«Che cos'è? Che cos'è?» gridò Sheena, correndo per raggiungerli.

«È la casa. È in fiamme» disse Gracie, affrettandosi a raggiungere Sam e Rocky che erano in testa al gruppo.

Sheena si voltò per cercare Tony, ma lui stava correndo avanti.

«Mio Dio! Mio Dio! I miei figli!» urlò Sheena. Vide Regan e Darcy davanti a lei. «Darcy! Aiutami!» gridò.

Darcy si voltò e corse verso di lei. «Forza! Andiamo!» Afferrò Sheena per il braccio e scattò in avanti.

Grazie alle gambe più lunghe e alla migliore forma fisica di Darcy fu facile aggirare gli altri. Quando arrivarono alla casa, Sheena ansimava così tanto che le girava la testa. E quando vide le fiamme uscire dalle finestre della cucina al primo piano, le vacillarono le gambe.

Regan si precipitò verso di loro e prese Sheena tra le braccia mentre stava per cadere a terra.

«Meaghan! Michael!» gridò Sheena, singhiozzando istericamente mentre si aggrappava alle sorelle.

«Tony sta cercando di farli uscire» disse Darcy. «Voi due rimanete qui. Vado a vedere se posso aiutarlo.»

«Oh Dio! Oh Dio! Li perderò tutti» gemette Sheena, incapace di distogliere lo sguardo dalle fiamme gialle e arancioni che leccavano l'aria notturna come la lingua di un drago divoratore di fuoco.

Alle loro spalle risuonarono le sirene e poi una serie di veicoli, con le luci lampeggianti, si precipitarono giù per il vialetto.

«Sono arrivati i soccorsi» le disse Regan. «E guarda, Meaghan e Tony stanno uscendo dalla casa.»

«Michael! Dov'è il mio bambino!» urlò Sheena. «Michael! Michael!» Corse da Tony e gli afferrò il braccio.

«Dov'è Michael?»

«È dentro, al piano di sopra. Vieni con me.»

Corsero intorno al lato della casa. Michael era in piedi vicino alla finestra.

Sheena ululò. «Salta, Michael! Salta!»

«State indietro!» gridò lui. Sheena vide che suo figlio aveva una sedia in mano. La sbatté contro la finestra, mandando in frantumi legno e vetro.

«Presto!» gridò Tony.

Meaghan si aggrappò a Sheena piangendo isterica. Regan e Darcy stavano dietro di loro, aggrappate l'una all'altra, indifese come Sheena.

Michael salì sul davanzale della finestra e traballò incerto. Poi, con un ruggito, saltò sull'erba soffice.

Atterrò con un tonfo che fece tremare il terreno vicino a Sheena e si sdraiò a terra gemendo.

Sheena corse verso di lui e gli gettò le braccia al collo. «Grazie a Dio! Grazie a Dio!» Si inginocchiò a terra, abbracciandolo a sé, con la paura di lasciarlo andare.

«Mamma» disse Michael, spingendola via delicatamente. «Lasciami alzare. Sono appena rimasto senza fiato.»

Tony la aiutò ad alzarsi e si rivolse a Michael. «Stai bene? Ti fa male da qualche parte?» Gli tese una mano.

Michael la prese e si tirò su in piedi. «Sto bene, tranne che per questo. Mi sono tagliato con il vetro.» Tese la mano sinistra. Anche se sanguinava, Sheena poté constatare che non era nulla di grave.

Sheena rise isterica per il sollievo e lo abbracciò. «Quello possiamo sopportarlo.»

Piangendo sommessamente, Regan e Darcy abbracciano Michael, poi fecero altrettanto con lei, Tony e Meaghan.

Sheena era stata troppo occupata a concentrarsi su Michael per prestare attenzione ai pompieri che stavano lavorando diligentemente per spegnere l'incendio. Ma quando guardò la casa, vedendo per la prima volta tutti i danni che aveva subito, dubitò che qualcuno avrebbe potuto viverci di nuovo.

«Che cos'è successo?» chiese a uno dei pompieri accanto a lei.

«Non posso esserne certo. Sembra che sia iniziato in cucina. Forse con i fornelli.»

Una volta spento l'incendio e dopo che il capo dei vigili del fuoco e altri ebbero ispezionato la casa assicurandosi che fosse sufficientemente sicura, permisero a Sheena di entrare per recuperare ciò che poteva.

Impugnando una delle torce dei pompieri, Sheena attraversò con cautela l'ingresso. Al piano inferiore della cucina e della zona giorno adiacente non era rimasto più niente. Ma le scale che portavano al piano superiore erano intatte.

Salì le scale, saggiando attentamente ogni gradino. L'odore acre del fumo, del fuoco e dell'acqua le fece rivoltare lo stomaco.

In cima alle scale, entrò nella sua camera da letto. La sua borsetta era ancora sopra lo scrittoio, dove l'aveva lasciata. Era bagnata fradicia. La prese. Dopo aver aperto uno dei cassetti della scrivania, fece un sospiro di sollievo. Il suo computer al piano di sotto non c'era più, ma il disco rigido esterno, che aggiornava costantemente e che teneva in quel cassetto, era sopravvissuto. Controllò l'armadio. I suoi vestiti erano sopravvissuti alle fiamme, ma guardando la cenere pastosa che li ricopriva, si chiese se sarebbero mai tornati puliti.

Sheena controllò rapidamente le stanze che i ragazzi avevano usato. Avevano tenuto con sé i telefoni, ma il computer che condividevano era fradicio. I loro vestiti erano un disastro.

Tony la raggiunse. «Ehi, tesoro! Forza, dobbiamo andarcene da qui.»

Insieme raccolsero gli indumenti che potevano e uscirono dalla casa.

Fuori, con la famiglia riunita intorno a lei, si rivolse alle sorelle: «Tutto sommato non è andata male, considerando che i nostri figli sono al sicuro» disse e scoppiò a piangere. Era stata terribilmente spaventata. Non sapeva come avrebbe potuto vivere senza la sua famiglia.

«Perché non rimanete tutti nella suite stasera?» disse Regan. «Darcy e io troveremo un altro posto dove stare.»

Sheena si rivolse a Tony.

Lui scosse la testa. «No. Andremo in un motel qui vicino. La puzza di fumo ci ricorda troppo quello che abbiamo quasi perso.»

Gli si riempiono gli occhi di lacrime.

Sheena gli avvolse un braccio intorno e si appoggiò al suo petto, emotivamente sconvolta quanto lui.

La mattina dopo, Sheena si alzò presto e si vestì con gli abiti che aveva indossato la sera prima.

Tony si mosse e le rivolse uno sguardo interrogativo.

«Cerca di dormire ancora un po'» sussurrò. «Vado a parlare con le mie sorelle. Ho chiuso con questo progetto. Ho quasi perso Meaghan due volte e Michael una volta. E tu non sei mai stato contento della mia decisione.»

«Aspetta! Non vuoi nemmeno parlarne?» chiese Tony, alzandosi sul gomito.

Sheena scosse la testa. «No, non dobbiamo parlarne. So che sto facendo ciò che è meglio per la mia famiglia. Le mie sorelle dovranno capire.»

Sheena lasciò il motel e decise di andare a piedi lungo la spiaggia, lasciando il furgone a Tony e ai ragazzi. Si incamminò lungo la sabbia diretta al Salty Key Inn.

Il sole nascente diffondeva striature arancione e rosso attraverso le nuvole grigie che si libravano all'orizzonte, ricordandole l'orrore provato nel vedere le fiamme illuminare e poi distruggere la sua casa.

Non aveva dormito quasi niente quella notte, e solo dopo aver preso una decisione sul suo futuro. Sapeva che le sarebbero mancati la Florida e il progetto per il quale lei e le sue sorelle avevano lavorato tanto sodo. Ma decise che la vita era troppo breve e la sua famiglia troppo preziosa per continuare a lottare per una causa che avrebbe potuto non vincere mai.

Di solito il suono delle onde la tranquillizzava. Ma in quelle prime ore del mattino, il vento sembrava aver percepito la sua agitazione e agitava l'acqua in onde spumeggianti che colpivano la riva come una mano arrabbiata.

Aveva voluto trovare sé stessa. Per molti versi, ci era riuscita. Ma si sentiva come un funambolo che era arrivato solo a metà del filo teso in alto e stava cercando di trovare l'equilibrio nel mezzo.

Si fermò a guardare i gabbiani, sperando di trovare la forza per fare ciò che doveva. Era stata molto ottimista nel ritrovare sé stessa, nel costruire un'amicizia con le sorelle e nell'assicurare un futuro alla sua famiglia. Aveva perseverato anche quando Tony le aveva detto che era una mossa egoista. E quando i ragazzi si erano ribellati, diventando ancora più egocentrici, più arrabbiati per la sua partenza, si era detta che gli sarebbe passata. Ora, con l'azienda di Tony in pessime condizioni e la possibilità di non avere una casa sicura con i suoceri in futuro, aveva una battaglia più grande da affrontare a Boston.

Continuò a procedere lungo la riva, scacciando i piovanelli con i suoi passi pesanti.

Quando vide il Salty Key Inn, con il suo folle edificio azzurro, si fermò. E nonostante cercasse di ricomporsi, le lacrime le rigarono le guance. Accidenti! L'hotel poteva diventare un posto meraviglioso, lo sapeva in cuor suo.

Salì sulla passerella e si diresse verso il ristorante. Era ancora presto, ma avvicinandosi all'edificio sentì i rumori dell'attività in cucina e capì che la vita di Gavin e della sua gente sarebbe continuata, con o senza di lei. Gavin se ne sarebbe certamente assicurato.

Evitò di passare davanti al ristorante e attraversò il giardino per raggiungere l'edificio delle suite.

Sapendo di aver fatto la scelta giusta, bussò alla porta della suite di Darcy e Regan e attese una risposta.

Regan arrivò alla porta assonnata. «Sheena? Cosa c'è che

non va?»

«Ho bisogno di una buona tazza di caffè forte e poi devo parlare con te e Darcy.»

«Entra pure. Faccio alzare Darcy.» Regan la guardò aggrottando la fronte. «Stai bene? I ragazzi stanno bene?»

«Va' a chiamare Darcy» rispose Sheena, non volendo ripetere due volte l'intero discorso.

Pochi istanti dopo, Darcy e Regan entrarono nella stanza, entrambe ancora in pigiama canottiera e pantaloncini da notte. Si avvicinarono al bancone della cucina e la fissarono assonnate.

Sheena preparò una tazza di caffè alla macchinetta ciascuna, bevendo profondi sorsi del suo mentre aspettava che ogni tazza si riempisse.

Darcy accettò una tazza di caffè da Sheena. «Che succede?»

«È meglio che ci sediamo» disse Sheena. «Tutte quante.»

Ognuna di loro prese una sedia al tavolo e si sedette.

Sheena fece un bel respiro per calmarsi, dicendosi di non piangere. «La mia famiglia parte per Boston questo pomeriggio e io vado con loro. Ho fatto del mio meglio per far funzionare questa sfida. Non avevo problemi col lavoro duro, l'incertezza, l'alloggio. Niente di tutto questo. Ma non posso permettere che la mia famiglia si faccia del male fisicamente o emotivamente per colpa di quello che sto facendo. Ho chiuso con questo progetto. Ora e per sempre.»

«E noi?» disse Regan. «Ho puntato tutto su questo progetto... tutto per dare a noi tre la possibilità di una vita migliore.» Gli occhi le si riempirono di lacrime. «E ci porti via tutto questo, così, su due piedi?»

Darcy sbatté la mano sul tavolo. «Mi stai prendendo per il culo! Dopo il tuo grande discorso di incoraggiamento della settimana scorsa, ci fai questo?»

Si udì un rumore metallico alla porta e poi Tony irruppe

nella suite.

«Non va da nessuna parte» disse Tony.

Sheena e le sue sorelle lo fissarono sorprese.

Tony alzò un dito di avvertimento. «Ho sentito quello che hai detto, Regan, e sono qui per dire a te e a Darcy che non permetterò che Sheena si arrenda. Io e i ragazzi ne abbiamo appena parlato e abbiamo votato all'unanimità che Sheena resti. Era quello che voleva. I ragazzi verranno per le vacanze e resteranno per la scuola. E io sarò qui in ogni modo possibile, il più spesso possibile. Dio solo sa che potrei finire senza lavoro. Sto cercando di trovare una soluzione, ma chi sa come andrà?»

«Lo faresti per me? Per noi?» Sheena si alzò di scatto, corse da Tony e gli gettò le braccia al collo. Le lacrime le offuscarono la vista.

«Certo che sì» disse Tony e sorrise a lei e poi alle sue sorelle. «Ho visto cos'avete fatto tutte voi per far funzionare il progetto dell'hotel. E ora vi servirà più aiuto che mai per sbarazzarvi di quella casa e costruire qualcosa di meglio.» Le fece l'occhiolino. «Potreste anche aver bisogno di un idraulico.»

«Urrà!» gridò Regan, e si precipitò verso di lui.

Darcy la seguì.

«Sei il miglior cognato del mondo» si complimentò Regan, abbracciandolo.

«Potrebbe avere ragione» disse Darcy, sorridendogli prima di cedere e abbracciarlo.

Sheena gli strinse le braccia intorno. «È il miglior marito che potessi mai avere.»

«L'unico che avrai mai, spero» corresse Tony. «Ti amo, tesoro.»

All'improvviso, Sheena si trovò a ridere e piangere allo stesso tempo. Era stata così spaventata, così giù. Ora, non riusciva a contenere la felicità che le sgorgava fuori.

Si voltò verso le sorelle.

Regan e Darcy la cinsero con le braccia. Rimasero abbracciate l'una all'altra, più unite che mai.

Gli ultimi mesi erano stati un'esperienza incredibile, ma Sheena sapeva che era solo l'inizio.

# # # #

Grazie per aver letto *Alla scoperta di me stessa*. Se ti è piaciuto questo libro, ti chiedo la cortesia di aiutare altri lettori a scoprirlo lasciando una recensione su Amazon, Goodreads o sul tuo sito preferito. Lo apprezzerei molto.

# # #

L'AUTRICE

Judith Keim, autrice bestseller **di USA Today**, è un'autrice ibrida che si autopubblica ma pubblica anche con un editore. Scrive romanzi commoventi su donne che affrontano sfide inaspettate, le affrontano con grinta e trovano amore e felicità lungo il cammino. I suoi libri più venduti si basano, in parte, su molti dei luoghi in cui ha vissuto o che ha visitato e sulle persone interessanti che ha incontrato, creando personaggi credibili e ambientazioni realistiche che i suoi numerosi e fedeli lettori adorano. Ama ricevere messaggi dai suoi lettori e apprezza il loro entusiasmo per le sue storie.

Judith Keim ha trascorso l'infanzia e la giovinezza a Elmira, New York, e ora vive a Boise, Idaho, con il marito e i loro due bassotti, Winston e Wally, e altri membri della sua famiglia.

Fin da piccola è stata attratta dall'idea di scrivere storie. I libri erano sempre presenti, in fase di lettura, pronti per tornare in biblioteca o sul punto di essere scoperti. Tutti i membri della sua famiglia condividevano le informazioni tratte dai libri durante le loro chiacchierate, creando così un ricco bagaglio di conoscenze e una vivida immaginazione.

"Spero che questo libro ti sia piaciuto. Se così fosse, ti prego di aiutare altri lettori a scoprirlo lasciando una recensione su Amazon, Goodreads, Bookbub o sul sito di tua scelta. E ti prego di dare un'occhiata agli altri miei libri e alle altre serie in lingua originale:

Hartwell Women
The Beach House Hotel
Fat Fridays Group
Chandler Hill Inn
Salty Key Inn
Seashell Cottage
Desert Sage Inn
Soul Sisters at Cedar Mountain Lodge
Sanderling Cove Inn
The Lilac Lake Inn

TUTTI I LIBRI IN LINGUA ORIGINALE SONO DISPONIBILI IN AUDIO su Audible, iTunes, Findaway, Kobo e Google Play! È così divertente sentire questi personaggi che prendono vita!"

Judith Keim può essere contattata sul sito www.judithkeim.com

E per mettere "Mi piace" alla sua pagina autore su Facebook e tenervi aggiornati sulle novità, andate su: http://bit.ly/2pZWDgA

Per ricevere notifiche su nuovi libri, seguitela su Book Bub: https://www.bookbub.com/authors/judith-keim

Iscriviti alla mia newsletter e ricevi un racconto gratuito.

Le mie newsletter sono brevi e divertenti, con omaggi, ricette e le ultime notizie imperdibili su di me e sui miei libri. Benvenuti! Ecco il link:

https://BookHip.com/RRGJKGN

Judith Keim è anche su Twitter @judithkeim, LinkedIn e Goodreads. Passa a salutarla!